·小说、散文、诗歌卷·

守 望 天 山

——新疆优秀公安文学作品集

新疆维吾尔自治区公安厅 编

群众出版社
·北 京·

图书在版编目（CIP）数据

守望天山：小说、散文、诗歌卷/新疆维吾尔自治区公安厅编 .—北京：群众出版社，2014. 7

（新疆优秀公安文学作品集）

ISBN 978-7-5014-5249-1

Ⅰ. ①守… Ⅱ. ①新… Ⅲ. ①小说集—中国—当代②散文集—中国—当代③诗集—中国—当代 Ⅳ. ①I217. 1

中国版本图书馆 CIP 数据核字（2014）第 150522 号

守望天山

新疆维吾尔自治区公安厅 编

出版发行：群众出版社
地　　址：北京市丰台区方庄芳星园三区 15 号楼
邮政编码：100038
经　　销：新华书店
印　　刷：北京市泰锐印刷有限责任公司

版　　次：2014 年 8 月第 1 版
印　　次：2014 年 8 月第 1 次
印　　张：16. 75
开　　本：787 毫米×1092 毫米　1/16
字　　数：238 千字

书　　号：ISBN 978-7-5014-5249-1
定　　价：38. 00 元

网　　址：www.qzcbs.com
电子邮箱：qzcbs@ sohu.com

营销中心电话：010-83903254
读者服务部电话（门市）：010-83903257
警官读者俱乐部电话（网购、邮购）：010-83903253
啄木鸟杂志社电话：010-83901867

序

一个人在一生中愿意为之不懈努力奋斗的，一定是他心目中认为最值得、最有意义的事情，这也就是一个人的价值观。人的价值观，决定了他一生努力和奋斗的方向。而积极进取的、健康向上的价值观，会帮助一个人构建起自己的理想和信念，为一生的奋斗提供源源不断的精神动力。一支队伍亦是如此。

积极向上的价值观，或者说理想和信念，是从哪里来的呢？除了制度的刚性约束和导向作用之外，文化艺术层面的潜移默化、精神层面的引领和感召，其作用亦不可小觑。

文化的作用在于以文化人，内化于心，外化于行。触动心灵，感召精神，空洞的说教是不行的，必须要拿出贴近生活、形式多样、真实可信、健康向上、富于艺术感染力的作品。纵观新中国成立以来展现公安文化的优秀艺术作品，无不是秉持着这样的原则创作出来的。如二十世纪五十年代表现派出所民警为人民服务的《今天我休息》，八十年代表现刑侦战线侦查破案、为民除害的《便衣警察》，九十年代表现公安机关除暴安良、伸张正义的《英雄无悔》，新世纪以来表现公安机关打黑除恶的《使命》《公安局长》以及表现当代民警爱民奉献的《营盘镇警事》等作品，都在全国产生了深刻而广泛的影响，“马天民”等优秀公安民警的艺术形象，《少年壮志不言愁》等优秀警察歌曲，更是达到了家喻户晓、妇孺皆知的程度。很多有志青年就是受到这些文艺作品的感召，在他们年轻火热的心灵中萌生出从警为民、除暴安良的英雄主义情结，从而加入公安队伍并为公安事业奋斗的。

在当前新疆反暴恐、反分裂斗争形势十分严峻的特殊历史时期，新疆公安民警承担着光荣、神圣而又艰巨的历史使命，对暴恐、分裂等犯罪活动进行了坚决、有力的打击，作出了感天动地的牺牲和奉献。在这种情形下，这支队伍更需要一种核心价值观的培树，需要一种共同理想的凝聚和感召。他们的战斗和生活对于公安文化建设来说，也是一笔极为丰富和宝贵的财富。而其中公安文学创作因其传统悠久、形式灵活、刻画深入、创作群体比较广泛，多年来结出了累累硕果。《守望天山——新疆优秀公安文学作品集（小说、散文、诗歌卷）》和《忠诚是魂——新疆优秀公安文学作品集（报告文学卷）》，正是对近些年来新疆公安文学创作成果的一次全面检阅。这两本作品集围绕着弘扬“爱国爱疆，团结奉献，勤劳互助，开放进取”的新疆精神和“忠诚勇敢，爱民奉献，团结进取，公正廉洁”的新疆公安精神，涵盖了报告文学、小说、散文、诗歌等文学体裁，或以纪实的手法，或以虚构创作的方式，真切再现了新疆公安民警的战斗与生活。因为作者大多是公安队伍中的一员，由他们来写基层公安机关的人和事，更加贴近公安民警的工作和生活，更加贴近公安民警的职业追求和感人情感，也更加鲜活地表现了公安民警丰富多彩的精神世界。这些作品抒发出来的思想情感既质朴亲切，又充满了昂扬向上、积极进取的精神风貌。这样的作品，对于培树新疆公安民警的核心价值观，构建共同的理想信念，凝聚警心和提升战斗力，有着不可估量的潜移默化的积极作用。

值得欣慰的是，两本书的入选作品大多是从近几年我自治区公安民警在全国省级以上文学期刊及有关文学网站、报纸副刊等媒体上发表的作品，以及省级以上文学竞赛获奖作品中精选出来的，有的甚至选自《小说选刊》《啄木鸟》《知音》《中国散文家》等全国知名的期刊，有着较高的艺术水准。

当然，由于作者大多是公安民警，他们的作品都是在繁重的工作之余挤时间创作出来的，稚嫩和粗糙之处在所难免。这次结集出版，既是对入选者的鼓励，也希望能够起到抛砖引玉的作用，鼓励更多的文学爱好者投入公安文学创作中去，为今后新疆公安文学的发展与繁荣打下一个良好的基础，从这个意义上说，这也是提升新疆公安文化软实力的一次有益探索！

是为序。

2014 年 5 月 10 日

目　录

【小说篇】

【散文篇】

【诗歌篇】

小说篇

口　供

文/张　弛

一

石韬坐在电视机前，盯着屏幕看里面正在播放着的一个节目。他老婆就坐在旁侧的沙发上，一会儿看看他，一会儿看看电视节目，一副探究的神情。因为她不明白这个节目为什么会把石韬吸引住。作为黔首市公安局刑警大队大队长，石韬平时几乎不怎么看电视。电视机和沙发围成的这个圈儿，只在偶然情况下为石韬提供一个打盹儿的小环境。

节目是一个纪实类节目，说的是一个小孩，在自家胡同与伙伴玩捉迷藏，钻进了两堵墙之间的一个夹缝里。小孩本想从另一头钻出去，不料越挤越紧，仿佛钻牛角尖一般，最后竟卡在里面，形成了那种进也进不得，退也退不得的尴尬局面。夹缝里传出孩子嘶哑的哭喊声，闻声而来的群众绞尽了脑汁，用棍子捅，用绳子吊，无所不用其极，但孩子就是抠不出来。最后，还是消防队出动，在孩子周围塞好保护性的填塞物，利用专门的破墙工具把墙破开一个大洞，才把孩子解救出来。主持人在电视机里纳闷地说，大家都想不通，按说怎么钻进去的就怎么退出来，怎么会弄出这么大的动静？过了一会儿，主持人又解释说，原来两堵墙之间有一个不易察觉的夹角，形成一个几乎看不出来的楔形。孩子听见追的人过来了，光急着从另一头钻出去，不知不觉就把自己楔在夹缝里了……

石韬看得异常专注，老婆从旁侧看过去，只见他的眼珠儿像水晶球儿似的，从眼眶里微微鼓出来，如同猫科动物发现猎物时一样，一眨不眨地、长时间地聚焦于一个固定的点……

石韬忽然“咝”地叫了一声，夹烟的右手剧烈地甩动起来，烟头不知甩到哪儿去了。原来是烟燃到了头儿，把指甲盖都烫黄了。老婆不知道这个节目到底触到了石韬的哪根儿神经，但石韬不说，她也就不问，因为她知道问也是白问……

二

石韬之所以陷到那件案子里面，他把账记在治安大队大队长刘发昌头上。那天，是刘发昌亲自带着受害人姜祥来报案的，打招呼的意味十分明显。姜祥是黔首市最大的废旧金属回收公司的老板，市里有几十家废旧金属回收站都是他的。由于黔首市工业布局的特点，废旧金属回收业的地位比较特殊，又因为属于特行，归治安大队管理。年深日久，姜祥与刘发昌的关系是不言而喻的。

刘发昌说着说着话，不知怎么就把话题扯到人际关系上去了。有意无意地点了那么一句，说姜祥和咱市政法书记是老乡，关系还不错，有空了一块坐坐。听得石韬当时心里就一阵发堵。自从提拔为刑警大队长以来，石韬最烦的就是这种托各种各样的关系来打招呼的情况。刑警大队作为基层专业队，本来案子就堆积如山，身为大队长，如果不拿捏好分寸，不依据轻重缓急、案件特点来排兵布阵，刑警队早乱成一锅粥了。可这种打招呼的案子一插进来，立刻就打乱了你的计划。你就分心了，也就被动了。

刘发昌带着姜祥来报案的时候，石韬正在听小孙汇报红枫叶欢唱城小姐被杀的那个案子。打发走刘发昌和姜祥之后，石韬继续琢磨欢唱城的案子：据小孙汇报，今天上午把永红巷翻腾个遍，压根儿没找到那个叫代辉的犯罪嫌疑人。最后好不容易在36号附2号找着个老太婆，说是以前住过个姓代的，三年前就搬走了。既然代辉的新手机号是用自己的身份证办的，那说明离开永红巷后，他一直以真实身份四处游荡。然而，没有一个派出所给他办过暂住证。谁也不知道此人在哪儿……姓代的这条线来得不易，得想个办法把这条线接起来。石韬点上一支烟抽起来。但不知怎么的，他的脑子管不住似地从欢唱城的案子不知不觉跑到姜祥的案子上来了。一醒过神，他赶紧掐断顺着岔路流出去的意识，强迫自己把思维转回到欢唱城的案子上：下一步该怎么把这个姓代的抠出来？通过与他有过手机联系的几个关系人查一查？但是怕要走漏风声……再么就是信欢唱城老板的，姓代的就住在本地，借办二代证的机会各派出所在辖区出租屋摸排，但一联想起社区警那副事不关己、有一搭没一搭的所谓摸排，石韬就有种万念俱灰的沮丧感。就在犹豫烦恼之际，欢唱城的案子渐渐淡出脑海。忽然，刘发昌那张马脸不知从哪儿钻了出来……“人已经有了嘛，说好弄也好弄！对你还不是小菜一碟！”马脸上堆着可人的笑容，但石韬深知，如果得不到满足，转过去就不知什么表情了。“姜祥和政法委叶书记是老乡，私交不错”之类的话，他不知在哪里也听说过。而且，过不了两天，刘发昌就会来旁敲侧击地打听案子的进展。办得顺还好，一旦办不顺，依刘发昌的德行，说不定还会给姜祥乱出些什么馊点子，到时候指手画脚的、说三道四的都来了……石韬忽然发现他又走神了，意识又顺着岔路流到姜祥的这个案子上来了。他不由得一阵烦躁。近些年来，这种注意力难以集中，说得严重些，甚至就是思维失控的现象越来越频繁了。

三

石韬终于痛下决心，先把姜祥的案子办了。

不知怎么的，这个案子从一开始就特别缠人，老是让石韬分神，干什么也集中不起注意力。这就像夏天午睡的时候，一只苍蝇老是在你脸跟前嗡嗡过来嗡嗡过去，一会在鼻子上爬，一会在眼睛上爬，虽然你明知道它也不能把你怎么样，可不把它解决了，你就是睡不成觉！

这个案子说起来很简单，姜祥的老婆是当年在农村娶的。自从姜祥发达了之后，老婆的危机感就与日俱增。她又没什么文化，慢慢养成了个暗中藏私房钱的毛病，床腿里也藏过钱，家中多年不用的砂锅里也藏过钱。这回是在暖气罩里藏了四万块钱。前不久夫妻二人送女儿去北京上大学。家里只有一个儿子，恰好暖气漏水，儿子打电话叫了一个水暖工来修了暖气。夫妻二人回来后，老婆听说此事大惊失色，赶紧把暖气罩扒开，装钱的塑料袋哪还有踪影。那天报案时姜祥说，钱是次要的，关键此事一发，老婆恼羞成怒，积怨爆发，并且迁怒于他，把几十年的老账都翻出来了。总之一句话，家庭不和谐了。再者说老婆这些年本来就神经兮兮的，不把钱找回来，怕老婆的神经别真的出什么问题。

水暖工揽活儿的名片姜祥带来了，人叫李富泉。刘发昌所谓的“人已经有了”就是指这个情况。刘发昌反复强调“人已经有了”还有一层意思，就是案子难度不大，希望能尽快办。

石韬一听这个情况，心知这事99%是水暖工干的。也就是说，犯罪嫌疑人非常明确。一般外行总认为，一个案子，知道是谁干的，大概也就破了一多半了吧。其实不然，很多情况下，知道是谁干的，距离真正破案，还有十万八千里呢。首先，抓人是个大问题。咱们的祖国，幅员辽阔，人口众多。当前市场经济条件下，交通发达，人口流动量极大。嫌疑人随便往哪里一钻，你上哪儿找去。伴随着追逃，就是人财物的大量消耗，你能否耗得起？十年二十年抓不到嫌疑人，最后不了了之的案子，有的是。其次，这个案子的特殊性在于，嫌疑人是应受害人邀约进入其家中，在其工作范围内发现财物，而后临时起意实施盗窃的。这就造成了现场的一切有关犯罪嫌疑人的痕迹统统无法当作证据使用。其三，所盗窃的财物全部是现金。现金的所有权很难识别，用通俗话讲，“装在谁兜里就是谁的”。这就造成通过获取赃物来证实犯罪的难度也比较大。这样一分析，就算犯罪嫌疑人能顺利到案，留给石韬的破案渠道还剩下什么？只剩一条，就是口供。一想到这一层，石韬心里就一紧。

口供……口供……又是他妈的口供！石韬心里念叨着，他的手自作主张地伸进口袋里掏出了烟盒，掐出一支烟叼在嘴上，打着火深吸一口，两股淡蓝色的烟雾从鼻孔里徐徐喷出，洇染了一张眉头紧蹙的脸。

四

从黔首市的南郊蜿蜒而过的铁路，仿佛一座看不见的城墙，把城市分成了道里和道外两部分。道里是富贵繁华的城市，道外则是流动人口聚居的地盘。

过了铁路平交道口，石韬他们的车很快就沿着曲折盘绕的山道爬上了向阳坡。透过车窗向山下望去，层层叠叠的房屋院落依山而建，杂乱无章，慢慢地铺展到远方山脚的铁道线那一带。每家的屋顶上都铺着防雨的油毛毡，油毛毡上密密麻麻压着一层断砖碎瓦，从远处看去，活像扔在垃圾堆里的面包点心上爬了一层苍蝇。院落里要么是成堆成堆从城里拾来的旧纸箱板、啤酒瓶、缺胳膊断腿的破烂家具；要么就是搭建着棚子式的作坊，生产些价廉质劣的副食品。

这里就是外来人口和黑户们聚居的向阳坡。

这里的房屋都是私自修建的，没有什么规划，所以这里的巷道曲里拐弯，错综复杂，道路本身更是坑坑洼洼，颠簸不平。石韬他们的车边走边在屁股后面扬起大团大团的尘土，他从倒车镜里看见漫漫黄尘之中，有人端着饭碗指着他们的车辆在破口大骂，于是就让赵京九把速度放慢。当他们终于在团结巷口停下车时，赵京九一下车，就挠着头皮说，"我靠！咋又到这个地方了！鬼打墙咋的！"

石韬一细问才知道，上午他们摸排的那个永红巷，就在斜对面，与团结巷隔着主干道相望。因为永红巷里摸不出代辉，就扩大范围，把团结巷也顺便摸了。

石韬一听，心里一沉。弄不好把李富泉给惊着了。他侧过脸望向来路，望不出去多远，来路就顺着山势掉下去看不见了。更远处，是渐渐西沉的夕阳。

石韬等人敲开团结巷 36 号的院门，来开门的是房东。听说是公安局找李富泉的，房东把院子西侧靠墙的一顺三间房指给他们。

石韬他们进屋一看，屋里没有大人。只有两个女孩子在中间屋里坐着看电视。一见进来了陌生人，两个孩子的眼睛离开了电视屏幕，盯在打头的石韬脸上。房子坐西朝东，而此时正是夕阳西下时分，屋子里的光线十分黯淡。在电视屏幕荧光的映照下，石韬看见两个女孩子的眼睛亮晶晶的，专注地盯着他的脸，目光清澈，懵然无知。石韬赶紧把目光躲开了。不知怎么的，他脑海里忽然浮现出当年的一幕，那是他第一次在抓人中遇到有嫌疑人的孩子在场，在接触到孩子眼睛的那一瞬间，他脑子一下乱了，行动上就慢了一步。老刑侦的眼睛是很毒的，一眼就看出了他在抓人一瞬间的窝囊。事后不客气地敲打了他一番。但他们不明白那一瞬间他畏缩的真正原因。从那以后，石韬在办案中有意识地克服心中的犹豫和软弱，凡是会干扰他的决心，影响他的果断的，干脆不看、不听。慢慢地，潜藏在内心深处的软弱和犹豫被克服得一干二净，只剩下冷静、强悍和果敢。石韬体会到，唯有在这种心理状态下，大脑才能保持高度清醒，精神才能保持高度集中，才能始终做到反应比嫌疑人快一拍。但这次不知为什么，石韬觉得多年未曾体会过的软弱和犹豫似乎又从内心深处的什么地方开始滋生、翻腾，需要分神去压住它。

石韬开始打量李富泉租住的这几间屋子，屋子里的家具简陋陈旧，漆色杂乱，样式、材质各异，是不同时代的产物，天知道是怎么拼凑到一起的。屋顶上是那种假金箔纸纵横编织起来的吊顶，这路装修法，让石韬恍如回到了上世纪九十年代初。

中间屋子生着炉子，靠右角的桌子上放着案板、菜刀、筷子筒等厨具。但靠左边又摆着沙发，沙发对面靠墙安放着电视机。左右两边屋子分别是两个卧室，左边的摆两张单人床，右边的摆一张双人床。在这陈旧简陋的三间屋子里，却也有豪华优雅的景观，就是张贴在卧室墙上的贴画，贴画上都是些高档别墅的图片。这些别墅或在绿野仙踪般的山间，或在小桥流水的园林，或在视野开阔、洁白蔚蓝的海滩边。其间点缀着游玩嬉戏、尽享天伦之乐的一家人……

五

石韬的原计划是当天晚上就把李富泉两口子一起带走，然后背靠背讯问。在这种突然袭击之下，两人之间来不及串供，容易露破绽。再加上政策攻心，两人之间不能完全信任，运气好的话，薄弱环节就会被突破。

然而，突然出现的两个孩子打乱了石韬的计划。

当天晚上，李富泉的老婆刘志艳是深夜十一点多才回家的。而李富泉一直到次日凌晨两点多才回家。石韬只能带走李富泉，把刘志艳留在家里照顾孩子。

虽说分头突审两人的计划流产了。但新情况又在石韬的脑子里促生了一个新点子。于是石韬在等李富泉回家的时候，打电话从警队调来一辆挂地方牌照的旧桑塔纳，让其停在团结巷斜对面永红巷的巷口略进去一点的地方。等兜住了李富泉，一行人撤离的时候，暗中安排赵京九摸进永红巷的那辆车里，注意团结巷口的动静。一旦刘志艳转移赃款，破案的机会就来了。这与当年毛主席惯用的围点打援的战术有异曲同工之妙。

夜深了，远方的城市灯火渐稀，头顶的夜幕繁星点点。赵京九缩在桑塔纳的驾驶座里，睁着眼努力地维持着对巷口外面的注意力。有个人从巷口外主干道上拐进来，看见有辆桑塔纳停在巷子里，慢慢踅过来，心怀叵测地把手搭在车窗玻璃上向车内打量。赵京九猛地打着火，“轰”地踩了一脚油门，来人吓得一溜烟钻进了巷子深处。

由于桑塔纳不便停得太靠近巷口，赵京九视线受阻，不太放心。不时地钻出车外，慢慢踱出永红巷口朝团结巷口张望。而永红巷口把头的恰是一间叫做“好妹妹”的洗头房。洗头房的门脸整体做成了铝合金玻璃门，玻璃擦得干干净净，恍若无物，透明度很高。让过往路人一眼就能看见店内粉红色的灯光下摆着的那只长沙发，以及长沙发上半躺半坐的两个洗头妹。两个洗头妹衣着暴露，姿态妖娆，懒洋洋地半躺在长沙发上，一双无神的眼睛百无聊赖地打量着橱窗外面。

夜色中，这个透出粉红色灯光的玻璃洗头房有点儿像是那种专养观赏鱼的鱼缸。

赵京九因为心里有事，开始并未注意到“鱼缸”里养着的两个洗头妹。当他有一次踱出永红巷口，打算观察团结巷的动静时，他才注意到橱窗后面的两个洗头妹在打量着他。其中的一个和他对视片刻，漫不经心地把摊在大腿上的短裙一下一下地撩起来给自己扇凉。于是，紧绷着黑色丝袜的大腿就在幽深处若隐若现了。

赵京九自然没工夫理会这一对活宝，强压着那份厌烦干他的正事。活宝的反应大大出乎了他的意料，竟主动表示对他不耐烦了。其中一个在他又一次从洗头房前踱过去的时候，忽然伸出头来朝他喊道：哎！想了就进来嘛，左一趟右一趟的你累不累?！赵京九一愣，等他明白过来，只觉得心头一股邪火上攻。

与此同时，石韬正在办公室里对付李富泉。

一开始，石韬打算先来软的。说服李富泉把钱给人家还了，他再给姜祥那边做工作，大事化小，小事化了也就算了。毕竟这件事可大可小，往重里办，盗窃当然靠得上。可要往轻里办，“非法侵占”也能挂上边。石韬早过了那种成天憋着想办大案的年龄，比这大的案子他都瞧不上眼。在他心里，这个案子只是办理欢唱城的案子中间遇上的一个干扰。他想尽快了结，消除干扰。而且，不知怎么的，李富泉的两个孩子，那两双清澈透明、懵然无知的眼睛，还有他那个穷困简陋的家，老是浮现在石韬的脑海里。说老实话，在这样一个穷家当爹，又是猛可里遇到这样巨大的诱惑，一时把持不住干下错事，是可以理解的。

为此，在讯问过程中。石韬尽量轻描淡写，把那个关键性的细节说成“拾”。问的是，“拾到什么东西没有?”“如果拾了，现在给人家还了，不算晚。”“给你算成主动交代，没什么大不了的。小孙和小刘都在这儿，我说话是算数的。”

可是不管用。李富泉一口咬定他只是“修了个暖气”，“啥也没看见”。

问着问着，石韬的语气渐渐加重，他的眼睛盯着李富泉的那张脸，捕捉着每句问话在那张脸、那双眼睛里所造成的细微变化。进攻的力道不仅藏在石韬一句跟一句、环环相扣的问话中，藏在问话的语气中，而且藏在他的眼睛里。李富泉虽然始终对答如流，但他的眼睛已经开始躲避石韬的目光了。一个无辜者面对这种讯问也会受不了，但无辜者的反应是另外一种状态，因为极度委屈，他可能会气噎喉头、说话哽咽打结，胸膛剧烈起伏，有的泣不成声，有的暴跳如雷。但李富泉的反应不一样。首先，他对那天的行踪回答得过于流利了。那已经是七八天前的事了，但他对那天从早晨睁眼直说到晚上闭眼，不怎么打磕巴，甚至也很少停下来回忆回忆。事先不经过精心准备，是不会说得这么流利的。其次就是，李富泉没有那种无辜者突然遭受怀疑时激动而又紊乱的反应。相反，他呈现出那种经过精心准备后沉着应对、从容不迫的精神状态。而且，不知怎么的，石韬老是觉得，李富泉是故意流露出一种敢于跟警方打持久战、准备长期耗下去的意思。李富泉几乎没有废话，不像有些人毫无意义地提要求、发牢骚，比如唠叨些“我啥时候能走”“家里还有孩子”“还要干活挣钱”之类的话。前一轮盘问李富泉对答如流，很快就把石韬准备好的问话给耗完了。石韬一时竟有种张口结舌、气不能出的感觉。李富泉似乎也察觉出这一点，他的精神在慢慢放松，他的眼睛竟然由刚才的躲躲闪闪转变为满不在乎地与石韬对视起来。这一点把石韬惹恼了，这是他妈的在跟你叫板，意思他根本就不怕你，看谁能耗过谁。

这是一块滚刀肉！要查查这小子的底细！石韬在心里咬牙切齿地说。

六

小孙把网上核对的结果报告给石韬的时候，已是天色微明。原来，李富泉六年前就因盗窃被打击处理过，判了两年刑。

这么说，这小子接受过咱公检法的“一条龙”服务，对司法程序了解得很!

石韬眉头紧蹙，一时有点发蒙。显然，昨天对这个案件的难度明显估计不足。一想到刘发昌带着姜祥报案时那轻描淡写的口气，石韬就觉得自己是一个不小心，让刘发昌这小子给下了套了。刘肯定是事先就查了李富泉的底细，否则，他怎会低三下四地带着人亲自求到自己头上。平时他们的关系并不怎么样的。一想到这个案子不知会把自己拖到什么时候，再想到已经费了那么大的劲搞到关键阶段的欢唱城的案子，石韬就感到一阵烦躁。

石韬到卫生间打来一盆凉水洗了个头，坐在办公桌前点上一支烟。他的头脑渐渐冷静下来，思路开始重新活跃、清晰起来。他想，看来，不动刘志艳是不行了。在最后一个瞬间，那两个孩子的眼睛又在石韬的脑海里闪现了一下，但多年惯性的强悍和果断一下子就把那两双眼睛的画面抹掉了。

批刘志艳的刑拘手续的时候，王副局长专门给石韬打了个电话。石韬先详细汇报了前期的调查结果，案发时，刘志艳确实到过现场。不但有受害人的儿子作证，李富泉夫妇自己也承认。接着石韬就实打实地汇报了这个案子的难度——典型的口供先于证据的案子。而且李富泉曾经受过打击处理，口供很不好拿。王副局长沉吟半晌，问，他家那两个孩子你们怎么安置的？石韬答道：已经安置到孩子他舅舅家里去了。王副局长说：对刘志艳你们动作要快，不行就放人。成都把嫌疑人的孩子饿死在家里的事你们都知道吧？现在媒体盯得紧，一有风吹草动就炒得满城风雨，宁可案子不办，也不能给我惹麻烦。懂我的意思吧？石韬点头称是。

一晚上连抓人带审人，次日上午又杀个回马枪把刘志艳抓了，连哄带吓唬地把两个孩子安顿给刘志艳的哥哥。此时的石韬觉得人困马乏，浑身发酸，尤其腰部酸痛。脑子发木，而且似乎有乱乱糟糟的声音在里面响。这是近年来伴随失眠产生的现象。中午的时候，石韬躺在铁皮文件柜后面安置的那张简易床上，想碰碰运气，看能不能眯一会儿觉。刚有点儿迷糊劲儿，就听赵京九和小孙从外面进来。赵京九正在给小孙发牢骚：我看石大队这两年脑子也开始打铁了。昨天上午摸代辉我们刚把团结巷动了，晚上刘志艳十一点多才回，李富泉次日凌晨两点多才回。该转移的早都转移完了！白白让我在永红巷猫了一夜，还让个洗头妹奚落了一番！又说，咱一下把人家两口子都拘了，万一办不下来，我看麻烦在后面。那个钱咱就敢肯定是李富泉拿的？姜祥儿子也在场，这种可能性石大队考虑过没有？小孙说，昨天石大队安排我去学校把姜祥的儿子了解了。他平时不太上网，也没啥不良嗜好，胆子小，是个老实娃娃。赵京九看来气还没顺过来，操起电话给向阳坡派出所打过去，让找个机会把永红巷把头的“好妹妹”洗头房给“好好收拾收拾”。

赵京九的一番话，尤其是“脑子打铁”这句话，在石韬心中引起了一阵尖锐的刺痛。赵京九不知道他就躺在铁皮文件柜后面，这种情况下说的话最能代表其真实想法。正是这一点深深刺激了石韬，因为这句话触到了石韬埋藏很深的一块心病。

石韬是从两年前开始失眠的。一开始只是偶有发生，后来就变得越来越频繁。夜里，眼前一陷入黑暗之中，大脑就开始变得清醒，疑难案件、信访案件、督办案件、人际关系，总之，凡能给人带来压力和烦恼的种种事情，就开始在脑海里翻腾起来。大脑变得越来越兴奋，甚至可以明显感觉出是不正常的亢奋。身体燥热，手心脚心一个劲地出虚汗。看书、数羊等老办法都不管用之后，他开始努力控制自己的思绪，想把那些烦心的事统统赶走，以求心静和安然入睡。然而，他发现，那些烦人的事不是说赶走就能从心里赶走的，入睡也不是靠自身努力就能轻易实现的。往往适得其反，在各种努力失败之后，自己会陷入更深的烦躁。他发现，思绪和意识不像肢体那样容易控制。他意识到，有时候他是无法控制自己的思绪的。别人都是这样，还是只有他一个人是这样？他是否已经陷入到一种病态之中了？这让他在烦躁之外，又体会到一种莫名的恐慌。

由于夜间睡不好，白天头脑里总是昏昏沉沉的。石韬开始体会到书上说的一些长期失眠易导致的症状。首先是记忆力衰退。这一点他在日常生活中已经感觉到了。他查阅了一些书籍，记忆力是人的整个智力结构的基础。记忆力一旦衰退，大脑快速检索的能力、联想的能力都会跟着衰退。这样一来，遇事迅速进行分析和判断的能力也会跟着衰退。用通常的话说，这个人就变迟钝了。这不仅仅影响一个人的智力因素，而且还会发生连锁反应，影响到一个人的行为风格。比如，原本果断干练的人，会变得犹豫不决，优柔寡断。而长期如此，就会导致一个人失去自信心。像石韬这样担任刑警大队长的人物，尽管内心清楚自己出了一些问题，但外表还必须努力保持着自己原有的强势作风、判断能力和领导威信。而长此以往，按照书上的说法，又会导致人格的分裂。

石韬深知，案件长期堆积如山，精神压力过大，是导致这一切的根本原因。什么时候才能从这种状态中摆脱出来呢？有一次，石韬去省公安厅参加会议。厅长在报告中说，根据市场经济国家的发展规律，当人均 GDP 在一千美元至三千美元之间时，一方面国家经济开始腾飞，一方面各种社会矛盾激化，刑事案件高位运行。我国目前正处在这个阶段，这种严峻形势在一定的历史时期内不会改变。石韬一听，有种绝望的感觉。人一辈子能经历几个“历史时期”？人的一生区区几十年，能熬得过历史吗？大约就从那时候起，石韬开始暗暗考虑如何抽身的事。对他来说，只有提拔上去，才能从堆积如山的案件中摆脱出来。怎么才能提拔上去呢？对他这样没什么背景的人来说，只有拼命地干，苦干加巧干，谨小慎微地干，争取不出任何差错地干……然而，照这种干法，精神压力只会更大，失眠症忧郁症只会更严重，领导能力只会更衰退。石韬有时觉得自己仿佛陷入了一个恶性循环的怪圈难以自拔，唯一能做的就是苦撑待变。

此时，因为赵京九那句话的刺激，石韬把自己接手案件后的安排又从头到尾捋了一遍。安排赵京九蹲守，并无什么不妥。尽管转移赃款的可能性较小，但再小的可能性也要认真对待。多年来的办案经验告诉石韬，侦查破案，从某种角度说，就是不厌其烦地验证和排除各种可能性，当所有“不是真相的可能性”都被排除之后，剩下的不就是真相了吗？赵京九警官大学毕业，在队里算是素质比较高，脑子比较活的。看问题的角度，以及某些言论，经常让石韬这一茬人感到匪夷所思，可细想想却又不无道理。所以，对赵京九的一些惊世骇俗的言论，虽然其他老侦查员往往是不屑一顾，石韬却会不动声色地在暗中琢磨一番，有时还颇有心得。当然，赵京九也有着年轻人常有的毛病，心浮气躁，干事情凭一时冲动，一遇挫折即垂头丧气，牢骚满腹。今天他的这番议论就典型地反映了这种毛病，虽然石韬异常反感，但他还是像往常一样，闭上眼慢慢地化解不良情绪。赵京九依然是他的心目中的重点培养对象，如果不培养出可靠的接班人，他是休想从刑警队抽身的。

七

传来了一个好消息，那个代辉居然被建设路派出所摸出来了。

石韬精神为之一振。一起案件能否侦破，受很多复杂因素影响，往往不是侦查员所能左右的。而且刑侦工作压力又很大，在这个行当干的时间长了，就会在潜意识里产生一些迷信思想。比如现在，石韬就觉得，派出所居然能摸出代辉，是个好兆头。事情一旦朝顺的方向发展，往往一顺百顺。这就好像劈竹子，只要你劈开一条小缝，竹子就仿佛心甘情愿似的哗一下给你裂到底。

石韬的注意力立刻转移到欢唱城的案子上来了。他暗暗地想，等把欢唱城的案子搞得有眉目了，回过头来再搞李富泉的案子，一顺百顺，说不定一把就拿下了。

然而，他高兴得太早了。经过讯问，代辉坦然交代，案发前他确实联系了那个小姐，但她有事没来。他只好去棋牌室消磨了一夜。又找棋牌室老板及雀友们查证，证实代辉当晚确实在该棋牌室，直到凌晨两点多才走。根本没有作案时间。石韬和苏鹏这一组人顿时集体陷入一片失望的沼泽。望着苏鹏一伙个个垂头丧气、呆若木鸡的样子。石韬深知，此时若不帮他们提起一口气，这个案子就算完了。尽管石韬此时也觉得浑身的精气神都消耗殆尽，身体内部有种无比空虚、支撑不住的感觉，但他还是强撑精神给苏鹏一伙打气：前期走访反映，死者确系接了一个电话后出去的，这个情况是比较可靠的。现在排除了去代辉那里的可能性，说明还有其他可能性未被咱们掌握，下一步的工作就是进一步调查走访，多考虑几个方向，把工作再做细点。以前比这更山穷水尽的情况都遇见过，最后不是照样破案嘛！

鼓了一番劲儿，石韬从苏鹏等几个人的脸上看出了一丝强打起的精神，有几个人已经在低声地商量着什么。他略松了一口气，不管怎么说，这台栽到沟里的汽车总算吃力地发动起来了，车轱辘又开始卖力地转动起来了。至于能不能从沟里爬出去，只有走着瞧了。

尽管给大家鼓起了劲儿，石韬自己却有种不祥的预感。当他找到小孙询问李富泉的案子的进展时，不祥的预感就应验了。小孙已经带赵京九他们把李富泉家仔细搜过了，一无所获。他家的银行存折也已经调查了，近些日子都只有些千元以内的小额进出。这些倒也罢了，都还在石韬估计的范围中，关键是刘志艳嘴里什么也没问出来。石韬仔细查看了一下讯问笔录，心中有几分了然。小孙还是那个老毛病，程咬金的三板斧，就凭那一股子凶狠劲儿。对方如果被打击处理过，或者心理素质好、事先精心准备过反审讯策略，扛住了他的三板斧，他就一点办法都没有了。石韬又把赵京九叫来问了审讯的情况，果然如他所料，小孙就那几句话，就那几招，那几招不管用了，审讯就陷入了僵局。石韬原来有两种设想，其一，刘志艳是个女人，再加上惦记孩子，利用这个弱点，说不定很快就突破口供。其二，就算一时突破不了口供，至少也能扒开个缺口，以便进一步开展工作。但现在看起来，刘志艳就像是个焊死的铁桶，简直密不透风。

这个晚上本来想好好睡一觉，因为好长时间以来他都没有睡过一个囫囵觉了。但过了午夜之后，石韬还是抱起被子悄悄往小卧室转移。因为身边老婆那均匀、酣畅甚至有些甜美的鼾声弄得石韬心烦意乱，越来越着急。一个人睡不着倒也罢了，但有旁边的人的酣睡作对比，睡不着的人只会陷入更深的焦虑。睡觉仿佛也成了一种残酷的竞赛。

石韬一个人躺在小卧室里，情绪稍稍平复了一些。但内心深处依然静不下来，白天的种种挫折、烦恼和来不及想清楚对策的事情在里面永不停息地翻涌着，就像热泉从地层深处永不停息地翻涌上来。石韬觉得自己被冥冥之中的一股什么力量给调动了一下，使他放下李富泉、刘志艳去搞欢唱城的案子，他在那里扑了个空，而等他调回头，这边的破案机会也悄然溜走了。他就像是被谁耍了似的，一种恼怒的感觉涌上心头。他冷静下来仔细思考，觉得近一个时期的挫折，根本原因在于用心不专，他的注意力在两个案件之间飘忽不定。如果他紧咬住这边的案子不放，对刘志艳的第一次讯问就由他亲自完成，说不定口供早就突破了。而刘志艳的口供一突破，剩下的事情就可以放心地交给赵京九小孙他们去做。他就可以专心致志地对付欢唱城的案子了。一想到赵京九，他又想起一件事，当初为什么不把讯问刘志艳的事交给赵京九办？其实，像这种没有一点证据基础的讯问，难度很大。在这方面，赵京九的办法比小孙要多。至少他懂得迂回，一个角度攻不下来，他会把话题引开，耐心地在核心问题的外围兜圈子，让对方松弛下来，逐渐转移注意力。他还会在兜圈子的过程中暗暗打几个埋伏。等他突然绕回到核心问题的时候，对方才猛然发现自己已经被逼入了死角。他见过赵京九的这一手。这也就是他办案子喜欢带上他，并且把他当作重点培养对象的原因之一。但这一回，如此烦心的一个案子，他怎么在关键时刻没有交给赵京九去办呢？似乎是借着浓浓黑暗的遮掩，他内心深处的一些东西浮出了水面。这些东西多少有些见不得人，如果是在白天，在办公室里，他也许不敢把这些东西从内心深处挖掘出来。其实就是为了赵京九那天的那句话，那句话不仅仅是让他不舒服，不仅仅是伤自尊心的问题，实际上，在他当下的处境中，那句话带给他一种强烈的危机感。但此时，在黑暗中，石韬反而感到比白天更清醒。他意识到，在那个瞬间其实他是不清醒的，他被一种狭隘的意识挟持了，失去了一个领导应有的胸怀与大度。在那个瞬间他其实也失去了自信。

把这一切都想清楚了之后，他忽然感到清醒又回来了，自信也回来了。他又把这个案子梳理了一遍，竟发现眼下的不利中其实也包含着很多有利因素。假如真在李富泉家中搜出那四万元现金，而李富泉狗急跳墙，咬死那是自己多年积蓄，指纹鉴定也拿不出个像样的结果。那这个案子真的就麻烦了，而刑警队也就真的骑虎难下了。现在看起来，那天夜里李富泉极有可能是出去转移赃物的。如今只要能突破口供，由他本人指认赃款埋藏地，录像固定证据，这个案子就能办成铁案。这样一分析，李富泉转移赃款的行为，实际上是聪明反被聪明误，是自己把自己逼入了死角。至于拿口供的办法，还有很多没使出来呢……当自信重新随着血液流贯全身的时候，石韬顿时有种醍醐灌顶，进而通体舒泰的感觉，一种久违了的、舒适的松弛感渐渐浸润了他的大脑及周身的每一根神经。

当他渐渐沉入梦乡的时候，窗外已呈现出天之将明时的蓝灰色。

八

李富泉被固定在刑事科学技术中心心理测试室的那把椅子上。

实际上，那把椅子与看守所提审室把人的手和脚都固定住的铁凳子不一样，并没安装那种把手腕箍死在扶手上的 U 型铁箍，也没有那种像蟹钳一样能够张开、合拢，从而把脚腕锁住的铁环。李富泉的手腕、手指和其他一些部位只是连接着一些他看不明白的传感器，传感器的导线连接在对面桌子的仪器上。桌子后面坐着一个穿白大褂的人。那个人的脸上毫无表情，不像提审他的刑警，有时候会大发雷霆，会显得咄咄逼人甚至很凶恶。但那个人并不让他感到轻松。那个人在测试开始前先给他讲解了一番这种测试的原理，讲得很深奥、很玄妙。他说，任何犯罪行为都会在行为人的心理上留下一些痕迹，他搞的这个测试，就是要测试出他的心理上是否留有这种痕迹。他说这种测试是靠一整套严密精确，被过去无数实验和办案实践证实了的科学方法，还有当今最先进的仪器设备做保障的。相关行为他是否实施过，一经测试，就会明白无误地显示出来。

提审室的铁凳子以及刑警的厉声讯问虽然让人很难受，但李富泉毕竟经历过多次，已经有所适应了。但这种心理测试的滋味他还从来没有品尝过。连在他身上的那些传感器和导线，让他一动也不敢动。他觉得比固定在铁凳子上还难受、还紧张。那个穿白大褂的人开始发问了，尽管他不像提审民警那样声色俱厉。但他有一个特点，每问一个问题，他就会盯着你的眼睛看。渐渐地，李富泉感到那个人的目光开始具有一种穿透力，仿佛一副钩子，伸进你的眼睛里，从你的脑子里面往外钩东西。

主持测试的民警一直仔细观察着测试椅上的李富泉，李富泉的身上开始出现一些预期的反应了。刚才给李富泉连接那些传感器时，通过身体的接触，民警能够感觉到，李富泉的肌肉很紧张。虽然看起来他端坐在测试椅上纹丝不动，似乎很平静，但通过身体的接触，对肌肉的触摸，就可以感觉出，他的这种纹丝不动，与没事人的那种很放松的平静截然不同，是靠绷紧的肌肉实现的，是一种刻意维持的状态。因此，他的身体很僵硬，身体的各个部位与椅子的接触面贴合得严丝合缝，不像是一个人坐在一把椅子上，简直就像是把人和椅子黏在了一起。

但随着测试的开始，他的全副注意力都集中在应付问题上来了。再也顾不上保持某种身体姿态，于是他的两条腿开始频繁地夹紧，额头上渗出了一层细密的汗珠。他大概对心理测试略知些皮毛，回答问题时努力想维持心情的平静。但无奈那些精心设置的问题紧紧围绕着当时的种种细节，个个达到强刺激的程度。一个人在这种情形下，想要控制自己的心理和神经，尤其是植物神经系统的应激反应是很难的。你可以欺骗别人，但你能骗过自己的神经系统吗？

李富泉的种种应激反应都显示在终端的仪器上了。

还有一个人并不比李富泉轻松多少。此人就是石韬。虽然心理测试不是最后一招，但石韬心知肚明，剩下的招数也不多了。李富泉之所以顽抗这么久，就是因为他自恃公安机关并不掌握什么过硬证据。而石韬他们最头疼的也正是这一点，手里没有一点证据，怎么才能打垮李富泉的精神防线？最后，石韬提出，没有证据，咱们先制造出一些“虚拟证据”，然后利用“虚拟证据”作武器，打垮李富泉的精神防线，拿到口供，进而取得真实的证据。

所谓“虚拟证据”，指的就是心理测试。心理测试虽然可以帮助公安机关掌握犯罪嫌疑人的心理痕迹，判断嫌疑人的嫌疑程度，以便确定下一步的工作方向。但在法庭上，心理测试的结果是不能作为证据来使用的。至于“虚拟证据”能不能打垮嫌疑人的心理防线，那就与嫌疑人对司法程序的了解程度、自身的心理素质等都有一定的关系。正因为如此，虽然李富泉未能通过心理测试，但石韬的心还是悬着的。李富泉曾受过打击处理，接受过公检法“一条龙”服务，对司法程序比较了解。万一他清楚“心理测试”的证据效力，那么这一招的作用将十分有限。

心理测试的结果出来后，石韬迅速提审了李富泉。

“李富泉，心理测试的结果也出来了，事情就是你干的，你还有啥说的？”

“你们弄的那个我也不懂。反正我就修个了个暖气，别的啥也没干。”

“李富泉，你懂也好，不懂也好。心理测试那是一门科学，全世界公认的，测试民警也给你讲清楚了。现在结果就摆在这儿，事情就是你干的。你再赖下去，对你只有坏处，没有一点好处！你想清楚！”

“反正我只知道关人判人要讲证据，你们要有证据你们判我好了，判我枪毙我都没意见！”

石韬一下噎住了，一种精心预谋后的失算、失败一下子将他击中了。一种恼羞成怒的感觉顿时把他攫住了。年轻时那种贲张的血气直冲脑门，上去就想来几下的冲动一个劲儿地脑子里涌。但一个多年养成的遇事勿躁的自我劝诫机制立刻启动了，冷静，冷静，千万不能暴露出自己的情绪。对方可能也是在试探你，对方也许并没有表现出来的那么有把握。

石韬很快恢复了情绪，脸上什么表情也没有，他点上一支烟，深吸了一口。忽然换了个话题，问起了李富泉的两个孩子，包括孩子的年龄，在哪儿出生的，在哪儿上的学，平常由谁照顾的，学习成绩等等。李富泉一开始脑子里的弦还紧绷着，渐渐地就放松了。可以看出他牵挂的就是那两个孩子了。在前一段时间的调查中，石韬就曾特意跟房东了解李富泉家里的情况，知道李富泉两口子对孩子的学习抓得很紧，两个姑娘的学习成绩也不错。可以听出，李富泉觉得自己这辈子没啥指望了，把希望都寄托在了孩子身上。石韬给李富泉也递了支烟，慢慢把话题引向深入，与他聊起了对孩子将来的打算。因为话题始终与案子无关，李富泉渐渐放松警惕，动了真情，他一边唉声叹气地诉说着打工的辛苦、生活的艰难、命运的不公，一边告诉石韬，他们两口子现在唯一的希望就寄托在孩子身上了，好在孩子都很争气，学习刻苦，成绩在班上名列前茅。石韬忽然插问，“你上次判进去的时候，孩子多大?”李富泉一愣，脸上重新现出紧张的神色，半天没有吭声。石韬已经替他算出来了："是不是大的五岁，小的三岁?”李富泉神情恍惚地点了点头。石韬又说，“你第一次判进去的事，我猜你孩子到现在也不知道吧，你们家就是那时候搬到这里来的吧。”李富泉又机械地点了点头。石韬又说，“现在你大姑娘十一岁，小姑娘九岁，如果这回再判进去话，你觉得还能瞒得住她们不?你让她们咋办?头上顶着爹是个当贼的名声去上学?要么就再搬家?搬得远远的?学习咋办?还能好得了吗?知道我对你为啥这么有耐心吗?我是在替你两个孩子考虑!你以为我没证据?我可以告诉你，你老婆的态度比你强得多，要不是看在你老婆孩子的份上，我早把你办了!而且我要重重地办你，就按入室盗窃办你!”

“咋能算入室盗窃?!是他们叫我修暖气的!”李富泉在石韬的一连串发问中，脸色越来越灰白，精神越来越恍惚不安，听到最后一句，控制不住地大叫起来。

“不算入室盗窃算啥?!算捡的吗?!”石韬几乎不留一刹那的间隙，连珠炮一般地发问。

李富泉猛醒过来，他说漏嘴了，但他的反应够快的，结结巴巴地改了口："我啥也没捡，就修了个暖气。”

“放屁!你刚才咋说的?!”

“我那只是跟你探讨个法律问题，我的意思是说，那种情况就算捡个啥也靠不上入室盗窃?对吧?何况我啥也没捡着!”

“好！有种的你就拿你这句话扛到底！给脸不要脸的东西，你看我怎么办你！你就等着上法院吧！”

石韬扔下这句话就让人把李富泉押进去了。他仰靠在椅子背上，闭上眼睛长吁了一口气。今天虽然没拿到口供。但可以感觉出来，李富泉的精神防线已经开始松动了。

九

星期一早上，石韬一走进公安局办公大楼，就觉得气氛有点儿不对头。一些关系不错的同事，平常见了面总要没正经地开几句玩笑，拍拍打打一番的，今天却都是点个头就匆匆而去，仿佛有什么事在躲着他似的。

石韬坐在办公室里点了一支烟，正纳闷这事，赵京九就推门进来。他把门轻轻合上，对石韬说：“石大队，咱们有点小麻烦。今天早上刘志艳她哥把她那两个闺女带到局里来，搡到刑警大队就走了。”

石韬脑子里嗡的一下，瞬间一片空白。办案这么多年，他还真没遇到过这种情况。他深吸了一口烟，让赵京九说说具体情况。赵京九说，刘志艳他哥把两个闺女带到刑警大队，说这个妹夫他一向看不上，两家关系早弄僵了，多少年没来往了，两个娃娃他管不了。既然公安局把她们爸妈一块抓了，公安局就把娃娃管上。

你们干啥吃的？不会做一下工作把娃娃领回去吗？

那小子是个无赖嘛，刚把他拉了一把，就撒泼胡闹开了，两个闺女也吓得哭起来了。星期一一大早人来人往办事的又多，不好硬弄。

石韬气得一句话也说不出来，只是一口接一口地吸烟。他想起当初批刘志艳的刑拘手续的时候王副局长说过的那句话：对刘志艳你们动作要快，不行就放人，宁可案子不办，也不能给我惹出麻烦。由此又联想起媒体上热炒的成都警方将犯罪嫌疑人带走后，因工作疏忽导致一名婴儿被锁在家中饿死的事……最近说不定上边正在抓这方面的事，石韬觉得心在往下沉落，后脊梁一阵一阵发凉，脑子觉得有点儿乱。

“娃娃现在在哪儿？”半天石韬才想起来问了一句。

“在内勤那里。”

石韬在内勤办公室门前犹豫了片刻，才轻轻地把门推开。他尽量不弄出声响，潜意识里是害怕惊动那两个小姑娘，害怕与她们的眼睛对视。在那一刻，他又想起抓人那一天见到的那两双清澈透明、懵然无知的眼睛。

门开了，室内的人没有被惊动。石韬看见办公桌的两边分坐着两个小姑娘，都耷拉着脑袋一声不吭，眼眶里蓄着的泪珠欲落未落、晶莹透亮。她们的面前各有一杯牛奶、一个面包。面包的外包装还没拆，显然动都没动。从远处看过去，她们那姿态、那神情，和所有在这里待过的犯罪嫌疑人简直没什么区别。石韬心里一阵难受，他干咽了一口唾沫，感到呼吸似乎都有点困难。那一刻，他感到已经克服多年的犹豫和软弱忽然又在心中滋生、翻涌，需要分神去压住它。

他把目光移向别处，发现内勤赵宝菊坐在对面的沙发上，正看着他，脸上是那种不知所措的傻笑。

石韬打个手势把她叫出来，从兜里掏出两百块钱递给她，然后低声交代：“这两天把别的事情先停下，专心看好这两个孩子。上学送过去，放学接回来，吃饭带到外面饭馆。晚上放在值班室，夜里睡觉由值班民警负责。不能出任何问题，明白了吧。”

赵宝菊眨巴着眼睛，为难地说：“这两天活儿太忙，局里要的报表、材料都该出了。”

“你先看着，完了再说!”石韬烦躁地挥了挥手，就转身回办公室了。

下午，王副局长打电话叫石韬过去问情况。石韬把情况汇报了，案子已经到了节骨眼上。他分析，最近成都事件炒得沸沸扬扬，刘志艳的哥哥很可能是受到这个事件的启发，想拿两个孩子要挟公安机关，以达到帮助妹妹、妹夫逃避打击的目的。上午他打电话到派出所了解刘志刚，这个人本身就很难缠，两年前，曾经因为其母亲在市三医院住院发生医疗纠纷的事，大闹过三医院。当时因为护士的一句什么话，他还脱光衣服裸奔过。后来，三医院赔了一大笔钱才把事情了结。石韬觉得，刘志刚属于那种从“闹”里尝过甜头的人，所以一有什么事第一个想到的办法就是闹，没理闹三分。

王副局长沉吟片刻，说："这样，案子我支持你搞。听你刚才汇报，李富泉有松动的迹象。咱们把重点放在李富泉身上。毕竟事情是他干的，刘志艳充其量算是知情不报。刘志艳我再给你三天时间，再没情况就取保，毕竟孩子放在公安局也不是个长久之计。你那里忙，我把孩子先安排到巡警队那里。"

石韬临出门的时候，王副局长又拍了拍他肩膀说："我知道你有股子犟劲儿，不过，有时候也别钻牛角尖。十个指头弹钢琴，要统筹兼顾嘛。"

石韬出了门就琢磨，王副局长最后一句话是什么意思？难道是暗示他，不行就放弃？在局里，他是王副局长的铁杆，王副局长是不是担心他在这个案子上栽跟头。但此案受害人是姜祥，姜祥跟政法委叶书记的关系王副局长也清楚，所以王副局长也不好把话挑明，就只能这样旁敲侧击一番？

不管怎么样，当务之急是提审刘志艳。

石韬跟刘志艳一接触，发现刘志艳的表现与李富泉不太一样。李富泉虽然至今拒不交代问题，但从他的种种细微表现，语气、眼神、动作、精神状态都可以感觉出，事情就是他干的。他在绞尽脑汁地抵赖，背负着沉重的精神压力。虽然这让石韬很恼火，但石韬是有底的，以他这种精神状态，支撑不了多久。但刘志艳就不一样了。刘志艳的反应，用行话说，就是抵触情绪很大，对抗性很强。抵触与抵赖虽只一字之差，但所代表的却是两种完全不同的精神状态。能够表现出抵触情绪，说明刘志艳心里底气很足。这种底气很足的人又分为两种情况，一种是压根儿没有犯罪行为，觉得公安机关把他冤枉了；另一种是对自己的行为不认为是犯罪，或者说没有负罪感。这种人的内心有一套自己的法则，是从他们的生存环境和生活经历中发展起来的。他们并不是不懂法律，也不是不知道自己的行为触犯了法律。但在他们看来，那只是你们的法律。有时我们说某个犯罪分子具有反社会的倾向时，那往往指的就是这种人。这种人是很难对付的，因为他自己的那套法则已经形成了一种顽固的信念。在这种信念的支撑下，他底气很足，毫不心虚，可以很冷静、很有耐力地与你周旋下去。

石韬无法判断刘志艳属于其中哪种情况。也许李富泉干的事她毫不知情，也许她知道此事，但在她看来，那笔钱是这个不公平的社会（或不公平的命运）欠下她的。总之，她的底气很足。她的眼睛总是直直地盯着石韬，说起话来带有一种呛人的味道，有时还气势逼人地反问，拿出一副咄咄逼人的气势。怪不得小孙第一次提审时会被弄得暴跳如雷。实际上，石韬的情绪恐怕比小孙还要急躁。因为对刘志艳的审讯实际上已处于倒计时的状态。在提审室里，是石韬在逼刘志艳交代。但只要一出提审室，一种形势、一种看不见的气氛，就在逼石韬就范。

那天早晨，石韬刚走进公安局办公楼，就看见巡警大队的内勤正从值班室里领出那两个女孩。女孩一看见石韬，立刻就把目光躲开了。其实那一瞬间，石韬也把目光躲开了。石韬的目光虽然躲开了，可他却忍不住用余光注视着那边的两个孩子。虽然目光没有交集，但他强烈地感觉到，那两个孩子的余光也在注视着自己。孩子的眼神留给他的只是一个瞬间印象：就是一种慌乱，一种不愿与他面对的心理。他知道在那之下还埋藏着很多东西，是怨恨？是敌对？还是别的什么……他不愿意再想下去了。内勤平常见了面都是热情招呼的，但那天却一声不吭，似乎也在用眼睛的余光注视着他，似乎也不愿打破那种沉默。那种沉默虽然只有片刻，却令石韬十分难挨。他人虽然走过去了，却有一种芒刺在背的感觉。

石韬第二天上班时，就有意识地在车里多待了一会儿。一直远远地看着内勤把那两个孩子领出公安局大院，才拉开车门。从值班室门前经过时，他下意识地迅速向那里张望了一眼。

接着，一些传言不断刺激着他的耳膜。说是巡警大队长李宝林到处嚷嚷：巡警大队难道是给刑警大队擦屁股的吗？这个传言石韬深信不疑。当初提拔干部的时候，李宝林和他同在刑警大队，他是后起之秀，李宝林能力上弱一些，但资格比他老。后来局里的安排是，李宝林任新成立的巡警大队大队长，石韬任刑警大队大队长。谁都知道，巡警大队在局里的地位跟刑警大队没法比。因此，在李宝林看来，自己是被当作石韬前进道路上的一块绊脚石而被搬开的。那天中午在食堂吃饭，大家谈论着最近上省城把两个上访老户接回来的事，说到政府信访部门处理越级上访有个原则，叫做“谁的娃娃谁抱走”。这时，李宝林忽然用那种半开玩笑的口吻对石韬说，石大队，你的娃娃你啥时候抱走呀？周围的人里有几个跟着李宝林响亮地笑起来……石韬心知这几年他冒尖太快，局里有一拨人是时刻准备着看他笑话的。过去有人提醒过他，但此刻身临其境，那种滋味与过去在脑子里预演时的自信和不屑相比，又大有一番不同。

尽管内心非常焦躁，但审讯时石韬明白越发要克制住自己的情绪。一旦情绪失控干出什么出格的事让对方抓住把柄，而口供又拿不下来，最后不得不放人，那么将来会有没完没了的麻烦。克制，克制，又是他妈的克制！石韬忽然发现，自从接手这个案子，他几乎从头到尾都不得不处在这种克制，其实就是被抑制的状态中。就好像有条无形的绳索一圈接一圈地捆在他身上，让他无法施展手脚，让他有种窒息的感觉。而如今简直到了山穷水尽，无从下手的地步。这种窒息，这种恼怒，根源在于你明明知道就是他干的，可你就是没有一点儿证据！这个看似荒谬的悖论，就像一个怪圈，让石韬深陷其中难以自拔。那时石韬会忍不住地想，这个案子如果搁在十几年前，一上手就把李富泉狠狠收拾一顿，早他妈的破了！可一旦从烦躁中平静下来，石韬就不得不提醒自己，真到办案的时候，千万不能被这种情绪所左右。一个刑事侦查员一旦被这种情绪控制，出事儿是早晚的。

十

三天时间很快过去了，刘志艳这里毫无进展，而石韬却已经疲惫不堪。

第三天的深夜，石韬又是在老婆沉入梦乡之后，悄悄抱起被子一个人来到小卧室里躺下。他预感到今天晚上恐怕又得在黑暗中当一夜睁眼瞎了。他决定索性放任自己那亢奋的神经去活动好了。他躺在床上，在各种不同姿势的变换中，做着艰难的决定。

首先，他决定明天就给刘志艳办取保候审。王副局长给的三天期限已经到了。尽管凭他和王副局长的关系，再把刘志艳多关两天碰碰运气，王副局长也不会说什么。但那两个众目睽睽之下天天住在公安局的孩子，还有办公大楼里种种传言议论，不论是善意关心的，还是居心叵测的，都已经让石韬的心理承受力达到了极限，甚至让他无法专心地去做事。但这个决定给石韬带来了另一种隐忧，凭他对刘志艳的观察，他吃不准，一旦把她放出去，她会有什么反应。尤其是她的那个大哥，会不会犯坏，给她出歪主意，甚至教唆她干些什么……

其次，就是李富泉怎么办？这一点更让石韬感到棘手，陷入深度的犹豫之中。如果他继续死扛着不交代，下一步又该怎么办？

下午的时候，赵京九来给他汇报苏鹏他们那一组的进展。赵京九说，苏鹏他们经过进一步调查走访，从受害人的好友那里了解到，受害人其实还有一部手机。但那部手机仅限于与个别关系非常密切的人联系。出事那天晚上，受害人究竟是接了哪部手机后离开的，现场目击者也不能确定。苏鹏他们随即到电信部门调取了通话记录，发现受害人生前接的最后一个电话并不是代辉打到那部招嫖拉客的电话上的，而恰恰是打到那部私密电话上的。两个电话前后只差五分钟。说到这里，赵京九停了下来，两眼灼灼地盯着石韬的脸，就像一个报喜的人，总是期待着对方的脸上能呈现出喜气洋洋，至少也是精神一振的模样来。石韬体察出赵京九的心理，心头滚过一阵暖意。他努力从沙发窝里直起身子，露出一个疲惫的笑容，让赵京九继续。赵京九于是接着说道，但那只是一个公用电话。苏鹏他们一看是公用电话，就又丧了气了。不过，前面几天，都有公用电话与受害人的这部手机联系过。其中有两次还是重号。我感觉虽然是公用电话，好好查一查说不定也能出情况。关键是，弟兄们现在都打不起精神来，都说事情过去这么多天了，查公用电话能有什么结果……

说到这儿，赵京九又用那种目光灼灼的眼神看着石韬。石韬这才明白这小子今天来的深意。原来他的真实目的是想劝石韬放下李富泉的案子，干脆一门心思办欢唱城的案子算了。他虽然没有明说，但他话里话外的意思就是劝石韬放弃。对这个问题，石韬自己实际上也已经开始摇摆不定了，他也想听听别人的意见，为自己最后的决断寻找些心理支持。于是他放任赵京九说下去。赵京九本来就是给点儿颜色就开染坊的性格。好容易在大队长面前得着个畅所欲言的机会，很快就进入到那种滔滔不绝，忘乎所以的状态中去了。赵京九说："一头是命案，一头是个盗窃案，孰轻孰重，大队长您比我们有把握。况且这个案子先天条件本来就不好，嫌疑人是受邀约进入现场的，痕迹物证都统统报废了。又是现金案子，以物找人也没办法进行，只有靠口供。可现如今和谐社会，人权保障这么讲究，疑罪从无，宁可错放，不能错抓。干事的人都懂这一套。人家硬是不供，你有啥办法？硬碰硬你又不敢……等耗够时间，人家出了号子，得了便宜还卖乖，人家还找你索赔呢！这个案子虽说有刘大队的人情在这儿，但咱们也算是把该做的都做到家了，你想两口子都弄进来了，又是蹲坑守候，又是背靠背审讯，又是政策攻心，又是心理测试，咱们现在的处境就是机关算尽，黔驴技穷，给刘大队说明一下情况，他能理解的。再说姜祥家吧，也是他妈的没事生事，你说你把钱藏到哪儿不好，偏偏藏到那么个球地方?！按人家国外的观念，你这叫引诱他人犯罪。这个案子你说是盗窃，对方说是捡拾，到时候咱辛辛苦苦把人审下来，人家法院判不判还成问题呢！姜祥钱多得包了几房二奶都花不完，还往暖气罩里面塞，那你就干脆让人家李富泉捡回家算了嘛，人家培养下一代不比你包二奶用在正路上？也算是间接地缩小了贫富差距嘛……"

石韬一听，赵京九又开始他的惊世骇俗了，连忙喝住："放屁！都像这么缩小贫富差距，天下还不大乱了！"

然而，此时在夜的黑暗中，躺在自家的软床垫上，四肢百骸都处于懒散的放松状态，人的精神从工作状态遁出之时，石韬的想法不自觉地就倒向了赵京九这边。赵京九这个狗小子，别看说话油腔滑调，没边没沿的，可仔细想想，里面的意思可真是贴心贴肺，入情入理。自己这么死钻牛角尖，何必呢？何苦呢？回想一下过去也曾经死钻过几次牛角尖，最后结果大多不了了之，两头不落好。不行就把李富泉再晾几天，他要是还顶得住，就给他办个取保，不了了之算了？一旦真到了下决心的时候，一种难以言表的执拗又开始在石韬心中顽强地发作起来。他不由得想起了近些日子来较量过程中李富泉那张狡猾的脸，那张一刻不停地撒谎抵赖的嘴，还有那双一有机会就窥视他的眼睛。难道自己就败在这样一副嘴脸之下，让这样一副嘴脸随意要弄，得意地笑到最后？石韬不由得想起了自从抓了李富泉之后精心采取的一系列措施，还有审讯中自己说过的很多硬话，一旦失败，它们都会成为自己记忆深处挥之不去的阴影。李富泉一旦从号子里放出去，他会如何跟他老婆，甚至跟他过去那些同伙吹嘘他是如何把刑警大队的石大队长要了的……想到这一层，刚刚平静下来的神经又亢奋起来了，石韬明显感觉到身体在发热，侧贴在枕头上的耳朵可以听见太阳穴处的血管“嘣嘣”的跳动声。再放任下去，今夜就真的要睁眼到天明了，为了控制住兴奋的神经，他不得不试着转移注意力，他开始想赵京九说的那些情况，就是欢唱城案子的进展。他忽然想到，赵京九说过有过两次通话用的是同一部公用电话，其中一次通话时间长达 15 分钟，只要这是一部有人值守的电话，极可能提供出有价值的线索……况且，某些公用电话处在闹市区，也可能会有监控探头……这些积极的因素进入石韬的头脑中，渐渐地抚平了他焦躁的情绪。他的思维开始向乐观的方面转移，虽然李富泉那张狡诈的脸也曾打断他的思绪浮现在他的眼前，但现在令他想到的却是对自己有利的因素，他想，李富泉此时此刻也许比他更难熬，快二十天了，一般犯罪嫌疑人的承受极限也快到了，李富泉得到的都是对他不利的信息，再怎么也应该是他先动摇，况且，上次他已经在李富泉的脸上看到动摇的迹象了……睡意在慢慢地袭来，就像风中的一片羽毛，随着风力的减弱，慢慢地飘落到地面上，可是并不稳定，在风的微微扰动下，又会轻扬起来，即使最终完全停留在地面上，还是会在不可名状的气流的作用下，簌簌地颤动着。

十一

事情是在刘志艳被放出看守所之后出现急剧转折的。

那天，石韬正在给苏鹏他们这个组布置任务。石韬要求他们围绕案发前几日与受害人的私密手机有过联系的那几部公用电话展开详细的调查走访，尤其是案发前三天，曾经两次给受害人手机通过话的那部电话恰巧是报刊亭里有人值守的电话，一定要重点调查。要注意所有公用电话周围是否有监控探头，有探头的要把关键时段的录像做提取、做辨认，要鼓足劲头，充满信心，坚持到最后一刻，不到山穷水尽，决不能撒手……侦查员们感觉到石韬今天讲话与往日有些不同，许多超常规的话都从石韬嘴里冒出来了，什么“不到黄河心不死，不见棺材不掉泪”……听着听着，赵京九就给苏鹏咬耳朵：“动感情了，你们这回可都小心着点”。他们不知道，石韬有很多话是在讲给自己听，因此，他讲得异常投入。

就在这时，石韬接到一个电话，听完电话，他的脸色陡然变得难看：“妈的！跟我较上劲了！”然后厉声叫上小孙，让跟他一块儿去信访办。

原来，刘志艳从看守所放出来后，不但没把孩子接回家，反而闹到公安局来了。

石韬原先想，办她个取保候审，应该能镇住她的。毕竟还有“候审”两个字在后面等着，谅她也不敢咋的。不料，刘志艳是个半文盲，什么都不懂。正应了那句话“无知者无畏”。她才不管你什么候审不候审的，她一见你放了她，她就觉得你拿她没办法啦，怕了她了，她已经开始占上风了。回去后再听她大哥一表功，一教唆，一下悟出来了。原来是两个孩子把公安局镇住了。因此，她死活也不接孩子。那天，巡警大队派车把两个孩子送到她家里，最后是闹得一塌糊涂，她就躺在车轱辘下面不让车走。内勤电话请示的时候，李宝林不知出于什么心理，竟又让内勤把孩子带回了公安局。

据信访办讲，刘志艳的条件有两条，听起来还都振振有词，一要让公安局出证明，证明她刘志艳不是贼，是公安局抓错了人。否则，不但她以后“在向阳坡活不了人”，而且“地下的老先人都要羞得再死上一回”。第二条，审讯的时候，小孙对她进行了辱骂，要让小孙和小孙的那个头头（石韬）给她赔礼道歉。

在信访办，石韬曾与刘志艳深深地对视了片刻。在号子里的时候，虽然也能看出这个女人的厉害，但那时候迫于形势，她的那股子厉害劲还是有所收敛的。而此时，她就把她骨子里的泼野劲儿酣畅淋漓地释放出来了。她扬着脖子，转着脑袋，嘶哑着嗓门，一遍又一遍地把那些不堪入耳的难听话（就是小孙骂她的话）重复给在场的每个人听。不仅没有丝毫受到伤害的难过，反而像是在享受胜利的果实。她的眉峰耸立、对峙在一起，眼睛因此挤成了那种凶恶的三角形，目光在小孙和石韬的脸上来回扫射，里面积蓄着令人胆寒的怨毒。

小孙的喉头一耸一耸的，想说又说不出一句话。

石韬就知道，有些话小孙确实是骂了。但他现在没工夫教训小孙了。他对刘志艳说，同时也是在信访办的人跟前表了个态："有些骂人的话，我没有调查，不知道我们民警骂了没有。但现在就当是骂了，我这个大队长给你赔礼道歉。证明，现在给你开不了，因为事情还没搞清楚，你还在取保候审阶段。孩子，接不接在你，几顿饭公安局还是管得起的。案子，我石韬要办到底！你听明白了吧?!"

说完最后一句话，石韬的眼睛里放射出两道锋利的光芒。石韬平时很少用这样锋利的眼光去盯一个人。就像食肉动物的爪钩，平常都是藏在肉垫里，只有用的时候才会伸出来，以保持其锋利。那一瞬间，石韬捕捉到了女人眼睛里一闪即逝的胆怯。

此后，纪委找石韬谈了话，王副局长也找石韬谈了话。归根结底，都是一个担心：案子到底能不能办下来？这个案子如果办不下来，看这个女人的劲头，将来恐怕有麻烦。

可以说，石韬是到这一刻才真正铁了心要把李富泉办了。因为这时候他已经被逼到了没有退路的份上。看那个女人的劲头，他就明白，她是那种敢于豁出去的人。李富泉还在号子里，她都能闹成这样。一旦李富泉办不下来，她还不使出吃奶的劲反咬你一口，而且会一口咬住就不撒嘴，非要生生咬下你一口肉来。

这一点是可以肯定的。因为石韬从她的眼中，看到了一种刻骨的怨怼。赔礼道歉、国家赔偿，甚至处分……这些让人揪心的字眼从石韬的脑海里飘忽而过。

十二

把最坏的结果都预想到，都在心里预演一遍，默默地承担下来。石韬心中反而变得坦然而镇定了。也许这就叫置之死地而后生吧。

在一片坦然镇定、神清气爽中，石韬感到多年刑侦生涯历练出的良好直感慢慢地都回来了。他觉得，对李富泉晾得还不够火候。他现在的全部希望就寄托在耗时间上，那就让他耗吧。不能急于提审，一旦表现出急于提审，会给对方传达出我们快要耗不住的信息。

石韬在心里默默地算了一下，离刑拘的最后期限还有十天了。晾着，一直晾到最后的时刻，看看耗不住的究竟是谁？这时候，比的就是定力了。石韬对自己的定力又恢复了自信，他决定先去搞欢唱城的案子。与此同时，一个模糊的想法从脑海中一掠而过。

那是一步险招。

从石韬给大家开过会，大家又振作起精神调查公用电话那天开始，欢唱城的案子就进展得顺利起来。先是那部曾经两次打到受害人手机上的公用电话，据报刊亭的姑娘回忆，那人操一口浓重的甘肃口音。第二次打电话的时候，打了十多分钟，和电话那头发生了严重的争执。因此印象很深。

受害人恰恰是甘肃人。这一情况顿时给石韬他们提供了一个以前未曾考虑过的侦查方向。石韬迅速安排民警向受害人家人重新了解情况，搜集线索。对方反映出几个数年前受害人尚未离开家乡时关系较为密切的人员。经一一查证，其中与受害人曾经保持恋爱关系的马某，最近外出打工，不知去向。

民警们迅速调取马某的图像资料，请报刊亭的姑娘辨认，得到了肯定的答复。马某的作案嫌疑顿时上升。

到了这时，石韬过去办案时的良好感觉完全恢复过来，周身充盈着适度的兴奋，到了晚上也能够安然入睡，状态似乎完全调整过来了。他指挥手下民警迅速外调，了解马某可能的落脚点，并实施抓捕。一切都进行的有条不紊，快速而高效。马某很快在邻近一座城市打工的工地上落网，随身搜出了受害人的手机……

当石韬和李富泉再次见面的时候，二人之间内在的形势已经大变。因为连睡了几个好觉，石韬显得精神饱满，神态安闲自得，似乎已经完全掌握了主动权。而李富泉大概连着几天没睡着觉，神态萎靡困顿，精神恍恍惚惚，眼睛里布满血丝，连头发都显得干枯无光了。一见到石韬，他就调动起最后残存的一点儿精气神，摆出一副鱼死网破的架势，准备接招。

一看李富泉的这副模样，石韬明白，这一段时间的晾，已经晾出效果了。李富泉猜不透石韬怎么能连着十来天理都不理他。这些天，他一定在绞尽脑汁地琢磨石韬干什么去了，石韬是不是抓到什么把柄了，老婆会不会已经彻底交代了，他琢磨得夜里睡不着觉，白天精神恍惚。他对他一直抱定的“耗到最后就能出去的”的信念已经发生了严重的动摇，这种生不如死的日子，他觉得他再也挨不了几天了……

石韬要的就是这种效果，他还要加强这种效果。

这次提审很简短。石韬根本没有使劲儿，只是简单地说了几句话：“李富泉你想好了没有？现在交代，我说过的话统统算数。这是我给你的最后一次机会，你想清楚。”

李富泉半天都没吭声，他紧张地偷眼看石韬的表情。可石韬一看他，他就赶紧低下头。他不停地舔嘴唇，他的两条腿又开始不由自主地夹紧了。

石韬知道，他正在做一生中恐怕最难做的一个决定。

最后，李富泉畏畏缩缩地嘟囔出这么几个字：“我没啥可说的。”说完，他就紧张地盯着石韬，想看他的反应。

他还想做最后的试探，他还抱有残存的最后一点侥幸心理。石韬二话没说，挥挥手就让人把他押回监号。

他只差最后一记重击了。石韬对此有十足的把握。

十三

他只差最后一记重击了。这就是石韬拿来说服王副局长的核心理由。

这么多年来，王副局长一直就是信任石韬的。尽管这次这个案子很悬，但眼下石韬的处境，让王副局长无法做出第二种选择。他只能跟石韬站在一起。

“检察院那边谁做工作?”

“我让姜祥给叶书记打招呼。姜祥老婆为这个事受刺激很大，他不会不重视的。”

王副局长略显无奈地在报捕意见书上签了名，边签边挂下脸来说：“你好好弄，别让我给你擦屁股。”

但这句话在石韬听来，意思刚好相反，意味着真出了事，王副局长还会给他擦屁股的。

检察院的老齐看过石韬递上的报捕意见书，惊诧地看着他，低声道：“石大队你也是老侦查员了，这能批得了吗？这啥证据都没有嘛!”

石韬俯耳低语道：“证据我会有的，这件事请示过叶书记，特事特办，你只管批。保证不给你找麻烦。”

老齐摇头咋舌地说：“你这个我批不了。你这不是把兄弟往坑里推嘛！我干了这么多年了，像这种情况从来没批过，批不了批不了……”

石韬无奈地拿起桌上的电话，拨了一串号码，电话接通后，石韬低声道：“叶书记，我石韬，就那事，我在检察院。”随后把电话递给了老齐。老齐接过电话，听了半天，只说了半句：“叶书记，倒不是不可以……只是我担心……”就再也没有下文了。随后，老齐放下电话，在报捕意见书上无奈地签了同意，又用警告的口气对石韬说：“你抓紧时间弄，出不了情况就赶紧放人，别把兄弟都带到坑里去了……”

李富泉在看到对他的批准逮捕决定书的一刹那，其反应的激烈程度可想而知。如果不是被固定在铁凳子上，他也许会像一根没压好的弹簧那样蹦起来的。

批准逮捕，意味着他又得在这里耗上最少两个月。而且，经历过打击处理的他深知，批准逮捕的决定是由检察院做出来的。如果公安局不掌握扎实的证据，这个决定是不可能做出来。而这个决定一旦做出，他离法院也就只差一步之遥了。他的信心被彻底打垮了。可他百思不得其解，自己不吐口，他们是怎么掌握证据的？难道老婆已经交代了？难道钱已经被他们挖出来了？难道心理测试的结果法院也可以认定吗？那一瞬间，他的脑子被一连串的“难道”塞得满满的，法院、刑期、老婆孩子的面孔，一连串的念头就像一连串的拳头击中他的头颅，使他头晕目眩，几乎失去了正常的思维能力……

石韬看到的景象只是李富泉瘫在铁凳子里，嘴里喃喃自语道：“你们凭啥捕我？你们有啥证据？”

石韬临走时给李富泉又下了一副猛药：“你不是说没证据我咋的不了你吗？没证据我就把你捕了，没证据我还就把你判了，你等着瞧，我石大队说话就是这么管用！回去好好想想，现在配合我们还来得及……”

李富泉是在第二天晚上彻底交代问题的。

其实，从这天一大早起，李富泉就在看守所里拼命叫着要见石大队了。一旦缴械投降，唯一的出路就是拼命讨好石韬，争取个好的认罪态度，以便从轻量刑。石韬上午就接到看守所电话了，但他故意晾了李富泉一白天，他让看守所民警转告李富泉“石大队是想见就见，想不见就不见的吗”。

他要巩固好这种来之不易的效果，以防李富泉日后再变卦。

石韬等人一直等到傍晚才来到看守所。待问完口供，一行人开着面包车带着李富泉去指认埋赃地点的时候，已是夜色深浓。

天公不作美，竟然下起雨来。茫茫雨夜中，面包车驶向人烟越来越稀少的向阳坡一带。车灯的光柱刺破无边夜色中编织起的重重雨幕，射向苍茫的远方。

面包车最终停在向阳坡半山坡的一处移动基站的铁塔前，几个黑影从车上下来，在其中一人的指点下，来到铁塔正南三四米处，搬去三块垒在一起的石头，开始向地下挖掘起来。摄像机的灯光将这几个挖掘者笼罩在一团昏黄的光晕下。在空旷寂寥的荒郊野外，在苍茫广大、萧瑟凄清的雨夜中，这小小的一团昏黄的光晕看起来有着说不出的孤独，甚至诡异。光晕笼罩下的几个挖掘者，就像是中世纪传说中在黑森林里挖掘宝藏的盗墓者。他们的脸上个个流露出激动和渴望，甚至顾不上擦一把顺着脸颊流淌的雨水。

突然，其中一人兴奋地叫了一声：“有了！”几个人扔下铁锹，蹲下身子小心翼翼地用手刨去沙土泥水，从他们精心挖掘出的这个小坑里慢慢刨出了一个黑色塑料袋。袋口打开时，粉红色的钞票兀然呈现在摄像机的灯光下，艳若桃花。

十四

李富泉的案子侦破之后，石韬再也没有谈论过这个案子，不管是在何种情况下。有时，哪怕参与侦办这个案子的民警们，或队里的其他民警谈起这个案子，石韬都会突然厉声查问起其中某个人的工作，从而将他们的谈话中断。看来，这个案件的侦破不但没有像其他案件一样给他带来成就感，反而成为他的一块心病，甚至禁忌。

时间长了，这个案件渐渐被大家埋葬在了记忆的深处。只在极偶然的情况下，比如在石韬看到某个电视节目的时候，才会忽然触发他的某根神经，引起一阵愣怔。

（作品选自《江南》2010 年第 6 期，
入选 2012 年《新疆新世纪中篇小说精选》）

作者简介：

张弛，生于 1970 年，新疆作家协会会员，现供职于新疆维吾尔自治区公安厅宣传处。在《十月》《北京文学》《上海文学》等刊物发表小说 60 余万字，作品入选《小说选刊》《小说精选》《2001 中国年度最佳短篇小说》《中外书摘》等书刊。

石 磨 作 证

文/常德丛

一

浩然主动要求调到清河镇派出所是有私心的。他当然不是为了能当上那个所长才愿意去那个“麻烦一大堆的地方”，他有自己的想法。但他不会告诉任何人自己的这个想法，其实也不是不想讲，而是没法讲清楚。所以，即使有些风言风语，他也不在乎。

他不是对什么都不在乎。不然他就不会选择到清河镇这个地方来。他很清楚到这里来摆在自己面前的是什么样的麻烦事儿。

麻烦不只是青石村和清溪村那一场纠缠不清的官司，麻烦也不只是青石村老上访户冼翠英没完没了的吵闹。麻烦还有一个更现实的原因：在他刚刚上任的第二天，便接到“清网行动”的通知——他派出所的档案里还有一个潜逃了十九年的凶杀案犯罪嫌疑人逍遥法外。

麻烦的更大原因是这个案子牵连着太多的纠结。纠结绾得多了就是疙瘩，疙瘩放的时间长了就成了大疙瘩，继续纠缠下去还可能会演变成埋在清溪村和青石村之间矛盾爆发的导火索。

派出所民警说，两个村原来关系很好——他说的关系很好指的是在二十年前——后来就开始有了矛盾。产生矛盾的主要原因是这条清河。农民要种地，种地要灌溉。清河是这两个村子赖以生存的命根子。前些年河水流量充足灌溉不用愁。但近几年河水流量突然减少，旱情越来越严重。这条河，就变成了一条鸿沟，把隔河相望的两个村庄的距离越拉越大，而两村人之间的怨恨也越来越深。

“有多深?”浩然问。

民警指一下水库：“比它深多了。”顺手把一块石头掷进去，水面很快开出一朵清脆的水花。

“那还要这个水库有什么用?”

“还真不如不要。”民警说，“有了反倒坏事了。没水库的时候，水不够用，大家还可以用机井；有了水库，就全依赖它了。”

“不够用，为什么不扩建?”

“要能扩早扩了。主要是扩建涉及占用土地问题。青石村被占用得少，但是地好，要求补偿多；清溪村被占用的地土质不好，但占用得多，不但要补偿，还要优先使用。双方谈不拢。”民警说，“这哪是一个水库，分明是一个炸药包。这条小小的清河是这个炸药包的导火线，而那个至今没抓到的凶手就是点燃这根导火线的有机磷。”

磷是不能积存太多热量的，多了就会自燃。

谁在积存热量?——冼翠英。

二

冼翠英是甘新泉的“老婆”。甘新泉却不是冼翠英的老公。其实青石村的人都知道甘新泉是冼翠英的“老公”。两个人在一个屋檐下相依为命生活了十几年，说不是两口子，谁信?

是不是两口子甘新泉最清楚。但他不说，也不回答，只是笑。他越笑，别人就越怀疑：肯定是，至少是有实质内容的。

但冼翠英始终不承认他们是两口子。问她的时候，她只说是“亲人”。再问就翻脸，别人便不再问了。其实也不是怕她，是同情她，不想惹她生气。同情是因为石洪柱。

石洪柱被打死那年冼翠英才二十五岁，女儿还不到六岁，石洪柱的老娘已经七十多岁了。同情是因为石洪柱是个出了名的好人。

好就好在孝顺。从他妈偏瘫卧床那年起，他就辍学回家端屎端尿照顾老人，始终如一。

好人有好福。三十岁那年他开拖拉机在路上把一个晕倒的女人送到医院抢救。结果人家“赖”上他，死活要把女儿嫁给他。第一年结婚，第二年当上村长，第三年当上爹。

好人不长命。石洪柱不爱惹是非，也许这一辈子他就吵过那一次架，却断送了性命。他和人吵架的原因也是为了村里的灌溉问题，所以全村人都替他惋惜。惋惜之后便是同情，同情之后便是对凶手的憎恨。他们憎恨清溪村那个打死石洪柱的凶手夏洪涛，也因此憎恨清溪村人。有人说清溪村给派出所送了礼，所以人就是抓不到。人越抓不到，青石村村民就越鼓动冼翠英上访。一上访就牵连到两个村多年来的恩恩怨怨。

“什么恩怨？”浩然问。

民警摇头：“根儿里弯儿里的事情我也说不清，反正，唠扯起来就没完没了。从县里到镇上，从政府到派出所，工作没少做，鸿沟却难填上。不但填不上，后来大家发现，鸿沟越填越深越大。就像两个吵架的孩子，有人拉劝，就越发吵得厉害，真就奇了怪了。”

民警说，这些年为了抓到夏洪涛他们费了老鼻子劲了。起初还有些踪迹，后来就没有了消息，再后来干脆销声匿迹了。“我们怀疑他已经死了。据说他去了大兴安岭的深山里。不是憋死也会饿死，或者会被狼虫虎豹咬死。”

这也许就是后来他们放弃寻找的原因。浩然心里这样想，脸上却绷得紧紧的：“死没死要有事实说话。”

“线索什么时候丢失的？”他问办案民警夏立朝。

“1991 年。”夏立朝是个老民警，一直在青石镇工作。

“怎么丢的？最后是什么情况？”

“在齐齐哈尔。当时得到线索，他在那里有踪迹。我们去了。结果，什么也没捞到。从此再没任何消息。”

浩然沉默了一会儿，问：“你去了吗？”

“去了。”他说，“当时我还是个跟班的。”又笑一下，“其实，现在也还是个跟班的。”

“咱们争取把他找到。”说这话的时候，浩然表现出了胸有成竹的样子——其实，他心里一点儿底也没有。

夏立朝轻描淡写地说："我是等不到了。今年该退休了。"

"哦?"浩然看他一眼，"你的正科不是还没有解决吗?"

"不说这事儿，纠结。"他站起来撂了一句，转身就出去了，把浩然一个人扔在房子里纠结。

三

浩然纠结的原因是昨天去见石亚楠的事情。

石亚楠是他的大学同学，现在在清河镇中学当老师。浩然去见她纯粹是同学间的拜访——至少这次他是这样想的。

但石亚楠却不这样认为。她不愿见她的警察同学是因为她是冼翠英的女儿。冼翠英是清河镇有名的"上访户"，是派出所"挂号的红人"。所以，石亚楠根本不想看到穿制服的人，不但不想见，甚至有些厌恶。

浩然吃闭门羹是他自找的。第一，他不该穿着警服去见老同学。第二，他不该在人家上班的时候去添乱。他觉得自己是顺路拜访，可人家不这样想。闭门羹是吃定的，但他没想到会这么苦涩。几乎还没来得及说话就被一句"我马上要上课去了"搪塞出去。

他是个不撞南墙不回头的人，即使撞了南墙，不是头破血流也不会放弃。所以，他今天又来了。不料，相似的情节再次上演。

他尴尬着走出石亚楠办公室的时候，迎面撞上甘新泉。

浩然认识甘新泉。他来青石镇报到那天，人还没到，冼翠英就已经在派出所"恭候"了。他脚一踏进门就被冼翠英来了个下马威。折腾了半天，最后还是甘新泉赶来好说歹说把她劝回去的。浩然从心里感激甘新泉。不光是感激，他还有个见不了光的想法：利用。

他想利用甘新泉不是来做坏事。他听说甘新泉在青石村这个石姓的大户村中是个"外姓"。也许正是这个原因，他和清溪村的关系还不是那样僵。所以，他觉得忠厚而又明理的甘新泉或许可以作为调解两个村子关系的一个渡河"棋子"。当然，条件是，必须先要争取说服冼翠英不再上访。

这是一个几乎不可能实现的愿望。但他想试试。因为他有一把重要的钥匙——他的大学同学石亚楠。

现在看来，他这把钥匙很难打开那把“生锈的锁”。他多少有些沮丧，所以，看到甘新泉的时候并没有表现出过分的热情，倒是甘新泉在摩托车上先向他打招呼。

浩然有些不自在。想过去和他握手，甘新泉却没有停下来的意思。他忙掏出一支烟追过去，递给甘新泉的时候，甘新泉才停下车，一个慌张没接好，烟掉在了地上。甘新泉急忙去捡。浩然已经又抽出一支递了过来，另一只手上的打火机火苗在熠熠燃着。甘新泉受宠若惊地接过烟，推让了半天，最终还是自己把烟点燃。

浩然把那包烟装进口袋的时候，甘新泉问：“你咋不吸？”

浩然笑着说：“我不会。”

“那就没必要带着烟了。”甘新泉说着又跨上了摩托车，“浩所长，我去和我家亚楠说事儿，先走了。”

“是过生日的事儿吧？”浩然笑着问。

甘新泉一愣，“你咋知道的？”马上恍然大悟的样子，“哦，你们有人口信息。”还没等浩然解释，他已经一脚蹬开摩托，“浩所长，我走了。”

“好，我等你。”

“有事儿吗？”甘新泉骑在摩托车上，单脚点地。

浩然微笑着：“聊聊村子里的事儿，方便吗？”他又强调说，“不关冼阿姨的事儿，你放心。”

也许是听到“阿姨”这两个亲切的字，甘新泉爽快答应了。

答应得利索，却去了很久。回来的时候，浩然站在那棵馒头柳下把大衣口袋里那个盒子都快搓揉破了。

甘新泉解释说：“工作不好做，死活不回去。”

“怎么会这样？”

甘新泉苦笑一下：“最近老和她妈妈生气，因为上访的事情。她阻止，她妈妈就急，两个人就吵。她妈妈打电话，亚楠不接。我就成了传话筒。一大清早就让我来当面交代亚楠晚上回家去吃饭，可孩子不买账，好说歹说都不回。”

“经常这样吗？”

“也不是。以前只是偶尔说一下。这一段时间开始强烈反对。所以，三天两头吵架。她奶奶耳朵聋了听不到，心静。我这耳朵可遭罪了，呵呵。”

“你支持谁?”浩然笑着问。

“这话只对你说，也不怕你笑话，我嘴上是支持翠英的，但心里和亚楠站在一起。”

浩然咧嘴笑：“其实阿姨的心情可以理解，亚楠也没错，可能是担心阿姨的身体。”看着甘新泉对“亚楠”这个称呼有些异样的眼神，他解释说，“亚楠是我大学同学。”

“哦?”甘新泉在惊愕之后马上表现出了热情，“亚楠这孩子也不说一声，怎么也得到家去吃个饭吧?”

浩然笑笑：“我会到家去拜访的。”

“那你刚才是去看她了吗?”

浩然只是笑。

甘新泉似乎看出点儿什么，解释说：“她就那脾气，你们是同学，应该知道。”

“知道。不瞒你说，你家那些事我们早就知道。我们班上还有个传说，说亚楠发过誓，如果抓不到打死他爸爸的凶手，这辈子就不处对象。呵呵，是这样吗?”

甘新泉笑着：“别太当真。她只是说说。”

“我们可没有当玩笑，后来真有同学碰壁了。听说你家阿姨也这样说过?”

浩然话一出来，甘新泉马上显出了尴尬，“不是不说她的吗?”

浩然歉意地笑一下，改口说：“这些年亚楠一家多亏了你。”

浩然不是当面才夸甘新泉，他是真心敬佩。他听说甘新泉不但对冼翠英好，对石亚楠亲，对石洪柱的妈妈更像对自己的亲妈一样侍奉，端屎端尿，洗衣铺床，很是殷勤。青石村的人都说老太太有福，丢了一个甜瓜，又捡了一个西瓜。

“也不是那样，我只是不想当个亏心的叔叔。”说这句话的时候，甘新泉腼腆得像个孩子。

“她不回去，今天的生日就不过了吗?”浩然问。

“有什么办法呢？生成这么个倔脾气。”

“我有办法。”浩然神秘兮兮地说，“但条件是，今天这个生日我给亚楠过，你和阿姨都要参加。”

四

其实浩然并不想惊动那么多同学来参加石亚楠的生日聚会，但一时又想不出更好的办法来接近这个倔强的同学。发动这么多同学，也是不得已而为之。

好在他收到了想要的结果：和冼翠英一家关系更近了一步，而且效果很明显——冼翠英从第一次见到他的大吵大闹到现在能迎接他的招呼了。这是一个质的飞跃。更重要的是，甘新泉也对他很是亲近。每次到村上去的时候，甘新泉都很积极热情，有时，甚至还唠几句家常。

当然，他最想听的还是这个村治保主任对吵吵嚷嚷的水库扩建争闹有什么高招。甘新泉也喜欢跟浩然说村里的事情，一说起两村扩建水库的纷争就来精神：“最好在芒种完了就开始。那时候农事要空闲一些，水流量也小，还有一条就是季节适宜。”

浩然说：“乡党委正研究方案。你也知道，两个村的关系调解起来很难。对了，你这治保主任能不能给支个高招?”

“有！但，就怕实现不了。”

“说说看——”

“把两个村合成一个行政村。”甘新泉果然语出惊人。

愿望是美好的，现实是残酷的，很显然，这个提议等于没说。

“也不是完全没有可能。”甘新泉也知道自己的想法近乎天真，尽管他接下来的解释可能也不切合实际，但浩然还是想听听他的理由。“这些年村里大部分年轻人都外出打工，很多家的地都承包出去了。如果镇上能有人把两个村里的土地全部承包下来，进行统一种植，在形式上就算是联合在一起了。然后，再慢慢过渡，把行政关系合到一起，也就把两个村捏在一起了。”

浩然摇头："是个办法，但治标不治本。强扭的瓜不甜，就算是组合在一起了，谁敢保证不会再争闹？"

甘新泉有些尴尬。

浩然冲他笑笑："我听说两个村过去的关系很好？"

"是，非常好！"

"好到什么程度？"

"听说——我也不太清楚是不是真的——以前青石村有块大石头，这块石头是怎么来的，什么时候有的，已经没人知道。传说是大禹他爹鲧治水时留下来的，是用来堵决口的一块神石。村里人把它当作镇村之宝。民国时土匪多，青石村为了安全，发动村民修了一个寨子，清溪村民也来帮忙。那块石头就立在寨子的南门口，他们叫它'石敢当'。还真是管用，这两个村子的老百姓不但躲过了土匪的骚扰，还避过了小日本的扫荡，安安稳稳到了新中国成立后。后来，这块石头就'跑'到了清溪村。"

"怎么'跑'过去的？"

"送去的。"甘新泉说，"还是主动送去的。1967 年 7 月闹水灾，青石村全村被淹，墙倒屋塌，家家户户被冲得一干二净。清溪村虽然也受灾，但情况要好些。所以，他们每家每户拿出吃的穿的送到青石村。当时刚经过三年自然灾害，清溪村也是缺吃少穿。但他们宁愿饿着也不让青石村人挨饿。再后来两个村一起建水库、修路，你来我往，跟一家人一样。所以，到了 1975 年 9 月，清溪村人想做一个石磨，青石村的人就把那块石头凿成了一个大磨盘送了过来。清溪村人磨面碎粮全靠它，村里人受益一二十年。你想想，青石村把这样一块被看成'神石'一样的宝贝心甘情愿送给清溪村，那种关系还用得着说吗？"

"后来呢？"

甘新泉摇一下头："唉，后来就成祸水了。因为灌溉问题，两个村开始出现矛盾。青石村人便来要他们的'神石'，但清溪村人就是不给。矛盾就越来越深。"

"那就是清溪村的不对了，不就一块石磨吗？给了不就完了？"

"关键是，这块石磨那时已经不再是一块石磨那么简单了。"

“什么意思?”浩然一脸的迷惑。

“你可能不知道农村的事情。在农村，很多孩子从小要认干妈——”

“城里也一样。”浩然插话。

“不一样。你们城里人认的干妈是人，而农村很多孩子不是认人当干妈。”

“那是什么?”

“石磨。”

“石磨?”浩然瞪大了眼睛，“为什么会是石磨?”

“穷。不过有个好听的说法，生下来‘命软’的人，抵不住邪气，妈妈就得给自己的孩子找个命硬的来做干妈。没有合适人选的时候，就只能过继给石磨做干儿子。在清溪村，三十岁以上的，至少有一半人的干妈都是石磨。农村人迷信，有这个干妈保护着，自己才会一生平安。所以，为了断了我们青石村讨回石头的念头，清溪村不知道是谁出了个狠招，干脆找来工匠，把村里所有认过石磨当干妈的人的名字全都刻在了石磨上。”

“哦?”浩然嘘了一口气，“看来这个石磨越来越不简单了，它又被赋予了新的内涵。”

“谁说不是呢?”甘新泉说，“所以，事情就越闹越大，越来越糟。糟到有一天它突然消失——我说消失你明白吗？就是那块石磨突然间就找不到了，一夜之间就没有了，像是被天兵天将拿走了一样，人间蒸发了，两个村的矛盾也因此发展到水火不容的地步。”

浩然越发迷惑了：“它怎么就会消失了呢？怎么说没有就没有了呢?”

“你是警察，这点应该明白吧？肯定是被人藏起来了嘛。你想想，干妈丢了，那还了得。所以，清溪村人追着寻找这块石磨。”

“找到了吗?”

“到哪里找？所以，我们两个村又多了个扯皮的麻烦事。我们村的人说清溪村故意把石磨藏起来不还，清溪村说我们村上的人把石磨偷走了还故意找茬。这场官司打得没完没了。唉，如果能把那个石磨找出来，矛盾或许就好解决一些。”

“有没有点儿线索?”浩然盯着甘新泉，“你这个治保主任可不能白当呀，呵呵。”

“听说——我绝对是听说的噢——好像清溪村的某些人知道一点儿线索。”

“你能说明白点儿吗，谁?”

“夏松涛。”

五

夏松涛是打死石洪柱的那个凶手夏洪涛的弟弟。一米八的个子，魁梧，长相凶狠。有名的二愣子，蛮横不讲理。

“不好办。”小赵说，“那是个二球，我收拾过他，石头里榨不出油来。”

浩然说:“怎么着也得想个办法撬开他的嘴。”

夏立朝说:“他是我管区的，我了解这家伙，好吃懒做。他哥哥跑了以后，他连他老爹老娘都不管了。他老爹身体不好，七十多岁了还每天扛着工具下地干活，他就在家里睡大觉。”

“这个混蛋!”浩然狠狠骂一句。

“所以，对付这个人只能智取，不能强攻。”夏立朝说，“夏松涛有个致命的弱点，爱赌。爱赌不说，还要赖，所以经常和人打架。但秦桧还有三个朋友呢，夏松涛有个玩得好的赌友，在三道湾，叫马超，两个人经常混在一起。这个人游手好闲，平时常常整些个偷鸡摸狗的事。”

“有弱点就好办。”浩然说，“小赵，你能不能想想办法?”

小赵是从治安大队调来的民警。叫他小赵不是因为他年龄小，是因为他性格活泼。夏立朝说他长不大，加上还没当爹，所以大家都叫他小赵。

小赵点点头:“马超这家伙我来对付。”

夏立朝拦住说:“我的责任区，我来。”

“这件事就不劳烦你了。”浩然说，“交给小赵他们就可以了。老夏，你还有个重要任务。”

“什么任务?”

“等等再告诉你，现在时机还不成熟。”

浩然神秘兮兮的样子让夏立朝糊涂了。他不知道浩然这葫芦里卖的什么药。作为一个工作多年的老民警，他看人断事十拿九稳。但对面前这个对他来说还是个“乳臭未干”的年轻人，他还真的有些看不懂。不仅仅是看不懂，有时还真担心这“愣子”——他敢和镇上刘书记立下军令状：“只要你能把修水库的经费解决了，我就能把两个村的关系理顺了。”

“不行，”刘书记说，“还要附加两条：把冼翠英的上访问题和夏洪涛的事情一并办了。”

浩然不吱声了。

刘书记哈哈大笑：“你这个‘难不倒’也被难倒了吗?”他是在用激将法。

浩然还真吃这套：“好！我答应你!”

这就算立军令状了呀！夏立朝为浩然急呀。哪有这么容易的事情?夏立朝知道，这两个村的关系不是找到一块石磨就能解决的。就是找到了，该给谁？怎么给？都是问题。

但浩然却坚决要找到那块石磨。他说，只要找到，他就有办法。什么办法，他没说。他说，眼下重要的是撬开夏松涛的嘴。

六

春天说来就来。昨天还是雪花飞扬，今天一抬头，枝头已经冒出鲜嫩鲜嫩的芽儿了。

这是个忙碌的季节。不光是村民，浩然也感觉到了从没有过的累。他之所以累不是因为要帮助村民种地，而是为扩建水库要到两个村进行调解。每天都要下乡，有时甚至一天要跑几趟。民警说：“所长，你都快成村长了。”

效果不明显。但也不是完全没有效果。至少，青石村对土地补偿的问题有了松动。但清溪村却雷打不动坚守一个原则：我们占的地多，必须优先使用。

很明显，他们根本就不支持扩建这个水库。挑头的人是夏松涛。

也不是村里的人愿意听他的，没人愿意和他一起做事儿。关键村里没有一个像甘新泉那样能顶事的干部。其实也不是没有，是村长不想管，治保主任懒得管。再说了，这么多年来大家形成一个思维定势：只要是青石村赞成的，想干的，清溪村就得反对。

说服夏松涛几乎是不可能的。像夏立朝说的那样，对付这种人，只能智取，不能强攻。但让浩然头疼的是，面对这个蛮横不讲理的人，他几乎想不出什么好办法。

他和夏立朝憋了一肚子不痛快走出清溪村。刚到河边，迎面遇到甘新泉。甘新泉骑着摩托车，摩托车前面的篓子里装了一大堆蔬菜。

“脸上怎么了?”浩然盯着甘新泉脸上潮红的一片。

甘新泉下意识地抚摸了一下。“过敏。刚去取了药。”说着，把药从菜篮子里取出来给浩然看。

浩然看了看又把药放进菜篮子，说：“可要注意了，不能乱吃药了。”

“医生说，也不一定是吃药引起的，可能是花粉过敏。晌午了，要不到家去吃个便饭?”

一般情况下，用这种口气说话，也只是个礼貌的客套话。

浩然却不客气：“这样好吗?”他不是在问甘新泉，只是给自己能跨上甘新泉的摩托车找一个“鞍子”。甘新泉还没把摩托车扶稳，他已经坐上了，还一边招呼夏立朝，“来，老夏，坐我后面，抱着我的小蛮腰。”

夏立朝不愿意去。他不愿意去是因为他不想见到那个冼翠英。见到她没别的话，就那两句：“人抓到了吗?为什么不去抓?”好像派出所专门为她家设的一样。

夏立朝说：“我得回所里去一趟，有点儿事。下午要不要来接你?”

“不用了。”甘新泉抢着回答，“下午我送浩然所长回去。”说着，摩托车已经上了桥。

七

冼翠英家的房子是新盖的。装修很简单，但收拾得很干净。客厅正中间靠墙的位置安置了一个长长的条儿，上面摆放着一个神案，供着一个极其丑陋的画像，画像上面一行大字："钟馗天师"。神像前飘着一缕供香的青烟。

甘新泉解释说："亚楠她妈供奉的。农村人都信这个。"一边让着浩然坐下，端茶倒水。

浩然还真有些尴尬，看着冼翠英进来，没话找话说："亚楠几点回来？"其实浩然知道石亚楠中午不回家吃饭。

也许是看在亚楠的面子上，冼翠英现在和浩然讲话没有那么不顺气儿了。不但没有不顺，那次在路上遇到还破天荒地打了个招呼。

吃完饭，浩然坐到了石亚楠奶奶的床头。老太太耳朵有些背，但声音很洪亮，抓着浩然的手唠起来没完。一边聊，一边从床头摸出一个包装精致的袋子来，"来，娃，尝尝——新泉从很远的地方带回来的。"

浩然推托不过，接过一看，是一袋广州特产沙河香米饼。顺手取出一个塞进嘴里，"嗯，好吃。新泉叔咋病了？什么时候的事儿？"

老太太摇摇头："就前两天的事儿。啥病，俺不知道，也没问。你看看他的脸，吃药都过敏了。"

"我看到了。在哪儿看的病？他们要负责的。"

老又太太摇摇头："不知道，俺也没问。"

甘新泉嫌老太太啰唆，忍不住进来把浩然"请"起身。老太太似乎还没有表达完心情："娃，有时间多过来坐啊。"

浩然满口答应着出了门。一边问甘新泉："什么病？严重吗？"

甘新泉尴尬地笑一下："没啥。"

浩然猜想可能是什么难以启齿的病，也就不便再问了。走的时候，他拒绝让甘新泉骑摩托车送："我还想去一趟青石村。"

甘新泉把他送到大门口。临出门时，邀功一样在浩然耳边嘀咕一句："亚楠她妈有松动，我和亚楠都在做工作。这样对亚楠好，也不影响你进步。”

浩然脸上挂着感激的笑，心里却为这几句话咯噔了一下。

实际上，他根本没去青石村，他想自己走回所里。村子到派出所有三公里路，一条窄窄的乡间小路在脚下延伸，嫩嫩的青草在小路的两边铺上绿色的毯子，浩然舍不得踩踏。他沿着路中间裸露的狭道走着，思绪慢慢蔓延开来。

走路不累，心累。累的原因是这么多天纷纷扰扰的事情搅得自己没有头绪。这些天来不但没睡过一个囫囵觉，连妈妈有病自己也没时间回去看看，连同学结婚也没能去参加。农村派出所并不比城市派出所清闲。现在老百姓信任警察已经到家了：牛下不出牛崽儿，小孩儿半夜爱闹，诸如此类的事情都要找警察解决。

这些还不说，最让人头疼的是那些没完没了的纠缠。来清河镇之前，自己根本没想到农村派出所的事情这么复杂，而且一直认为：解决问题、破案子，跟谈恋爱一样，只要你耐着性子去追，不松劲、不放弃，没有办不下来的。

但现在看来一切都不是这么简单。不说别的，单就青石和清溪这两个村的事情已经把他搅得头昏脑涨，难怪别人都不愿到这个地方来。

但他并没有为自己的选择而后悔。他知道自己来的目的，他是个不达目的不罢休的人。大学毕业，爸爸给他安排到一家国企上班，他拒绝了。他报考了公务员，而且选择了当警察。几年过去了，他的工作成绩得到了肯定，分局准备把他从刑警队调到治安大队当副大队长，他却选择了清河镇派出所。别人说他犯傻，他却无怨无悔，笑而不答。

他有他的私心。但现在看来，自己那些美好的愿望也许只能是个幻想——那个陈年旧案没头绪，两个村子的纠纷至今未得到解决……也许，自己最终也只能是灰溜溜地离开这个地方。

唯一能让自己感到安慰的是，冼翠英的上访问题出现了转机。但，也只是个苗头。夏洪涛抓不到，谁敢保证哪天她哪根神经不对了，不会又突然跳出来闹？

听到手机响的时候，他才从满腹的心思中跳出来，一抬头，派出所就在眼前了。

电话是小赵打来的。刚接通，兴奋的声音就“嗖”地一下钻进了他的耳朵：“浩所，搞定了！那个石磨有眉目了——他们把它埋在清河水库下面了。还有就是，冼翠英和夏洪涛原本是初中同学，而且是青梅竹马的恋人，好过很长一阵子。”

“多长？”

“起码到冼翠英嫁给石洪柱那年吧？所以，我猜想，她上访可能只是做做样子，堵堵别人的嘴，或者，根本就是想捞点儿好处。”

“明白！”浩然顿感神清气爽，“通知全所开会！我马上到！”

八

接下来的事情是浩然根本没有想到的——分局张政委找他谈话。谈话的原因是有人告他利用职务之便欺骗玩弄老百姓家的女孩儿。

浩然当时都被砸懵了。“这些话你们也相信吗？我怎么会做这样无耻的事情！你们把我撤了算了！”

一阵急赤白脸的辩白被喝住：“这是解决问题的态度吗？怎么这么不成熟呢？一点儿都沉不住气。”然后张政委语气缓和地说，“组织上还是相信你的，不然也不会把你派到那里去带一个团队。但我们要真诚地欢迎老百姓的批评和监督。当然，我们也会认真调查核实。”

浩然不喜欢听这些冠冕堂皇的话，坐在那里生闷气。

“不过，我可是听到传闻，你和那个上访户冼翠英的女儿关系挺好的。给她过过生日，是吗？”

“是。”浩然说，“我们是大学同学，过个生日不应该吗？上访户的女儿我们就应该和她保持距离吗？她是群众，不是阶级敌人。”

“怎么说话呢?!”张政委这次是真的发火了，“这是什么态度！”

浩然刚要再说什么，手机铃声响了。他拿起一看，是小赵打来的，赶忙接通。

小赵喊：“浩所，水已经抽干了。但周围聚集了很多群众，怎么办？我担心打起来。”

“先不要动！集合全所警力。我马上到！”然后抓起手包，冲着张政委说，“你们查吧，查出问题，就把我撤了。只要我在职一天，就不会对不起头顶的警徽！”

九

其实围观的群众并不知道把水库的水抽干是为什么。更多的人在猜想：是不是派出所办案在查找什么东西？但后来不知道从哪个地方刮来一句：“是为了挖石磨。”现场一下子炸开了锅，小赵见局面有些失控，急忙给浩然打电话。

浩然带着派出所的民警赶到现场时，两个村的人正剑拔弩张地对峙着。浩然急忙把民警和联防队员分成四组，分隔开聚集的群众。然后紧急召集两个村支部的领导去各自做自己村群众的工作。

可是这一招效果并不明显，没有人愿意在这个时候离开。关键时候，甘新泉突然从口袋里掏出一张纸，高高扬起，大声喊：“大伙儿看清楚了，这是什么？这是县文物局的鉴定证书。看看，大红印章！我告诉你们，咱们这个石磨已经被定为国家二级文物。也就是说，它属于国家，是国宝！以后要陈列在县博物馆里，哪个村子也得不到。大伙儿知道派出所挖这个国宝干什么吗？是破案，是为了抓到盗窃国宝的贼。大伙儿都看过电影《长安盗》，盗窃和非法占有国宝判得很重的。咱们村没人干这事儿，就别自己给自己找麻烦了，回吧——”

也许是大家相信了甘新泉的话，也许是没有人带头闹事，群众开始慢慢撤离。等到大家走得差不多的时候，浩然才暗暗舒了口气。夏立朝轻轻拍拍他的肩：“兄弟，这场面第一次吧？”

浩然走过去握着甘新泉的手，感激地说：“多亏你了！”

等到张政委带着分局支援民警赶到时，石磨已经被挖出来，直接装上车，拉到派出所去了。

十

不用说，这次清河镇派出所着实挨了一顿批评。浩然是所长，自然首当其冲。

用浩然后来对所里民警渲染的话说："老张那个气呀，脸色铁青：告诉我，你挖一个烂石头出来有什么意义？目的是什么？你是不是想让我们分局跟着你出名？"

浩然说自己这次没反驳。不但没反驳，反而一个劲冲张政委笑。直笑到张政委没脾气了，最后竟然跟着他笑起来："你给我严肃点儿！你说，你把这个石磨挖出来该怎么办？给谁？不管给谁都是导火索。还不如让它安安生生在水库里睡觉省心。"

"那不成。"浩然说，"案子还破不破了？水库还修不修了？两个村的恩怨还化解不化解了？再说了，水库早晚是要修的，要修水库早晚要把它挖出来，不也一样要遇到这样的问题吗？"

"你现在把它挖出来案子就破了？恩怨就能化解了？我问你，这个石磨现在怎么处理，给哪个村？你说给我听听。"

"我哪个村也不给。"

"你还真给博物馆呀？你以为人家博物馆的人是傻子吗？"

"我当然不会给他们。它还有更重要的利用价值，只是时间还不到。"

至于什么价值，他死活不说。不说张政委也拿他没办法，只好放狠话："不管你捣鼓什么，首先一条，保证不出乱子。出乱子我绝不放过你！"

其实，这个石磨该如何处理浩然真的已经胸有成竹了。他之所以不想告诉政委，是他还要向他提条件——

"政委，如果不出乱子，两个村的关系也发生了好转，你能不能答应我一个条件？"

政委翻着眼看他："你还想和我谈条件吗？"

"就一条，把夏立朝的正科解决了。"

"还有吗？"

"没有了。"

政委脸色又沉下来了："你是来接受批评的，还是来和我讨价还价的？告诉你，你就等着处分吧！"

十一

从分局回来，浩然见大伙儿都各自干着自己的事情，那块石磨一身污泥安安静静地躺在院子的角落，像被遗弃的孤儿。

其实，不是大伙儿不管，是不知道该怎么管。小赵说：“这样冒着酿出一起重大群体性事件的危险捞出一块一无是处的石磨，有什么意义?”

也难怪，所里没人知道他的想法。因为不知道，所以大家有埋怨。浩然却像没听到一样，只管端着盆子一个劲洗刷石磨上厚厚的淤泥。指导员和小赵看不过，也跑回屋子取来抹布干了起来。

浩然一边清洗，一边眼睛瞪得像放大镜一样盯着石碑上的文字慢慢寻找着什么。然后，突然叫一声：“成了!”把小赵吓了一跳。

没人知道他说的“成了”是什么意思，包括夏立朝，被他叫进办公室的时候，还紧锁着眉头。

“老夏，那家伙的名字果然在石磨上。”

“谁?”

“夏洪涛。”

“嗨，我以为你发现了什么新大陆。这有什么好奇怪的。看到又怎么了？人早跑了，咱又不能从石碑上把他抠出来。”

浩然神秘兮兮的样子：“这次你这个老姜可辣不过我这个新姜了。我实话告诉你，我就是要从这块石磨里把他逮到。这个名字太重要了，太有意义了。老夏，现在我可以明确地说，夏洪涛离我们不远了。不过，还得费一番周折把他请出来。明天，还得麻烦你出趟差。”

“去哪里?”

“成都。”

“成都?”夏立朝疑惑地望着浩然，“没搞错吧？他是在东北消失的。”

“呵呵，你尽管去，也许会发现蛛丝马迹。”

十二

调到清河镇大半年了，石亚楠还是第一次到派出所来找浩然。理由是，来帮同事问一下身份证的事情。就算是问身份证的事儿，也不需要这么羞怯，这么客气："不会打扰你吧？"

"浩所巴不得打扰呢。"小赵说着挤眉弄眼带门出去了。

办公室里，浩然忙着端茶倒水、洗水果，石亚楠淡定地坐在那里任他忙活。她知道，这是个程序，也是舒缓尴尬场面的有效办法。表面看上去她很淡定，其实她的心里也慌得厉害。尽管她来之前做好了充分的准备，但从进到这个房间开始，那些准备好的那些托词一个字也想不起来了。那就开门见山吧——

"你以后别去我家了……"

"为什么？"闻听此言，浩然手里的苹果差点儿掉在地上。

"不为什么。"

浩然忍住心痛努力笑一下："你别多想，走访群众家庭是我们的工作。"

"你可以去别人家走访。我们家不需要。"

"可是——"

"你不要多说了。"石亚楠说，"你放心，我妈妈以后再不会上访了。"

虽然这是个期待已久的好消息，但此刻并没有让浩然产生任何兴奋的感觉，与此相反，他感到更多的是沮丧："就为这事儿吗？"

"还能有什么事？哦，还有那天你为我过生日，谢谢你！"

浩然心里酸酸地胀，生生地疼，却不知该怎么说。

"对不起，"她说，"我不是傻子，但我真的没办法。"

浩然努力挤出一丝笑容："没什么，我理解你。"

石亚楠低着头。"你不会理解的……"

"我肯定理解。"浩然觉得自己今天一下子变得拙嘴笨舌了，心中清楚想表达的意思，却怎么也找不到合适的语言。

石亚楠突然抬起头望着他："我听说有人把你告了，是吗？"

浩然愣了一下，然后轻松地笑了："子虚乌有的事。"

"会不会影响你进步？你的事业才刚刚起步，前途无量，不要因为一些不可能的事贻误了前程。"

浩然故意问："什么不可能的事儿？我不明白。"

石亚楠微笑："不明白就不要明白了。我只知道我这辈子离不开奶奶、妈妈，还有那个家。所以，我们不需要打扰。"

"现在老人不一定愿意让自己的儿女守着自己过一辈子。很多家长愿意孩子出去闯出一片天地，成就一番事业。你这样，不是对他们的爱，很可能是对他们的折磨。爱有很多种表达方式，你没必要选择这么极端的方式。"浩然有些激动。

石亚楠不愿意再听他说什么，站起来说："你不懂。对不起，以后请你不要到我家去了。"说着，就朝外走。

浩然想阻拦，但却没有动。他知道，她想做的事，谁也阻止不了的。

十三

水库扩建工程终于有了一个结果了。县水利局拨出五十万元专款，不但扩建水库，还要把这个水库建成一个鲈鱼养殖基地。两个村土地的补偿问题也由政府协调得到了妥善的解决。

得到这个消息后，浩然总算长长舒了口气。但紧接着，刘书记的电话让他又回到烦心的状态——工程马上就要开工了，而自己立下的军令状还没着落。老夏去成都二十多天了，还没有成效。前些日子还通通电话，近几天连电话也没有了。没电话说明没情况，没情况就不能给他施加压力，所以，即使他心急如焚，也忍住没给夏立朝再打电话。

心急便会焦虑，焦虑就容易上火，一上火他就牙疼。起初还能坚持，后来越来越严重。唉，人就这样，貌似强大，其实有时真的很脆弱。

一大清早他就到镇医院去输液。针刚扎上，夏立朝的电话就打过来，他抓起手机就喊："老夏，有没有情况？"

"事情搞定了。"夏立朝声音沙哑，像极度疲惫似的，"我明天坐火车回来。”

“不，飞机！最好今天就回！”喊完，忽然改口，“算了，明天再回吧，你好好休息一下。肯定累坏了。”

挂上电话，他对护士说：“不输了。”

“怎么回事？刚扎上。”护士以为自己的工作出了问题。

“没你的事，我好了。”说着，自己拔掉了针头。护士还没有反应过来，他已经出了门。

他并没有回派出所，他想一个人找个地方坐坐。他心里很乱。夏立朝的电话让他很兴奋，可他很快就意识到了一个问题。其实这个问题他以前也想过，但却没有认真对待、认真地思考。因为，他还抱有一丝侥幸。

然而，直到刚才，直到夏立朝的那个电话电击一样把他惊醒，他才忽然想起，自己面前竟然还摆放着这么一个残酷的现实：一个家庭，一个安静祥和的家庭，突然就要在自己的“智慧”下面临可怕的灾难，也许会四分五裂，甚至家破人亡……浩然，你到底在干什么？你到底该怎么办？他需要一点儿时间去说服自己做出选择。

是的，这一切都是自己在一直努力想搞明白的。可等到这谜团马上就要揭开时，自己却又不愿意去面对，不忍心去面对。人生很多时候就是这样，你拼命追求的，在得到的时候却突然发现那结果其实并不是你真心想要的。所谓世事难料，人心难测。如果这件事自己继续坚持下去，一个家庭或将遭受沉重的打击，而且可能是最残酷的打击……

他在草坪上足足坐了两个小时，直到雨水打湿了他的头发，湿透了他的衣服，一股透心的清凉狠狠刺激到他的时候，他才慢悠悠站起来，拢了拢湿漉漉的头发，心一横：管不了那么多了，今天一定要去见见那个可怜的人！

十四

每次到镇上开会之前，甘新泉都会把摩托车擦洗得一干二净，然后习惯性地进屋给老太太讲一声——他怕老太太惦记。临出门的时候，洗翠英会交代让他买些菜回来，并且今天特别嘱咐要买一条鱼——亚楠说今天回来吃饭。

刚走到桥头，碰到派出所民警小赵开着警车从青石村出来。小赵问他干什么去。

“开会。”他说，“治安联保会，你不知道吗?”

“不关我的事。”小赵说，“老李管治安——要不，你坐我车去?”

“不用。你的老爷车不见得比我快到哪里去，呵呵。”

甘新泉说的是实情。农村的道路窄小而且并不平整，开小车有时候还真不如骑摩托。甘新泉前脚刚进派出所大门，小赵紧随其后进来。小赵无奈地摇着头：“唉，这坐轿的真不如骑马的。”

几个村的治保主任正在会议室闲聊。甘新泉刚坐下，小赵进来在他耳边说了声“浩所叫你”，甘新泉便站起来跟着小赵进了浩然的办公室。

进门后，甘新泉习惯性坐在沙发边角上。小赵把门关上后，甘新泉忽然发现今天的气氛有些异样。房子内并不只有浩然，还有夏立朝和另外一名民警。而且没有了以往见面时的热情，而是紧绷着脸盯着他。

“夏洪涛!”夏立朝突然大吼一声，把甘新泉惊呆了。半天才反应过来，瞪大眼睛问：“什么意思——哦，是不是夏洪涛抓到了?”

“你要把戏给我们演多久!”夏立朝厉声说，“还不够吗?”

甘新泉盯着夏立朝，阴沉着脸：“我不明白，你们是什么意思?”

甘新泉坐在浩然的对面，但甘新泉不敢正视浩然。浩然却一直在盯着他看：“夏洪涛，”浩然说，“你应该明白我们这样叫你的意思。我只给你十分钟时间考虑，十分钟之内如果你主动交代，我们可以算你投案——我告诉你，之所以给你这个机会，是看在石亚楠的面子上。知道石亚楠昨晚为什么没回家吗?”

甘新泉猛抬起头，“你们把亚楠怎么了?”

“你不要紧张，我们不会把亚楠怎么样。她只是不想见你——或者说，她不知道怎样去面对你。她求我们给你一次宽大的机会。我告诉你，也并不全是因为亚楠的原因，这些年你为青石村和石亚楠家做的事儿我们有目共睹，所以，才想给你一个争取宽大处理的机会。就十分钟时间，我现在看表计时……”

甘新泉头上开始冒汗。

浩然点燃一支烟，递给他。他颤抖着接过，连续猛抽了几口。抽着抽着，突然扔掉烟，扑腾一下跪了下来，抱着浩然的腿号啕："求求你，求求你们，放过亚楠和她妈妈。她们什么也不知道。这一切都是我造成的，我一个人承担。求求你们放过她们娘儿俩。"

浩然和小赵把他搀起来，扶到沙发上。浩然说："我们没有对她们怎么样。只要你认真配合，主动交代，我说过，我们可以当你是投案自首。否则，你知道后果。"

甘新泉抓着自己的头发："能让他们都出去吗？我只跟你一个人说。"

"不行。"浩然说，"按规定，我们必须有至少两个民警在场。"

"那就你和夏警官留下。我不要这么多人。"

十五

"我是夏洪涛，石洪柱是我打死的……但我当时真的没想要把他打死呀！我只是想狠狠揍他……我是恨他，因为他娶了我最爱的女人当老婆。但我真的没想把他打死，我真的是失手造成的，请你们相信我。我很后悔，后悔得都想掐死自己了……"

"那些年你逃到哪里去了？"

"我扒车去了山西，在运城煤窑上干了一年，第二年去了临汾，然后从临汾又去了武威，从武威又到了石家庄和邯郸，接着去了大庆，最后到了齐齐哈尔。怕被抓，我每个地方最多干一年，有的地方感觉不好，只待几个月就走。到齐齐哈尔后才多待了几年。"

"在齐齐哈尔干了些什么？"

"在齐齐哈尔我认识了一个叫甘新泉的老乡。他有些钱，我跟着他干。我们一起倒卖小米，我也攒了些钱。当时就想把这些钱寄给我爹妈一点儿，剩下的全部寄给亚楠她们家。可后来发生了一件事，我就改变了主意。甘新泉突然心脏病发作死了。那些天我很难受，一天也不想在外面待了，回家的念头越来越强烈。其实，回家的念头也不是这个时候才有的。从离开家的那一天起，我每天都在想着如何才能回去。经过这件事后，我下决心去趟成都后就回家。”

“到成都干什么去了？”

“做整容手术。我不能让村子里的人认出我。到成都后找了一家叫‘美轮美奂’的整容医院做了手术，一共做了六次，基本上把我的钱花光了。所以，回到家的时候，我又变成了一个穷光蛋。”

“你怎么回去的？回去后藏在哪里？”

“手术康复后，我就买了火车票直接回到了县城。到县城原计划先住些日子，找个合适的机会再偷偷回家。但是，没想到一到县城，我就管不住自己的腿了。当时就一个念头，死也要马上回去看看。所以，当天我就壮着胆子回到了村子。村里没有人再认出来我——我感到天大的可悲！我来到自己家门前，装作问路的样子，进去看到了我爹妈——我苍老的爹妈……还有什么比这更残酷的吗？面对自己的爹妈却不敢相认，人在自己的家中却不能安身……”

浩然问：“既然这样，你为什么一定要回来？”

夏洪涛抓着自己的头发：“为什么？你说为什么？天天逃亡，天天提心吊胆，那是人过的日子吗？我还不如一只流浪狗！你们不会知道，也不会懂得一个在外面惶惶如丧家之犬的逃犯是怎样想家的——不但想爹妈，想一起长大的伙伴，想家里那条黄狗，想那条从小就在里面泡大的清河，想经常在里面捕鱼的那个水库，想那个坐在上面玩过扑克的石磨……如果说这一切都可以用繁忙来遗忘，可是无论如何，无论什么时候，有一个人肯定不会从我脑海里消失——她就是我可怜的翠英！无论再苦再累，无论逃到哪里，每天晚上我都必须看着她的照片才能睡着。看着窗外的月亮，我唯一的想法就是，什么时候才能回到自己的村子呀。”

“你是怎么样到冼翠英家的？”

“我回去的时候正是农忙季节。很多家的劳动力外出打工，地里没人干活，我就去这些人家帮助收割。就这样，我开始接触翠英。给别人家干活要钱，她家没钱，我就没要。我说，管我吃饭就可以了。时间长了，就在她家住下了。”

“住在石洪柱家里，你能心安吗？”

“很长一段时间我都是在恐惧和不安中度过的。我从来不敢看他的照片。直到现在，我还经常做噩梦，每次在梦里都能看到石洪柱那张血淋淋的脸……不瞒你们说，我和翠英这么多年都没有发生过那种事情……”

“你今年又去医院干什么？”

“因为那是个小医院，手术做得并不理想。我每隔一两年都要去一趟做一次复查。”

“冼翠英认出你了吗？”

“没有！肯定没有！如果她知道我是谁，就不会再上访了。”

“石亚楠知道你是夏洪涛吗？”

“不知道！真的不知道！她们一家人都不知道！请你们相信我！也不要逼她们，她们够可怜了……”

关于这件事情，浩然确实没有再追问下去。也许，他不想再问，也许他不需要再问。其实，在石亚楠那天突然登门造访告诉她妈妈不再上访的事情后，浩然就似乎明白了什么。她不说，夏洪涛也不承认，他也就没必要再问下去——有些事情，也许永远都不需要搞明白。

十六

接下来的时间里，浩然尽量收集一些对夏洪涛有利的证据，并为他聘请了一位律师。他不知道自己这样做对不对，他也没有征求石亚楠的意见。他不想去打扰她，他能感受到她那种矛盾复杂的心情，不想再给她增添任何压力和负担。

他之所以这样做，并不完全是因为自己对石亚楠的那份特殊的感情。夏洪涛这些年为村子里的群众做的事情大家都是有目共睹的。这些天他经常想起那天讯问夏洪涛时他说的那些话——

“当我回到村子，看到两个村庄仍然整天吵吵闹闹，我恨不得把我的感受告诉他们：你们别去争了，别去吵了，有什么意义呢？好好过自己的日子吧，有什么比一家人在一起安安稳稳更幸福的呢？但是，谁会理解呢？所以，我尽量做一些让两个村子化干戈为玉帛的事情。可是，我再努力有什么用？没人听我的，我又不能表现得太过分。因为，我还有一个可恨的名字：夏洪涛。我恨那个叫夏洪涛的男人！我不愿意听到这个名字，是他毁了我的一生。我恨他为什么要冲动去打人？为什么要下手那么狠？到翠英家这些年，我几乎每天都在痛苦中度过。我不愿意自己做甘新泉，因为翠英爱的是夏洪涛；但我也再不能承认自己是夏洪涛，因为他太狠毒……”

浩然说：“当我开始怀疑你是夏洪涛的时候，我根本不愿意相信，我努力去否定自己，去想办法证明自己的判断是错误的，是可笑的。我真的无法接受这个现实——我面前这个有情有义的男人是一个杀人犯！”

不但他不相信，两个村的村民谁也不相信。浩然记得当他们带着夏洪涛最后一次回到村里去和大家告别时的那个撕心裂肺的场面。号啕大哭的不只是青石村的村民，也有清溪村的村民。有村民甚至给他们下跪，请求他们不要抓走夏洪涛。浩然去拉他们的时候，才发现，地下已经跪了黑压压一片……

就是从那一刻起，浩然决定帮助夏洪涛聘请一个律师。

十七

浩然第一次带着律师去见夏洪涛是在水库扩建工程完工的那一天。

夏洪涛没想到浩然会给自己找律师，当时眼泪就下来了。他说：“我罪有应得。只是害苦了她们娘儿俩……”

浩然说：“你现在不用管这些了，配合律师做好取证工作。”

在律师问完情况后，夏洪涛要求单独再和浩然说几句话。浩然刚坐下，夏洪涛突然抬起头，死死盯着他问：“你是真的喜欢亚楠吗？”

浩然没回答。在这种情况下，他不知道该怎么回答。但夏洪涛那期待而又恳切的眼神让他无法拒绝。沉默了片刻，他终于承认：“是的。上大学的时候我就喜欢她。我对你说过，我们班上有个男生碰过壁，那个男生就是我。”

“其实亚楠也很喜欢你。过生日那天，你送她的那个盒子，她妈妈说她一直压在枕头下。”

“是枝玫瑰。”浩然说，“早都该枯萎了。”

“她没扔……你知道，亚楠是个不爱表达的女孩儿，她喜欢谁也是放在心里。我是一个罪人，本来不应该有这样的奢求，就算是一个生命即将终结的人向你做最后的请求：请你照看好亚楠，哪怕你只把她当作同学也好……”

浩然心里一阵酸楚。夏洪涛不会知道，石亚楠已经告诉过浩然，她会一直等到这位“叔叔”出狱的那天再考虑婚事。

这种酸楚的情绪笼罩着他，直到他回到派出所。所以，当小赵追问他是怎样盯上夏洪涛的时候，他根本没有心情向他讲述什么。倒是指导员的一番话，让他的情绪得到了些许改善。

指导员给他讲的是上午新水库揭碑仪式上的事情。

因为不能去参加，浩然到分局张政委那里请假时遭到了一通骂。浩然只是笑着。他知道张政委是想让他在那个场面上出出风头。因为，这个仪式县委曲书记要亲自来参加。浩然知道，这样一个并不算大的水库扩建工程县委领导能亲自来参加，并不只是领导对这个水库的重视，更是对清河镇工作的充分肯定。

张政委起初坚决不同意他请假，但后来又突然改变了主意。直到后来指导员给他描述揭碑仪式现场的情况时，他才忽然明白了张政委的良苦用心。指导员说，当曲书记揭开那个石碑的“红盖头”时一直点头说造型不错。后来，他还是发现了名堂：原来是用石磨改造的呀。

但曲书记更感兴趣的还是上面的碑文。他在石碑正面篆刻的那四个赫然醒目的隶书字体“清河水库”跟前站立良久，欣赏着上面的那副对联——

水可竭，石可烂，真情永远；

清也流，浊也走，一往无前。

横批：有容乃大。

“这是谁写的？”曲书记问。

镇党委赵书记回答说：“我们派出所的浩然所长。”

“是个有心人。”曲书记说，“很不错，有内涵。”说着走到了石碑的背面。背面的顶部刻着几个大字：“石磨作证”。

曲书记读着那段简短的碑文：“丁未年荷月，清河发洪，青石村大灾。房无一间，食无一粒，危在旦夕。值此时，清溪村民忍饥挨饿，倾囊相助。两村合一村，一家养一家，携手渡过难关。青石村民感恩戴德，遂于乙卯年桂月赠镇村之石于清溪村。清溪村民雕琢此石为磨，碎谷磨米，生生不息。并敬奉此磨为尊，多有村民拜为干妈者，篆名于此，以示景仰。辛卯年皋月，扩建清河水库，两村恭立此磨为碑，篆刻碑文，以示纪念。”

下面是清溪村曾经拜此石为干妈的人的名字。

看完，曲书记感慨地说：“清河镇把群众工作做到家了。如果我们的干部都像这样做工作，群众能不满意吗？哦，这些也是浩然的主意吧？今天怎么没见到浩然？”

张政委说：“他今天被分局抽调去执行一个临时任务。原本能赶回来参加这个仪式的，结果警车坏在路上了。”

“怎么回事？”

“那辆车早过了报废的年龄，但新车一直没有配发下来，所以只好凑合着使。”

“警车配发的事情年初不是做过预算了吗？”曲书记转身问财政局领导，“怎么还没有解决？”

那个领导尴尬地笑：“就最近，就最近。”

“一周之内把这件事情解决了！”曲书记显然有些恼火了。

听到这里，浩然忍不住笑起来：“我说呢，昨天请假时，张政委的态度突然发生了一百八十度转折，原来他要借题发挥，看来姜还真是老的辣呀。”

十八

为表彰清河镇派出所的突出成绩，分局决定给派出所请功。浩然说：“功我们可以不要，希望分局能给我们解决点儿实际问题。”

张政委瞪他一眼：“什么时候你能把你这个讨价还价的老毛病改掉，

我就答应你的要求。”

浩然说：“那我现在就改。”

“那我现在就告诉你，分局党委已经决定：小赵调到八棵树乡派出所任指导员。和他爱人在一个地方工作，这下，你该等着吃喜糖了吧？”

“还有夏立朝呢？”

“你小子，刚答应我改掉老毛病的，怎么说犯就又犯了？”

浩然说：“我是请示，不是给领导提条件。”

张政委说：“我看这辈子你都改不掉这个毛病了。夏立朝提拔主任科员的事，人事科已经拟好了方案，这周就上会。”

有了这两个好消息，浩然脸上出现了这些天来难得一见的“晴天”。

小赵依然像浩然的跟班似的，浩然前脚进办公室，他后脚就跟进来。

浩然问他什么事。小赵说：“就那事儿，你是从什么时候开始怀疑上夏洪涛的？”

浩然笑笑：“说实话，从夏洪涛接我的第一根烟开始，我便开始对他有所怀疑。如果我没记错，当时他坐在摩托车上，我给他递烟的时候，他竟然没接好。他表现出的慌张让我有些奇怪：像他这样在外面混过，又当村治保主任的人，什么样的人没接触过？不可能见到一个新调来的派出所所长竟紧张得烟都接不住。但说实话，我当时也只是感到奇怪，但就是这点儿奇怪让我留意他。而真正对他产生疑问，是从他滔滔不绝讲述两个村子的故事开始的。一个外来人，居然对两个村过去的事情了如指掌，甚至比本村的人知道得还多。他甚至能把石磨的事情描述得绘声绘色，甚至能把发洪水的时间准确记到月份。这说明他对村子里发生的事很在意，很用心。他为什么要这么用心呢？”

“也许因为他是治保主任呀。”

浩然摇摇头：“别说他是一个治保主任，就是村长，如果和自己没有多大利益关系，他也不会刻意留心去记这么多的事情。”

“那是为什么？”

“是呀，那是为什么？当他在滔滔不绝忘乎所以给我讲述两个村子的故事的时候，我就在脑子里思考这个问题：他为什么会知道这么多？回到派出所，我第一件事情就是调出他的户籍资料。我更加感到不解的是，他的户口里居然没有完整的记录。也就是说，他的户口里只有到青石村以后入户的记录，而原籍填的是亳州。是的，亳州离我们这里很近。但口音还是稍稍有所不同。但不知道你注意到了没有，他完全是我们这里标准的口音。如果这还可以用他在这里生活了十多年来解释的话，那么另外一件事却让我更加怀疑。”

“什么事？”小赵已经完全进入了状态，眼睛瞪得像铜铃。

“我先问你一个问题。”浩然说，“你注意到咱们这里农村大部分人家供奉的是哪位神仙？”

小赵锁着眉头想一会儿：“好像观音多一些。”

浩然笑笑：“不是好像，是事实。但是，当我第一次来到石亚楠家的时候，竟发现她家供奉的是钟馗天师。钟馗是干什么的？是驱鬼除魔的。为什么他们家不去供奉保佑平安的观音，而偏偏要供奉这样一位长相奇丑的钟馗呢？”

“钟馗是专管辟邪驱鬼的，说明心里有鬼。”小赵说。

“对，心里有鬼。但迷信这个东西，你也不能太当回事。萝卜白菜各有所爱，所以，这个反常也只能是引发怀疑，不能作为判断的依据。”

“那到底什么事情让你深度怀疑呢？”

“石磨。”

“石磨？”

“是，那些天我一直在想，‘甘新泉’为什么对石磨的事情知道那么多？为什么他一直怂恿我去找到石磨？为什么他会提供夏松涛这个线索？难道他真的只是听说的吗？为什么别人从来就没有说起过呢？”

“夏松涛是他弟弟，知道石磨的情况，平日既不务正业，又不孝顺爹妈，所以他生气，想让我们整整他这个弟弟。”

“是这样，但当时我还没有大胆去作这个假定。至于整整他弟弟，那不是他的初衷。”

“那你是什么时候开始真正怀疑他就是夏洪涛的？”

“那得问你。”

“问我？”

“你当时从马超那里了解到夏洪涛与冼翠英的关系后，就没有一些想法吗?”

“我的想法就是怎么把石磨挖出来。”

“其实，你告诉我的这个信息对破案起到了很大的作用。我当时一下子就豁然开朗，如果这个‘甘新泉’就是夏洪涛，一切疑问都可以得到合理的解释：他掉烟是因为他心里有事，见到警察尤其是新调来的感到紧张；他知道村里的事情那么详细，是因为他在这里生活了二十多年，更重要的是，由于他长期在外面过着逃亡的生活，对家乡、对村子有着更为特殊的一份感情。而且，他还给我一个让我吃惊的建议——把两个村子合并。也许两个村子的人只有他有这个想法，因为，他对两个村子有着同样的感情。对于一个在外面躲躲藏藏、担惊受怕的人来说，那个村庄，那个曾经的家是他多么渴望的地方。所以，他会拼命想回来，哪怕是在村子里做一个再不起眼的村民，也比在外流浪强一百倍。只有这样经历的人才能感受到那个石磨对他的特殊意义。所以，他强烈建议把石磨挖出来，像纪念碑一样矗立在村里。他有家不能回，看到自己的亲人却不敢讲话，更不能相认，他的内心承受着痛苦的煎熬。这种煎熬驱使他渴望把两个村庄合并起来，让两个村庄尽快和好。”

“既然这样，他为什么不阻止冼翠英上访?”

“你知道那句话，最危险的地方也是最安全的地方。夏洪涛敢冒着危险回到村子来，他就需要一个安全的庇护。冼翠英是最好的选择。但是，如果他住在她家就不让冼翠英上访，势必会引起别人的怀疑。所以，他的选择是让冼翠英去闹，但不能大闹。其实，这里面还有一个原因，有时候，他已经真的把自己当成甘新泉了。”

“不会吧?”

“没什么奇怪的。你没听他说吗？他恨那个夏洪涛——我相信他说的是真话。每当他看到爹妈在受苦自己却不能尽孝，每当他听到冼翠英那些年受的苦难，他都恨那个夏洪涛——很正常，这恰恰印证了一个良心未泯的杀人犯对自己罪行的忏悔，痛恨自己犯下的罪行，却又无法逃出自己的心狱铁笼。”

“那你是怎么确定他就是夏洪涛的?”

“亚楠的奶奶送给我一袋广州特产让我尝。给我的时候，她说了一句话：新泉去看病从很远的地方带回来的。‘很远的地方’引起了我的警觉。那个袋子上标注的是广州特产。我猜想，他去的很远的地方也许就是广州。”

“那你为什么让夏立朝去成都?”

“我到分局去查‘甘新泉’最近有没有乘坐过飞机。一查，果然没有。”

“为什么你怀疑他坐飞机，而不是火车或者汽车?”

“因为老太太说他出门只有几天时间，如果是去广州的话，他不可能坐火车或者汽车，只有飞机。没有坐飞机，那么距离就要近很多。老夏到成都也是费尽了周折。拿着夏洪涛的照片明察暗访，终于在一家整容医院找到了夏洪涛整容的全部记录。”

“哦。”小赵总算是舒了一口气，“原来是一根烟抓了一个潜逃二十年的杀人犯，浩所，你真够神的。”

“那也太夸张了。有句话你知道，法网恢恢，疏而不漏。漏，有时是因为我们疏忽。”

“那也是一物降一物。这个案子二十年没抓到凶手可能是因为你没出现，哈哈，看来你调到这里就是专门为了抓夏洪涛来的。”

浩然笑笑，没再说什么。他不会告诉小赵自己调到这里原是有私心的。

（作品选自《啄木鸟·公安文学专号》，
入选《新疆新世纪汉语短篇小说选》）

作者简介：

常德丛，生于1973年，鲁迅文学院首届公安作家研修班学员、新疆作家协会会员。现供职于新疆维吾尔自治区公安厅宣传处。在《上海文学》《啄木鸟》《解放军文艺》《读书》《南风》《佛山文艺》《解放军报》等报刊发表文学作品多篇，出版有长篇小说《说好今生作情人》。

致命的错误

文/张　歌

人与人之间总隔着那么一层若即若离的窗户纸一样的东西，人们总想透过这层窗户纸看清对方的真面目，可要记住，千万不能把这层窗户纸给捅破了，否则，结局就会跟这个案子一样赤裸裸血淋淋的，让人多少觉得朦胧的距离感才是最美的。

——侦探欧阳破案语录

一、会计失踪

田小静已经失踪三天了。她的家人和朋友们在四处寻找未果的情况下向公安局报了案。

活不见人死不见尸的失踪案是最令人头痛的案子，既无犯罪现场，又无犯罪事实，所以调查往往无从下手。在这个有着二百万人口的都市，每个人都可能东奔西跑，城东的可以窜到城西，城南的可以跑到城北。这个世界哪儿都不挤就是城里挤，什么都不多就是人多，找什么都不难就是找人难，比大海捞针还难。

每天都有失踪人口的信息报上来，最初的猜测往往是遇害或被拐卖，结果大部分都是因为各种原因去外地打工，或是信马由缰地闲逛，在周围的人以为他们已经离开这个世界的时候，某一天却忽然出现在人们面前，给焦急的家人一个又急又气的惊喜。有人戏称这种案子为水弹。

田小静的失踪案一开始就惊动了不少人，公安局侦查处很快介入，特案特办。这不仅仅是因为事出蹊跷，来得突然，而且因为二百万元现金和她一起不翼而飞了。有人看见她从银行里取了一大旅行包现金后，就从人们的视线中消失了。银行的记账单上明确记载着这笔现金的提款人是田小静。

侦查处凶杀案调查小组的欧阳接待了报案人。欧阳四十出头，个头不高，有点儿过早地发福，下腹的啤酒肚隆起，像个孕妇。他略微有些谢顶，眼睛总是眯缝着看人，透着咄咄逼人的冷峻。他总是习惯性地用手梳理稀稀拉拉的头发，说话不紧也不慢的，给人一种既邋遢又拖沓的印象。

"她有没有可能和什么人一起外出旅游或到郊区度假村去休闲，而没有对任何人说过呢？我是说她以前有过这种情况吗？"

尽管报案人焦急得恨不能警察们立刻仙人指路似的找到失踪人的下落，但欧阳还是把结果尽量往好处说。

田小静的母亲，一个雍容华贵的老太太，脸上带着焦灼的神情，把找到女儿的全部希望都寄托在这位大名鼎鼎的中年侦探身上。

"这是不可能的，她从来没有过这种情况。"老太太断然否定了欧阳的猜测，"她每天都是按时回家，从来不在外边过夜的，更不用说几天几夜不回家了，平常回家晚了也要打个电话告诉家人一声。她肯定是遇到意外了，我可怜的女儿，谁也不知道她去了什么地方，现在在哪里。如果她现在还活着，怎么也得和家里联系呀。警官同志，你一定是一个经验丰富、分析透彻的破案专家，你觉得通过这些异常现象是不是可以得出我女儿已经遭遇不测的结论了？"

陪老太太报案的是一个精瘦的小伙子，干净利落，穿戴入时，语气坚定地附和着："是的，警官同志，一整天我都和她在一起，她一点儿也没有透露要离家出走的意思。她的心情非常好，没有任何异常迹象，她怎么会忽然不辞而别呢？这不可能呀，而且她在银行提了巨款后就忽然失踪，一点儿音讯也没有，她一定是遇害了。"

欧阳上下打量着这个年轻人，问："你是她什么人？"

"我是她的司机，我叫秦虎。"年轻人回答。

欧阳又问："你最后见到她是什么时间？"

秦虎不假思索地回答："11月25日。当天我一直和田姐在一起，直到田姐在银行取了钱后，我把她送回单位，就再也没有见到她。"

欧阳接着问："你们是怎么发现她失踪的呢？"

秦虎沉思着，然后说："26号，就是昨天，公司里有个财务决算会议。我和田姐分手的时候她就叫我第二天一早去家里接她，并叮嘱我不要忘了。昨天一早，我到田姐家里接她的时候，阿姨说她昨晚一直没有回来。我感到奇怪，讲好的一早接田姐的，怎么会不在家呢？我回到单位，财务部经理慌里慌张地找我，叫我无论如何要找到田姐，说丁总经理发火了，会计不在会还怎么开？我就到会计室问两个出纳见到田姐没有，她们都说田姐没来上班。我在会计室里给田姐打电话，没人接。我又打电话给几个朋友，问田姐的下落，他们都说没见着。她不会放着这么重要的会不参加去干别的事儿。想到前一天她在银行取了那么多钱，现在人找不着了，我觉得事关重大，就给财务主管汇报了。财务主管听了大惊失色，忙去向丁总经理汇报。大概是挨了丁总劈头盖脸一通骂，财务主管回来脸都灰了，叫了手下十几个人分头去找，叫我继续给田姐打电话。我守着电话机打了一上午电话，田姐也没有回音，手机根本没人接，后来手机根本打不通了。"

欧阳警觉起来，再次眯着眼睛审视着眼前这位年轻人，又问："这么说你是最后一个见到她并和她接触的人？"

秦虎很坦然，回答说："是的。"

"那么好吧。"欧阳一边说一边叫来自己的助手周大年，一个戴着三级警督警衔的青年警官，对秦虎说，"你需要把田小静11月25日全天的活动情况告诉我们这位警官同志，尽可能多地把细节提供给我们，好吗？"

秦虎被周大年带到另外一间办公室去做笔录。田老太太担心地说："你们不会把他怎么样吧？他可不会杀我的女儿，我们家已经雇了他四年，他是一个非常传统、老实巴交的小伙子。他绝对不会干出这种伤天害理的事情，不会。"

欧阳请老太太坐下来，耐心地解释着："我们只是例行公事，老人家。我们需要了解你女儿失踪当天的活动情况，比如接触了什么人，说过什么话，等等。这是调查你女儿失踪必需的步骤和办案程序。”

老太太还是有点儿不放心，又问：“你们不会拘留他吧?”

欧阳的眼睛眯成了一条缝儿，笑着说：“这怎么会呢？我是说他如果和这个案子没有牵连，没有任何嫌疑，我们不会轻易拘留一个无罪的人，这你尽管放心。”

在周大年询问秦虎的同时，欧阳也没闲着，他和老太太聊天一样询问着有关案子的细节问题：“你的女儿结婚了吗?”

田老太太一直对这个总是眯着眼睛说话的中年警官没有多少好感，她断定这个挺着大肚子的警官，破案能力一定和他臃肿的身材一样笨拙，所以她回答欧阳的问题显得有些不冷不热：“结了，她是四年前结的婚。她的丈夫是个大名鼎鼎的人物，他曾经在市府做过秘书长，现在外省挂职，不久就会衣锦还乡任市里的主要领导。你听说过吗?”

老太太显然是在炫耀田小静不凡的身份，以便让眼前这个不起眼的警官把这件事情重视起来，她说话的时候，动作语言非常丰富。欧阳依经验判断，这个皮肤白皙仪态万方的老女人，年轻的时候肯定是一个风情万种的交际花，她的女儿肯定也是个非常漂亮的贵妇。

“呵，这并不重要。”欧阳不易察觉地皱着眉头，他非常讨厌自我标榜和炫耀身份的人，这也许和他非常强烈的平民意识有关。欧阳继续说，“她一定长得很漂亮，或许还有一个漂亮活泼的女儿或儿子吧?”

老太太并没有察觉欧阳的不悦，说：“他们都是很有事业心的年轻人，工作对他们来说是第一位的，她的丈夫更是一个工作狂。他们又是两地分居，很少享受天伦之乐，孩子会使他们分心的，所以他们一直膝下无子。我倒是希望早点儿抱上外孙子。”

欧阳给自己点上一支烟，尽量不让他们的谈话留有空隙，所以老太太说话一跑题，他就很快见缝插针地开始发问：“她有仇人吗？她是不是经常与别人有这种大宗的现金往来?”

田老太太十分宠爱自己的女儿，处处要维护女儿的形象和名誉，在回答警官问话的时候也不例外：“我女儿是个很随和的人，性格温柔，很善于与人交往，从不与人斤斤计较，更不与人争强斗狠。她是一个很讨人喜欢的女孩子，她从没有得罪过什么人，所以她不会有仇人。我们家是很有钱，但不会有这样大笔的现金往来，这是一笔不小的数目，带在身边是很不安全的。我想她一定是被人暗算了，那人一定是见财起意谋害了我女儿。我可爱的女儿还很年轻，她才二十六岁，下个星期是她二十七岁生日呀……可怜的女儿，是哪个黑了心的害了她，我一定要把他千刀万剐……呜呜呜……”

老太太伤心地大哭起来，询问没有办法再继续下去。欧阳摊开双手，无奈地耸耸肩，在楼道里呼唤着他的另一个助手朱雪华。一个清秀苗条留着披肩发的青年女警官应声而至。欧阳叫她扶老太太到另外的办公室休息，吩咐等老太太平静下来详细了解一下田小静失踪时的衣着，身体有什么明显特征，身边是否带有身份证、手机、钥匙等可以证明身份的物品。

今天是周末，欧阳本来有一个十分惬意的周末计划。在初冬的季节难得有今天这样的好天气，明媚的阳光透过窗户洒进来，使整个屋子充满暖意，让他感到暖洋洋的，很舒服。看来计划不如变化，他携妻带子周末到郊外旅行的计划不得不放弃了。

初步的调查结果证明田老太太和秦虎的猜测不是空穴来风。

田小静是著名企业三元公司的会计，11 月 25 日下午，她从银行提出的二百万元现金是从该公司账上提走的，用的是现金支票。这笔钱是三元公司小金库存款的一部分，公司领导在审计局查账的时候把这笔钱藏了起来，准备年底给职工发福利。隐瞒这笔不小的资金当然违反财务制度，而以田小静的名义公款私存，这在一些企业甚至国家机关都不算稀罕事儿，所以也就理所当然地可能会被田小静当作私人存款随用随取。

对欧阳来说，查清这件事在信息技术高速发展的当今并不是件难事，半个小时就能在网上解决问题。

田小静 25 号这天的活动内容非常简单。据三元公司财务部的同事们介绍，田小静 11 月 25 日上午一直都在办公室，中午十二点十分接到一个电话就急忙坐秦虎的车出去了，听通话的意思好像是和什么人约了一起吃饭。

据秦虎讲，请田小静吃饭的是公司保安部经理吴志浩，他有一个小叔在田小静丈夫所在机关当一个部门的小科长。前一段吴志浩小叔所在机关要进行人事调整，而吴志浩恰巧打听到田小静这个门路，就托公司总经理丁荣盛给通融，没想到事情办得顺利，他的这位小叔果然荣升一级，当上了副处。吴志浩喜出望外，专门请田小静25号中午一起吃顿饭，田小静爽快地答应赴约。为增加此次安排的分量，吴志浩还请丁荣盛一起参加。田小静说那就更好，能和总经理一起吃顿饭也是我们这些小马仔的荣幸。田小静在办公室接到的电话就是吴志浩打来的。

路上，田小静在秦虎的车里和丁荣盛通了电话，约他到建设路的傻子罗酒家吃狗肉煲。那天中午田小静、丁荣盛、秦虎、吴志浩，还有丁荣盛的秘书斯小玉五个人点了几个时鲜菜和一锅狗肉煲，喝了一点儿酒，吃了不到一个小时，并没有谈正事就散了。席后丁荣盛说要参加一个公司会议，就和秘书斯小玉先走了。田小静和吴志浩分了手，就坐秦虎的车离开了酒店。在车上，田小静叫秦虎送她到银行去取一笔款子，他们就来到建设银行的一个分理处。田小静一个人进了银行，出来的时候提了一只大旅行包说是要回单位。

在车上秦虎问田小静："田姐，你提这么多钱做什么？"田小静回答说要和一个朋友做一笔生意，今天晚上要给这位朋友把钱送过去。秦虎就说："今天晚上你用车吗？我和你一起去吧，带这么多钱一个人不安全。"田小静说不用，说晚上那人来接她。秦虎问是谁，田小静没说，并责怪秦虎问得太多。

田小静在车上还问秦虎："虎子，你说我冒这个险值得吗？"

秦虎说："你都没有告诉我那人是谁，做什么生意，我怎么好说这个险值不值得你去冒呢？"

田小静表现得很犹豫，半天才又说："其实我心里也没底，人心隔肚皮，我也担心会出事儿，才问你的。"

秦虎就说："在一起做生意，风险肯定是会有的，主要看这个人是不是愿意和你共担风险，这是最重要的。"

田小静说："这笔生意风险倒不是很大，资金十天半个月就能回来，这是有保障的。我只是担心万一不能如期收回，这个窟窿我说什么也补不上。"

田小静还把她手腕上的一只玉镯退下来交给秦虎，嘱咐说：“今晚如果顺利的话，明天你再还给我；如果不顺利，我可能就回不来了。你把它交给我妈，她什么都会明白的。”

秦虎就又问：“田姐，怎么跟遗言似的，你到底和这个人做什么生意啊？”

田小静说是药材。

秦虎和田小静回到公司里已经是下午四点多了。财务部的出纳并没有注意到田小静旅行包里装着什么，直到田小静快下班接了一个电话，然后吃力地提着旅行包走出楼道的时候，出纳才问她匆匆忙忙这是去干什么。田小静回答说是去机场接人。应该说从这时候起，田小静从人们的视线里彻底消失了。

欧阳和助手朱雪华用了不到一个上午的时间就把案发当天田小静的活动情况搞清楚了，核实了秦虎提供的一切细节，该找的证人已经找到并且详细地做了笔录。保安部经理吴志浩、丁荣盛的秘书斯小玉说的也和秦虎大同小异，只是总经理丁荣盛把他们拒之门外，为此，年轻气盛的朱雪华和周大年对这位大名鼎鼎的企业家非常不满。

朱雪华是侦查处为数不多的女警官，从警校毕业就被分配在侦查处缉毒队，因为干得很出色，领导有意把她安排在侦查队欧阳手下做他的助手。她虽然年龄不大，搞侦查的时间也不长，但跟着欧阳长了不少见识，有了很多阅历。她和周大年都是欧阳小组干练的侦查员。周大年是这个小组里既年轻帅气又资深老练的双料人物，他为组里来了这样一位漂亮的女警花并能荣幸地和她一起工作感到兴奋不已，一有机会就会在朱雪华面前献殷勤。朱雪华是个冷美人，对周大年的讨好举动视而不见。周大年碰了不少软钉子。

朱雪华回到办公室里就兴冲冲地说：“我看这个案子是成立的，不像是水弹，田小静一定是被害或是被绑架了，我们应该立即着手调查。”

欧阳懒洋洋地说：“所有刑事调查工作必须在立案侦查的前提下进行，还没有立案怎么调查？我们每天接到十几个失踪人员的报告，如果每个失踪人员都需要我们去查找下落，我们还叫侦查员吗？”

朱雪华申辩说：“根据现在的调查结果我们可以申请立案嘛。”

欧阳反问："立案？你是真不懂还是脑子进水了？刑事立案需要有实实在在的犯罪现场和犯罪事实发生。我问你，这个案子犯罪现场在哪里？犯罪事实又是什么？杀人、抢劫、绑架还是监守自盗携款潜逃？"

朱雪华据理力争："那田小静在车上给秦虎说那些话什么意思，她为什么要把那只玉手镯留给秦虎？"

欧阳才想起这件事似的问："那个老太太如何说？"

"我才从老太太那儿回来，老太太说她也不知道女儿的话是什么意思。她说田小静去年去了一趟云南，就带回这个东西，说是朋友送的，一直戴在手上，从来没有离过身。"

欧阳说："一只玉手镯能说明什么问题？我们总不能以此作为立案调查的依据吧？"

周大年神色诡秘地走进来："事情有点儿严重了。"

朱雪华跳起来问："怎么了？是不是发现了田小静的尸体？"

周大年没有理会朱雪华，对欧阳说："刚才局长亲自打电话来询问这个案子，要求尽快破案，而且李处长点名叫我们小组负责侦办。"

朱雪华有点儿喜形于色，刚才她没能说服欧阳，现在事实证明她是对的。欧阳并不感到惊讶："我希望这个案子千万不要带上什么其他色彩。"

周大年继续说："李处长已经安排特警队和警犬队在南郊一带搜索，南郊的几个派出所也出动了。"

欧阳这才露出惊愕之色："这么大动静？"

朱雪华伸长脖子往窗外看，啧啧了几声说："这冰天雪地的，没个目标怎么找哇？今晚预报说有大雪，即使凶手在南郊抛尸，大雪一盖，踪迹皆无。"

周大年也附和："是啊，就是找到尸体也还不知道是个什么情况。"

欧阳沉思着说："我总觉得这个秦虎还有什么重要的线索没有告诉我们，他一定向我们隐瞒了什么。"

欧阳分析，最后一个接触田小静的人显然不是秦虎，那是谁呢？难道是田小静所说的和她做药材生意的人？什么生意需要这么一大笔钱而且是现金交易，肯定不是药材。田小静给秦虎留下这些让人猜不透的话是什么意思？为什么还要专门留下这只玉手镯，留下物证还是暗含其他的用意？是不是至少暗示这个生意有很大的风险？田小静离开单位说是去机场接人，如果确有其事，她接的这个人一定和这笔钱有关，也很可能和这笔生意有关，不然田小静是不会提着这么一大笔钱去机场的。难道这笔生意的交易地点在机场？

朱雪华灵机一动："机场不正是在南郊吗？"

欧阳恍然大悟似的说："这些现象彼此之间是有着某种联系，我怎么就没有想到？还是处长老谋深算！"

下午，朱雪华接了一个电话。周大年隐隐约约听见电话里是个男人的声音，朱雪华一接电话就变温柔了，与电话那头的男人叽叽咕咕。周大年只听清她的最后一句话："你在哪儿啊？等我一会儿，我马上就到。"朱雪华放下电话并没有马上穿外衣，而是若无其事地坐下来开始拾掇那张嫩得能挤出水儿来的粉脸。周大年断定她一定有一个重要的约会，不然她为什么这样隆重地打扮自己呢？她离开的时候并没有和周大年打招呼，好像在她眼里他并不存在似的，至少她忽略了他的存在。他追出门去："哎，你用车吗？开我的车去吧。"她头也不回地说："不用，我打的，很方便的。"

周大年回到办公室，把门摔得很重，似乎这样才能发泄胸中的烦闷和不快。欧阳到李正航处长那里汇报案子的进展情况还没有回来，在欧阳还没有带回上级指示精神之前他们还不能有所动作。朱雪华见缝插针，肯定是抽空和谁约会去了，她心里肯定另有一个人，不然怎么对自己无动于衷呢？是不是因为他和朱雪华接触过于频繁反而破坏了异性之间的距离产生的美感呢？周大年这样既帅气又聪明的小伙子在任何一个女孩子心目中都是非常理想的，可偏偏他就是这样一个没有眼色的人，对一些女孩子主动的接近熟视无睹，对朱雪华这样的冷美人却苦苦地暗恋。她是不是对自己根本就没有一点儿兴趣或对他的追求浑然不觉？周大年在苦苦思索之后否定了这一想法，再麻木的女孩子对男人的暗示都是很敏感的，他非常肯定这一点。他把在朱雪华身上的失败归咎于还不够狂热，还不够浪漫，女人总是对男人狂热和浪漫的追求沾沾自喜，是不是朱雪华有一个狂热和浪漫得让她着迷的恋人呢？不然她在接到这个电话时眼睛怎么忽然会变得剔透明亮了呢？

外边下起了小雪，周大年的心境和踩在脚下的雪一样冰凉，他的思绪也和漫天的雪花似的缥缥缈缈。

二、雪地女尸

在南郊搜索没有取得任何进展的情况下，侦查处长李正航下达了停止搜索的命令。上百名警察呼啦啦从漫山遍野的树林草丛沟壑里冒出来，聚集在一起驱车扬长而去，那场景颇为壮观。

四野恢复了静谧，一场飘飘扬扬的大雪洒落下来，把绿的树、青的草、黄的山、灰的路严严实实地覆盖成了一片白色，到处朦朦胧胧混沌一片。

这时，欧阳、朱雪华、周大年三个人正在三元公司老总丁荣盛暖融融的会客室里坐冷板凳。经理秘书斯小玉把他们领进这间会客室，告诉他们总经理出去了，没有预约总经理是不会客的。朱雪华说我们找丁总有要事，麻烦给通报一下。斯小玉感到很为难，说那你们就等等吧。斯小玉把欧阳他们引进这间会客室，敷衍地给每人倒了一杯清茶就扭着屁股退出去了，再也没有回来。

田小静失踪事件的调查有了很大进展。欧阳小组调查的结果证实，这位三元公司大名鼎鼎的总经理丁荣盛是最后接触田小静的人。

在周大年“威逼利诱”和朱雪华“连哄带骗”的询问过程中，三元公司大门值班的保安提供了一条重要线索：25 日下午六点四十五分，田小静从办公大楼里出来，上了总经理丁荣盛的劳斯莱斯轿车，这位总经理亲自驾车和田小静一起离开了公司大院，保安亲眼看见田小静费力地将一蓝色旅行包放进汽车后备厢里。这一情况还得到了丁荣盛司机的印证，这位司机说当天总经理告诉他下午不必出车，但快下班的时候丁荣盛叫他把车钥匙给他送到办公室，说他要独自出去会个朋友。

还有一个情况引起了欧阳的注意。财务部经理下班的时候打电话通知田小静，明天一早有个财务决算会议要她参加，并叮嘱千万别忘了。通电话的时候，这位经理听到电话里传出柏辽兹《安魂曲》的音乐。总经理司机证实说，他车上有这首哀挽凄凉的CD唱片，丁总非常喜欢这首交响乐，百听不厌。财务部经理和田小静通电话的时间是晚上七点零五分，这个时间被确定为田小静与外界联系的最后时间。

欧阳对这个线索很重视，他有些自鸣得意："我们把田小静最后出现的时间往后推了至少二十分钟，这个时间越往后推，我们就越能接近田小静失踪的真相。"

周大年说："这并不能完全证明这个时间田小静一定在丁荣盛的车里，因为别的人车上也可能有这盘CD，不止一个人喜欢这首丧气十足的乐曲吧?"

"你说得很有道理。"欧阳很喜欢周大年这种好抬杠的性格，人云亦云众口一词在分析案情的时候最能限制侦查员的想象力。与其相反，朱雪华理性思维就逊色一些，她习惯于感性思维，而且容易冲动，这是一般女人所共有的弱点。他们这种截然不同的思维和性格特点，倒是相得益彰互为补充。

欧阳说："但这至少增加了这种可能性，与司机的证词刚好互为印证。"

朱雪华果然冲动起来："不管怎么说，我们倒要看看这位大老板如何解释，他总得有个说法。如果这里面有问题，他就不能自圆其说，只要抓住了他的破绽，我们就又往前走了一步。"

欧阳踱步窗前，凭窗远眺。窗外大片的雪花你推我搡地凌空飞舞，风过处雪片儿卷起阵阵的旋涡，变幻着队形汹涌地横冲直撞。

斯小玉进来告诉他们说总经理回来了，有十分钟的时间给他们，请他们现在过去。

几个人跟着斯小玉来到总经理办公室。宽大的老板台后边坐着一个皮肤白皙、身材精瘦、四十岁出头的男子。他正和坐在沙发上的另一个人谈话，见欧阳他们进来，点头示意他们坐下，抱歉地笑笑，就打发那人离开了。

丁荣盛看看表，显得忧心忡忡烦躁不安："我的时间不多。三位找我有什么事吗？咱们长话短说吧。"

朱雪华鼓着嘴不说话，从自己的坤包里拿出纸和笔，周大年也把头故意偏到一边，扫视着室内豪华的内饰。欧阳注意到，这位据说出去谈生意刚进门的总经理，皮鞋锃亮一尘不染，连一点儿水渍都没有。欧阳想到他刚进门的时候带进来的泥雪参半的污渍，把脚下红色的簇绒地毯都弄脏了，引得那位亭亭玉立的经理秘书投来一瞥冷冷的白眼。

欧阳开门见山："贵公司的会计田小静失踪的事，丁总经理知道吗?"

丁荣盛不知为什么叹了一口气："这么大的事我怎么会不知道呢?把公司里闹得天翻地覆的，好像一夜之间整个公司危机四伏了。是不是有什么线索?"

欧阳眯缝着眼睛，又问："你最后见到她是什么时间?"

丁荣盛仰面朝天做思考状，然后说："25号，对，是25号，我和斯秘书还有保安部的经理和她在一起吃中饭，好像叫什么……让我想想，对，在傻子罗酒家吃的狗肉煲。正好下午公司里有个会，我就提前走了。前后不到一个小时，后来她去了什么地方我就不清楚了。这你们得问她的司机。"

欧阳微微一笑，丁荣盛回避25号下午下班时田小静搭车离开公司的事儿，他心里一定有鬼。欧阳要把他逼到墙角，于是问："这是你最后见到她吗?"

丁荣盛十分自信地说："是。"又像是猛地想起什么，改口说，"啊，不。下午下班的时候她还搭了我的便车，然后她在东环路口下车了。"

欧阳问："她去东环路口做什么，没告诉你吗?"

丁荣盛对这个问题不屑一顾："她怎么会告诉我呢?也许那儿离她家近些吧。"

欧阳的眼睛始终没有离开丁荣盛白皙精瘦的脸。"这是什么时间的事?"

丁荣盛显得对这个问题很反感，无奈地说："也就是晚上七点钟刚过一点儿。"

"她没带什么东西吗?"欧阳嘴里问着，眼睛斜向朱雪华，瞟着她摊在腿上的纸，底下垫着一个一看就很廉价的坤包，她一直笔走龙蛇地记录着，此时忽然停下来，也在专注地听丁荣盛如何回答。

丁荣盛的语气有些犹豫："这没太注意，好像就挎着一个坤包。"

"这一点你可以肯定吗？"

"不敢肯定。"丁荣盛显然是在给自己留余地，"我全部的注意力都在开车上，我的驾驶技术不是太好，我需要集中精力。"

欧阳表现出不愿意在这个问题上过多纠缠的意思，换了话题："你们在车上有没有交谈，她都说了些什么？"

丁荣盛口气里明显地带着不耐烦："都是些无关紧要的话，我看没有必要重复这些陈芝麻烂谷子吧？"

欧阳还想问些什么，丁荣盛故意抬腕看表，下逐客令了："实在对不起，我还有重要约会，如果没有什么其他的事，我们下次再谈吧。你随时可以找我，和我的秘书预约就是了。"

欧阳起身要告辞的时候忽然转身问丁荣盛："你知道田小静有一只玉手镯吗？"

丁荣盛一惊，但马上镇定下来："手镯，什么手镯？"

欧阳用手比画着："镯子，一只很精美的羊脂玉镯，据说价格不菲。"

丁荣盛回答很干脆，摊开手耸着肩说："不知道，我对女人的首饰从来不感兴趣。"

事后，欧阳分析这场简短的谈话，丁荣盛的回答肯定有问题：

一、在欧阳问到25日中午是不是最后见到田小静时，丁荣盛开始说是，后又改口说下午下班田小静搭他的车，流露出对这件事情的回避态度。二、丁荣盛显然在有意掩盖田小静身边带有蓝色旅行包并把旅行包放在汽车后备厢里这一事实。这么大的一只包放在车上他不可能不知道。三、东环路口现在修路封闭，他开车不可能经过东环路口，这显然不是他的口误，他在撒谎时犯了一个小小的错误。四、在问到玉镯一事时，他神色慌张，很不自然，肯定心怀鬼胎。

朱雪华建议正式传讯丁荣盛，并采取相应的侦查措施。周大年表示反对，他认为，丁荣盛是不是最后接触田小静的人现在还不能肯定，田小静携款出逃也好，被害也好，一定与这个和她做药材生意的人有关，显然这个人不是丁荣盛。现在贸然采取措施缺乏足够的说服力。

两个人都把目光投向欧阳，都希望他能支持自己的观点。

欧阳显得不偏不倚："记住，在办案中发现的任何一个疑点我们都要一查到底，要么肯定要么否定，永远不要似是而非，摇摆犹豫。即便调查的结果是否定的，我们也好彻底放心地去另辟蹊径。当所有的可能都被排除以后，剩下的就只有一个可能了。"

欧阳做了一个假设：排除田小静遭遇抢劫和携款潜逃的可能，如果田小静被害，那么杀人现场不是在隐蔽的室内就是在某一辆车上。凶手是采取什么方法杀人的呢？无论是勒死或掐死，无论使用钝器还是锐器，对凶手来说都只完成了杀人过程的一半，他下一步必须要做的就是移尸抛尸，以割断与死者或者说与案件的联系。李正航处长把重兵撒在南郊搜索以期发现田小静的尸体，意图就在这里。这个假设成立的话，凶手就必须具备交通工具，而且很有可能在交通工具上留下蛛丝马迹，这是把侦查视线引向犯罪嫌疑人的唯一途径。如果再做进一步假设，假定凶手是丁荣盛，杀人现场很有可能就在他的家里或某一个隐匿的居所，那辆神气的劳斯莱斯就很可能是他的抛尸工具。

推理不论多么严密，在没有发现田小静尸体的前提下，也仅仅是个猜测而已。不论这个案子存在与否，都取决于田小静是否被杀，取决于在这个案子的调查中发现杀人现场或抛尸现场。人们既担心这是一个既成事实，害怕这种结果的出现，同时又希望在寻找杀人现场方面取得进展。因为随着时间的推移，人们会越来越相信田小静的失踪凶多吉少。

很快，事实证明人们的猜测是对的，欧阳的推理无不道理。这天，欧阳小组被告知在市南郊一片丛林里发现了一具被肢解的女尸。

市南郊有一片被起伏的山脉夹在中间的三十公里的狭长林带，一条公路像一道笔直的灰色分割线把这片树林分成两半。因为这是一条通往机场的公路，不时有汽车小心翼翼地在冰雪覆盖的路面上缓慢通行。

欧阳和朱雪华驱车赶到现场，远远望见密林深处离公路不远的地方围了一群人，他们下了公路沿着有人踩过的雪窝前行，再往前走就没有路了，走起来深一脚浅一脚，鞋子里灌进好多雪，脚底冷冰冰的。

远远地看见周大年和一堆人围在那里，欧阳就知道那是中心现场。周大年迎上来给欧阳汇报情况："有个拾荒的老头儿，就在不远的山上住。一大早家里的狗嘴里叼了个坤包儿回来，老头儿打开一看，里面有手机、现金和田小静的身份证。老头儿没敢留，就送到派出所。我们得到消息后在周围搜索才发现了埋尸的地方。”

距公路不远处的一片沼泽地里，厚厚的雪已经被撕开好几个大口子，露出杂草下面覆盖着的血糊糊的包裹。包裹已经被打开，里面露出一个血肉模糊的肉团，仔细分辨，才能看出是一个人头，旁边还有几截人体残肢。法医正在对尸体进行检验。

朱雪华的脸色有些苍白，她肯定是被这血淋淋的场面给吓坏了。欧阳看见周大年有意用身体挡着她，不叫她目睹血淋淋的场面。雪地上刮过一阵风，也被他宽厚的肩膀挡住了。两个人靠得很近。

公路边通往这里有一趟明显的脚印，如同深山老林里野兽留下的爪印一般，特别显眼。有一个技术员正在那里取样。欧阳在每一个脚印边上都要停留一会儿，蹲下来仔细查看，又来回走了几趟，脑子里的思路也渐渐清晰起来：这趟脚印很可能是作案人留下的，从鞋印长度判断此人一米七以上，是波浪形鞋底花纹的休闲皮鞋。欧阳判断此人是负重行走，步伐不是很稳。田小静的体重可能在五十五公斤左右，除去四肢部分，他至少要负重二十五公斤到三十公斤，所以这个人身体不是很粗壮，应该是缺乏体育锻炼的人。

现场距市区至少二十公里，所以凶手抛尸肯定要借助交通工具。欧阳吩咐把脚印消失处的积雪扫开，下面露出新鲜的潮乎乎的沙砾，平整的地面上赫然有两道轿车轮胎印，脚印就在车辙印边消失。车辙印是头北尾南。假设此人从市里来这儿抛尸，然后返回市里，那应该是头南尾北，而且停车位置应该在对面。所以作案人极可能继续前行，以便抛弃尸体的其他部分。另外从停车位置附近的脚印看，凶手下车后从车头绕到右手的车门边，说明尸体应该是放在副驾驶位置上而没有放在后备厢。看来此人对尸体并没有多大的恐惧和憎恶感。

欧阳和朱雪华、周大年的看法是一致的。周大年还说了自己的一个意外发现：“这辆车的车辙印有一条比其他的车辙印宽，我想很可能是前左轮胎瘪了，慢撒气，低压胎在这种情况下虽然可以继续行驶，但车开起来会感到很别扭。”

欧阳正蹲下身子看这条车辙印，然后吃力地站起来，自言自语地说："这场大雪真是帮了我们的倒忙，我想我们应该向法医请教一些问题了……你刚才说什么？"欧阳的思路被周大年拉回来。

"我说这车辙印……"

欧阳左顾右盼，把眼睛从远处移到朱雪华的脸上。朱雪华刚才惨白的脸现在被冻得通红，粉嘟嘟地冒着热气。朱雪华马上说："我知道你们的意思。他有可能在附近的汽车修理铺补胎或打气。"

欧阳夸奖说："真是个聪明姑娘。"

朱雪华兴致勃勃地带了几个侦查员去沿途路边汽车修理铺走访。她实在不愿意再看到这个血糊糊的场面，头也不回地离开了。

周大年看着朱雪华的背影："就这胆子还当侦查员呢。"

欧阳眯着眼睛，雪原里的光线太强了，刺得他眼睛痒痒的。他说："我们也离开这个鬼地方吧。我才干这行的时候，还不如她，见了尸体头皮发麻，好几天吃不下饭哩。"

周大年笑着说："原来你也有弱点，我以为你生来就是个做侦探的料，面对死亡眼皮都不眨。"

法医的分析检验报告下午就送到欧阳的办公室里。尸体被截为十一块，双臂至肘关节，胳膊至肩部，双小腿部至踝关节，膝关节至双大腿胯部，头部和躯干为独立的一部分。尸块切割面锯齿形不明显，说明肢解尸体的工具很锋利。除截面创伤外，死者全身其他部位没有外伤。经解剖，发现死者生前有肺结核病史，切除过一叶肺，死亡原因是窒息性死亡。外观检验，颈部没有明显的勒痕、压痕或掐痕，但两侧有少量的淤血，说明颈部双侧受到外力长时间挤压，死者肺部大量充血并伴有水肿，导致窒息性休克死亡。死亡时间为五六天前。

周大年是法医出身，在法医解剖学方面比欧阳更有发言权，他看完尸体检验报告，对欧阳说："窒息性死亡都是勒死、掐死、溺死、捂死、扼死等，但这具尸体不符合这几种情况。"

欧阳伸着懒腰，在办公室里来回踱着方步，说："这就奇怪了，真是个令人伤透脑筋的问题。难道还有非机械性窒息的杀人方法？"

周大年对欧阳法医知识的匮乏不以为怪："这怎么可能呢？死者肺

部充血并伴有水肿，这是窒息死亡的典型特征。没有明显的勒痕、压痕或掐痕，不能否定窒息性死亡的事实。”

欧阳在这些问题上说服不了周大年，只好说：“我们把这个问题交给法医和病理学家们去研究吧。有些特殊的情况下，性窒息也是造成窒息性死亡的直接原因，但愿这是一个非常特殊的案例。”

周大年忽地从座位上站起来，把欧阳吓了一跳。周大年说：“等等，性窒息？死者生前有肺结核病史，切除过一叶肺，肺活量比正常人要小得多。这是有可能的，法医说死者生前可能有过性接触。”

欧阳为自己不经意的一句话导致周大年灵感大发哭笑不得：“如果我们是分析一个意外死亡的病例，你这种精神倒值得称赞。可是你别忘了，这是杀人碎尸，两百万元不翼而飞，你这种立论足以让凶手在法庭上开脱罪责。”

周大年认真起来，开始旁征博引：“我阅读过这方面的资料，性窒息占窒息性死亡的4%，性虐狂或自虐癖患者尤其多见，我们应该把这种可能性考虑进去。”

欧阳不悦地说：“那碎尸抛尸又如何解释？我们现在要做的不是这些无聊的病态心理分析，而是需要解释这个案子是怎么回事，凶手是谁!”

欧阳说完，也觉得自己有些理屈。分析死亡原因不正是要解释这个案子到底是怎么回事吗？他只是面子上过不去，所以不肯改口。周大年也不做声了，他觉得真理在权威面前永远无话可说。

欧阳和周大年的争论并没有使这个案子的侦查方向受到影响，因为朱雪华又查到了一条重要线索，促使欧阳做出了一个重要决定。

朱雪华走访通往现场公路两边的人家和商店、旅馆、汽车修理部，都反映没有发现异常情况和可疑人员。只有距抛尸现场十二公里处的一家汽车修理部老板说，25号晚上的后半夜，有一个人敲门，说要给汽车打气。老板检查后发现左侧前轮胎漏气，就给补了胎。此车为黑色劳斯莱斯轿车，车主男性，较瘦，身高一米七左右，穿西装。因为是深夜，老板没有看清修车人的面貌，也没注意车牌号，但提供此车后窗玻璃贴有“别吻我，我怕羞”的字样。

劳斯莱斯？丁荣盛的车？

朱雪华像发现新大陆一样，惊喜地狂叫："丁荣盛的车后窗玻璃上不是有这几个字吗？我看我们要尽快公开搜查这辆车。"

"不不不。"欧阳连声反对，"侦查工作处处需要施计用谋。我们需要借刀杀人，也许我用词不准确，有一个人很可能对我们有所保留，有些事他还没有给我们解释清楚，别忘了田小静取这笔巨款是去做生意的，而她的目的地是机场。"

"秦虎!"朱雪华和周大年异口同声。

秦虎被再次请到欧阳的办公室，这回欧阳要亲自出面和他谈谈。秦虎见到这位大腹便便的警察，有些局促不安。欧阳也没有客气地请他坐，阴沉着脸，眼睛时不时眯成一条缝，这让秦虎感到很不舒服。周大年则在沙发上跷着二郎腿怪模怪样地斜视着他，就连他最初颇有好感的漂亮警花也一副冷美人的架势，双臂交叉在胸前，歪着脑袋，目光在他脸上扫来扫去。

这与他第一次以报案人的身份来这儿的情景截然不同。为什么这般对待我？这简直是把我当作嫌疑人审查嘛！这些警察真是变脸王，一会儿笑容可掬，一会儿凶神恶煞。他发誓这辈子再也不到这种鬼地方来了。

沉闷的气氛令人倍感压抑，秦虎受不了这位胖警察在屋子里热锅上的蚂蚁似的转来转去，转得他头晕。他皮鞋底的铁钉在地板上咔嗒咔嗒讨厌地乱响，让秦虎更加心烦意乱。他真想说：别转了，求你了，我把我知道的全部告诉你们还不行吗？

欧阳终于停住脚步，眯缝着眼回头看他。他打了一个激灵，不由自主地哆嗦了一下。

欧阳忽然说："你心里有鬼？"

秦虎好像站不稳似的趔趄着退了一步，有气无力地说："没有。"

欧阳紧逼着问："你哆嗦什么？"

秦虎强打精神，说话的底气却没了："我不知道我做错了什么。"

欧阳一声断喝："秦虎！我告诉你，如果你认为在这里谈话气氛还不足以让你讲真话的话，我们可以换个地方和你谈。"

欧阳这样说是极具威胁性的，秦虎当然明白这是什么意思，更相信这帮生杀大权在握的警察可以说到做到。他彻底孱了。

“我问你。”欧阳缓和了语气问，“田小静在做什么生意？”

“药材，真的是药材。”秦虎一脸委屈。

“和谁做？这个人是谁？”

“一个姓韩的老板，是云南来的。”

“韩什么？”

“不知道，我真的不知道。”

“她把钱送到什么地方去？”

“机场。姓韩的八点二十分下飞机，她要把这笔钱亲手交到他手里，然后给她的合伙人打个电话，那边才交货。”

“那边指的是哪里？”

“火车站。”

“她的合伙人是谁？”

“不知道，她没有告诉过我。”

“姓韩的现在在哪里？”

“不知道，我真的不知道，别以为我什么都知道，我根本没有参与他们的事，我只是在她打电话的时候零零碎碎地听到这么一两句。”

欧阳坐回到办公桌前，悠闲地喝茶。朱雪华接着问话了，这种接力棒式的问话是事先设计好了的。朱雪华问：“愿意跟我们警方合作吗？”

秦虎赶紧说：“愿意，我也盼着你们赶快把这个案子破了，我就解脱了，不然我也像个嫌疑人似的被你们怀疑。”

朱雪华就说：“那好，你开过丁荣盛的车吗？”

秦虎眨巴着眼：“有时也开，他的司机不在的时候都是我开的。”

“你去把他的车给我们开来，我们只需要一个小时的时间。”朱雪华以不容置疑的口吻说。

秦虎有些犹豫：“你们不会把车子弄坏吧？那可是劳斯莱斯！”

朱雪华冷下脸来：“你去不去？”

“去，去，我去。”秦虎连声说。

秦虎很快把那辆崭新的劳斯莱斯开到朱雪华指定的地点，神色紧张地告诉朱雪华：“我真的只有不到一个小时的时间，老板一会儿要用车，我是借口出来加油的。”朱雪华并没有理会他，和几个痕检技术员对车辆进行全面检查。技术员在车内副驾驶座位下的皮垫夹缝里发现一块黄豆大小的血痂，经化验为人血！

秦虎离开时，朱雪华警告他：“我相信你对这件事情会守口如瓶的，你要是透露出去……”

秦虎忙说：“放心吧，我不会告诉第二个人的。”

第二步工作是在极其秘密的情况下进行的。欧阳找到总经理秘书斯小玉，说无论如何现在要找丁荣盛谈谈，斯小玉在百般阻挠无果的情况下，无可奈何地把欧阳领到丁荣盛的办公室。他们进行了两个多小时的长谈，欧阳除了不厌其烦地核实 25 号那天的所有细节外，还兴致勃勃地和这位谈吐不凡的总经理讨论了共同感兴趣的一些话题。直至欧阳接了一个电话，才显得意犹未尽地结束了这场让丁荣盛感到心惊肉跳的谈话。

与此同时，朱雪华和周大年在派出所的配合下，秘密搜查了丁荣盛在北郊的一所别墅，据说丁荣盛经常在这所豪宅里和他的情人幽会。搜查结果让欧阳大喜过望，技术员在室内餐厅和储藏室里进行了血痕测试，反应为阳性。

丁荣盛的杀人嫌疑直线上升：七点零五分和田小静一起离开公司，然后田小静失踪；一反常态的表现和前后矛盾的证词；南郊公路边汽车修理部门前的劳斯莱斯；豪华坐骑皮垫下的血痂；住宅里呈阳性的血痕测试。这些疑点足以使欧阳下决心把丁荣盛列为重大嫌疑对象。

三、神秘的房客

所有的证据都表明田小静是被丁荣盛所杀，但另一个不容忽视的问题是：什么样的交易需要以这样的方式一手钱一手货？毒品，还是文物？田小静去机场把钱交给谁？在火车站负责接货的人又是谁呢？这些与田小静被害有没有必然的联系呢？这些疑问令欧阳大惑不解。欧阳他们通过机场安检调出了 11 月 25 日晚上所有的监控录像，在长达四个多小时的录像内容里，果然出现了田小静在机场候机大厅和一个陌生男子窃窃私语的身影，时间显示是八点三十分。他们判断这个陌生男子就是秦虎说的那个姓韩的。

“我们又把田小静最后出现的时间往后推了一个半小时。”从机场出来，周大年兴奋地说。

欧阳纠正他：“不，是一个小时二十五分。”

朱雪华问：“我们下一步做什么？”

欧阳总是喜欢在胸有成竹的时候让别人替他把话说出来，所以他把球踢还给朱雪华：“你说呢？”

朱雪华说：“当然是拘留丁荣盛，只有他能解释清楚这些。”

汽车在平展的高速公路上疾驰。欧阳又开始摇头，对周大年说：“你把车子开慢一点儿，我的心脏不好。”又回头对朱雪华说，“如果丁荣盛承认杀害了田小静，这个案子只能说才破了一半。”

朱雪华无不惋惜地说：“剩下的疑问只有田小静能解释清楚，可惜田小静把它带走了。”

欧阳语气坚决地说：“不，我们要找到在机场镜头中出现的那个姓韩的陌生人，田小静去机场在前，被丁荣盛所杀在后，我们不能颠倒了这个事实，连小孩儿也能排列出这个时间顺序来，那笔巨款很可能在这个姓韩的手里。”

周大年又把车子开得飞快，欧阳提高了声调抗议着：“你把脚都要踩到油箱里啦！你这个人最大的毛病就是知错不改，没有哪个女孩子喜欢你这种毛手毛脚的愣头青。”

朱雪华在后排座上咯咯咯地笑着，周大年嘴里嘟哝着什么，谁也听不清楚。

接下来的工作叫朱雪华和周大年跑断了腿。欧阳要求他们拿着照片在全市范围内找到这个在机场出现过的陌生人，而且只给了两天时间。周大年咽了好几口唾沫才勉强接受了任务，朱雪华虽然嘴上嘟嘟囔囔，可行动上要比周大年主动得多，催命鬼似的让周大年拉着全城疯跑。

在回单位的路上，朱雪华忽然大惊小怪地叫周大年把车停下来。周大年不知发生了什么事儿，紧急踩了一脚刹车，轮胎发出一声怪叫。车还没有停稳，朱雪华推开车门，回头对他说：“你先回去吧，别管我了，我很快就会回去的。”她脸上挂着兴奋，向路边一个穿着风衣的男人跑过去，挽住了那人的胳膊，十分开心的样子。周大年透过车窗玻璃瞄过去，惊讶地发现那个男人不是别人，正是吴志浩。

周大年气得把车开得蹿出好远才稳住。

下午，他们照常跑各分局和派出所，一个管区一个管区去翻那些谁也不愿意去看的旅店暂住人口登记，然后他们拿着这些登记和照片一家酒店一家酒店去核实，真是既枯燥无味又烦琐耗神。周大年以为朱雪华会对上午发生的一切向他道歉并给他一个解释，可是没有，她似乎在用极其认真的工作态度掩饰着兴奋与幸福。难道她还在回味上午与吴志浩浪漫的邂逅吗？她为什么会和这个案子上一个不起眼的证人吴志浩这样熟悉而且亲密无间呢？难道他们以前就认识？

周大年终于还是耐不住性子问朱雪华："你和吴志浩认识？"

朱雪华的回答平淡得让周大年感到有些意外："啊，怎么啦？"

"他可是这个案子的犯罪嫌疑人。"周大年有些夸大其辞。

朱雪华瞪大眼睛："你没搞错吧，他有什么嫌疑？你干什么这么疑神疑鬼呀？"

"他至少和这个案子有牵连。"周大年说，"是这个案子的当事人之一呀，他和这个案子到底有没有关系还没有查清呢，你犯不着跟他不清不白的。"

"你说话注意用词好不好，神经病！"

朱雪华不再理他，周大年也不再看她，两个人为此闹了一场不大不小的别扭。

第三天，两人脸拉得面条似的闯进欧阳的办公室，一进门周大年就一副居功自傲的样子，绷着脸不说话，朱雪华却怎么也掩饰不住兴奋的心情，一脸得意。

欧阳放下手中的报纸，眼睛又眯起来："用不着卖关子了，我知道你们有好消息带给我，说说吧。"

还是朱雪华抢先说："我们在帝都大酒店找到了这个姓韩的。"

朱雪华和周大年是通过酒店旅客入住登记找到这个神秘的陌生人的。帝都大酒店旅客入住登记显示，此人用韩云鹤的名字登记入住，身份证显示是云南大理人，入住时间是25号晚上十二点半，房间是702号。他们马上给云南警方发了协查函，云南方面的回复令他们大吃一惊而且兴奋不已。此人外号韩老六，是云南警方长期追踪的大毒枭，三个月前偷运大批毒品入境，十天前从云南警方的视线中消失。云南警方还说需要他们配合的话，他们会全力以赴。

很明显，这个叫韩云鹤的人此次北上与他不久前偷运入境的大批毒品有关，而他一下飞机田小静就去机场接他，并交付了两百万元现金，火车站这边同时在交接“一批货”，可以肯定这是大宗毒品交易。李正航处长今天告诉欧阳，据线报，丁荣盛与内地一个贩毒集团来往密切，他们正在积极筹划一笔大买卖。李处长特别关照欧阳，搞这个案件时要把这一重要情况考虑进去。

“这就对了。”欧阳说，“我通过银行查了三元公司和田小静的账户，发现从田小静手里流出的资金大得惊人，这笔资金与三元公司的业务是没有任何关系的。而且我研究了田小静遗物中的一个小小的记事本，有一笔账我始终感到莫名其妙，现在你们找到答案了。”

田小静在记事本上有一笔八百多万元的流水账。这笔钱分为两笔，一笔二百万元，注明 11 月 25 日晚上八点半，地点是飞机场和火车站，收款人只写了个“韩”字。另一笔是六百三十万元，注明 12 月 15 号上午十点，地点同样是飞机场和火车站，收款人也是这个姓韩的。

欧阳总结性地一摊手：“好了。我们可不可以做出这样的推测，这是一笔价值八百多万元的毒品交易，田小静 11 月 25 日提出其中的两百万元交付到姓韩的手里，其余部分在 12 月 15 号以同样的方式钱货两清。这也正是姓韩的第一次交易后没有马上离开的原因，他在等 12 月 15 号进行第二次交易，拿到第二笔钱。”

周大年赞同地点头：“可以这样说，完全有根据。”

朱雪华也赞成地点头，但又马上说：“别忘了我们还有一个谜没有解开呢，田小静为什么被杀呢?”

欧阳用调侃的语气说：“也许是杀人灭口，也许是他们之间因为利益之争发生了内讧，也许正如我们的周警官所说的那样，是一个风花雪月的意外。”

朱雪华要将这位大侦探一军：“结论只能有一个呀。”

欧阳不紧不慢地说："会有结论的。刑事破案查明原因是为了找到结论，我们在得出正确结论以后，原因往往就显得不那么重要了。那就是：到底是谁杀了她，而不是为什么要杀她。显然这个问题对我们来说已经不那么重要了。"

周大年说："可别忘了，我们现在又把田小静出现的时间推后了一小时二十五分，最后一个接触田小静的不是丁荣盛而是那个韩云鹤。"

欧阳此时思维正处于兴奋状态，其实他和周大年想的是一个问题。"你说得不错。可是更应该注意的是 25 号深夜出现在南郊公路上的劳斯莱斯，这部汽车有一个明显的特征是贴在后窗玻璃上的'别吻我，我怕羞'的标志。还记得我们在和这位大老板谈话的时候他说过这样一句话吗？他的原话是：'我全部的注意力都在开车上，我的驾驶技术不是太好，我需要集中精力。'这一点他没有必要说假话，他的驾驶技术也许真的不怎么样。所以他扎了车胎，所以他要贴上这样的标志提醒别人，这些都说明他真的是一个二把刀。只有开车不久的新手才会玩这种把戏。全市劳斯莱斯有十七辆，其中两辆贴有这种标志，而另外一辆是红色而不是黑色。还有柏辽兹的《安魂曲》，最重要的是我们在这辆车上发现的那么一点点血痂，还有那所豪宅里的那么多可疑迹象。把这些零碎的证据串联起来不难得出结论，我们有根据把重点嫌疑锁定在丁荣盛身上。他虽然没有出现在机场，但我们完全可以做另外的假设。丁荣盛现在已经是瓮中之鳖，我们随时都可以把他提溜来关在笼子里。可是要注意，警官先生和警官小姐，现在是节外生枝地又出现了一个韩云鹤，出现了一条更大的鱼，我们就不得不把这位大老板放到整个案件的背景下去考虑。"

周大年瞪大眼睛问："你是说丁荣盛也参与了这起贩毒案？"

欧阳反问："为什么不呢？不然他为什么要杀害田小静，而且是在这样十分关键的时候。我可以肯定地说，在他与田小静之间肯定发生过小小的不愉快。内讧？感情纠葛？分赃不均？如果你所说的性窒息一说成立，那么他们之间是不是还有情人关系？"

周大年忽然叫起来："你终于接受了我的观点。"

欧阳一摆手，说："请不要打断我。如果把丁荣盛、田小静、韩云鹤放到一个案子里去考虑，就是说假定丁荣盛也参与了这桩贩毒案，他应该是什么角色?”

周大年脱口而出：“老板。”

欧阳拇指一竖：“聪明。而且是幕后老板。我们正在介入一起特大贩毒案件，在这起案件背后还隐藏着一个规模不算小的贩毒团伙。这就是我的结论。”

周大年和朱雪华听得都有点儿呆了。朱雪华说：“那我们该怎么办?”

欧阳不容置疑地说：“当然是要打掉它。”

周大年搓着手说：“你说怎么干吧。”

欧阳笑道：“哎，花椒还是㞞的麻。搞毒品案件我们谁都没有朱雪华精明，她可是干缉毒出身的，她最有发言权。你怎么看?”欧阳侧脸问朱雪华。

一直沉默不语的朱雪华其实脑子也没闲着，她的思路一直跟着欧阳转。“缉毒案子和其他刑事案件不一样，需要掌握他们的内部情况，而且需要有内线。破案时机也要选择好，才能人赃俱获，不然鸡飞蛋打弄巧成拙，反而被动。这个案子现在条件虽然不是最好的，但我们仍然有机会可利用。我有一个大胆的设想，采取化装侦查的办法，直接和韩云鹤接触，把这笔生意继续做下去，然后选择时机一网打尽。不过，这一方案需要一个前提，那就是首先把丁荣盛控制起来，掐断他与韩云鹤之间的一切联系，通过他了解和对方接触的方式、联系方法、毒品的运输渠道、交货地点等等。”

周大年马上否定这个方案：“不行，不行，简直是异想天开，和韩云鹤接触的是田小静，现在田小静死了，我们要翻这个墙头把田小静跳过去，首先就不会取得对方的信任。这些毒贩子精得跟猴儿一样，根本不会和生人做生意，何况是这么大宗的交易，他们都是小心谨慎，一步三看。”

朱雪华坚持自己的看法：“你听我把话说完。欧阳批评你是对的，你这个人总是喜欢打断别人而且知错不改。”

周大年被噎了回去。朱雪华继续说：“田小静的死对我们来说反而是可利用的条件。我们完全可以设置一个骗局瞒过对方，现在关键是如何控制住丁荣盛并且让他开口，如果能争取到他的配合，那就对我们更有利。”

周大年说：“控制丁荣盛并不难，至于让这位大老板开口嘛，这可是我们欧阳大侦探的强项。”

欧阳心里已经有一个大胆的设想，朱雪华的建议正中下怀，也更增加了他的信心，于是轻松地耸耸肩说：“这真是一个不错的想法，不过还有许多细节需要研究。”

周大年好像是要确认似的问：“你是说马上拘捕丁荣盛？”

“为什么不呢？要实施我们的计划，就必须扫清丁荣盛这个障碍。不过行动方案得上报，需要领导同意。”

欧阳的方案很快得到侦查处长李正航的认可和批准，侦查处还特意安排缉毒队配合欧阳小组的行动。有了缉毒队的配合，欧阳信心倍增。

这天，在丁荣盛回家的路上，欧阳把他从神气的劳斯莱斯车上请了下来，秘密关押进看守所。开车的秦虎眼看着丁荣盛被戴上手铐，不知为什么有了一种自豪感。朱雪华在前一天给他布置开车行进路线时，他还胆战心惊地问：“你们不会开枪吧？”这会儿，秦虎像做了一件轰轰烈烈的大事业，哼着曲子把劳斯莱斯开得很雄壮。

帝都大酒店这边，周大年西装革履，宽大的登喜路领带显眼地扎在细长的脖子上，西服也是名牌的，只是不太合身，后背紧绷绷的弄得他很别扭，他需要稍稍弓着身子才觉得舒服些。

这时候，他正坐在酒店大厅的沙发上，跷着二郎腿装模作样地翻看着一本时装杂志，杂志封面上时髦女郎一头金发，性感地用碧蓝的眼睛挑逗着她的读者。大厅里打扫卫生的保洁员不满地看着这位既不住宿也不像要消费的顾客，她一定以为这人是个闲极无聊的色鬼。

周大年是被欧阳打发到酒店对韩云鹤进行外围监控的，和他一起的还有缉毒队的几个队员，他们也都很自然地扮演着各自的角色。周大年对欧阳没能安排朱雪华和他一起来执行任务感到遗憾，如果欧阳如此安排，他可能有机会和她扮演一对恋人，亲昵地坐在沙发上享受浪漫，不至于一个人孤零零地坐在沙发上假模假式地装孙子。真是无聊至极！

韩云鹤一天都没有迈出酒店一步，他只是在中午的时候一个人到餐厅里就餐，吃了饭就又回客房休息了。周大年真希望韩云鹤能出去走走，这样他的时间也不会过得这样慢。刚才有一个人引起了他的注意，这个人走进酒店，和他打了一个照面，十分谨慎地冲他笑了一下，他才认出这人是三元公司保安部经理吴志浩。更可疑的是，这个吴志浩坐电梯上了七楼，进了韩云鹤的房间，到现在还没出来。周大年马上向欧阳汇报这一重大发现。欧阳只说："不要惊动他们，我知道了。"

据周大年观察，韩云鹤肯定不是一个人，因为总有两个人轮番若即若离地跟在左右，周大年判断不是韩云鹤的马仔就是他的保镖。

吴志浩在韩云鹤的客房里待了快两个小时才出来，周大年给另一个坐在对面的男子使了个眼色，这个人马上跟了出去。恰巧这会儿电话打进来，是朱雪华。周大年喜出望外，他正想寒暄几句，不料朱雪华冷冷撂下一句话："欧阳叫我告诉你，不要跟踪这个人。"

周大年疑惑地问："为什么呀？"

"不知道，这是上级的命令，必须执行。"说完电话就挂了。

周大年咕哝着："搞什么鬼？"

这会儿朱雪华正在公共汽车站的站牌底下翘首张望，她有一头乌黑的瀑布般的长发，高挑的身材，橘红色女式夹克里面配着雪白的羊绒套头毛衣，深灰色的筒裤勾勒出修长而富于弹性的双腿，透着成熟女性的魅力。正是下班的高峰，马路上车水马龙。一辆出租车忽然在她面前停下，跟在后边的车子抗议似的猛按喇叭。出租车里露出一张笑脸，是吴志浩。她脸上露出惊喜的神色，随后上了车。

"怎么才来呀？"她抱怨着，"人家都等了半天了，这么冷。"

吴志浩并没有半点儿歉意："有点儿事绊住了，打电话约我有什么事吗？"

朱雪华撅起嘴："怎么，没事就不可以给你打电话吗？"

"这倒不是。这几天不是有点儿特殊嘛，过了这阵就好了。"

朱雪华不高兴了："人家就是想看见你，你不乐意呀？"

吴志浩就不吱声儿了。朱雪华说："我在华都商厦看上一件毛衣，又拿不准，你陪我去看看，再说，我们都多长时间没一起上街了。你陪我去吧，好不好?”

吴志浩为难地说：“恐怕不行。我们找个僻静的酒吧坐坐吧。”

朱雪华一脸委屈：“那只好听你的。”

朱雪华不想叫任何小小的不愉快搅乱现在温馨的气氛，她珍惜一切放飞心情的机会，尤其是工作繁忙中来之不易的小小闲暇，她更要尽情地享受。

她挎着吴志浩的胳膊刚刚迈进酒吧的门槛儿，手机就叫起来，让她大为扫兴。电话是欧阳打来的，叫她马上回去。朱雪华猜想可能是丁荣盛那边有了动静，不敢耽搁，匆匆告别了吴志浩一路疯赶回了单位。

四、欧阳用谋

朱雪华一连几天见欧阳把自己关在办公室里埋头于案牍工作，要不就是悠闲地坐在那里摆弄那只珠光宝气的玉手镯，时不时还要和她探讨玉手镯的质地和做工。他告诉朱雪华，这只玉手镯上血丝样花纹上有一条断裂的缝隙，如果连贯一气，可能会更值钱。

“我在琢磨，这玉镯应该是一副才对，怎么是一只呢?”

朱雪华见欧阳对这玩意儿兴致勃勃，感到大惑不解甚至有些生气，她终于忍耐不住，小心地问：“我们……我们什么时候开始讯问?”

欧阳不情愿地把目光从玉手镯上移开，抬起头来看她一眼，才十分小心地把玉手镯放回桌子上，又把桌子上高出肩头的一大沓案卷挪到一边，给自己续了茶水，噗噗地吹开漂在水面上的茶梗，呷了一口茶。虽然茶叶是最廉价的劣质货，可欧阳还是拿出绅士的样子，内行地吸溜吸溜着，弄出很大的响声。

“先不忙于接触他，我们有的是时间，也不在乎这一两天。”欧阳说。

朱雪华很不满意欧阳这种懒散的状态，在她的眼里，他肯定变成了一个工作热情消退殆尽的庸庸碌碌的人。

“我们总得做些什么。”朱雪华在欧阳对面坐下来，看样子是想做欧阳的思想工作，或适当地鼓励他一下，“现在是箭在弦上不得不发的时候，我们总不能一枪不放就撤退吧？”

欧阳油腔滑调地说：“在战略上有时候大踏步地后退是为了以后大踏步地前进。讯问和其他侦查工作一样，需要施计用谋，不是有枣没枣打一竿子的游戏。有时候又像是下棋，走一步看三步，一步走错满盘皆输，连悔棋的机会都没有。古人说‘知己知彼，百战不殆’，我们现在了解他丁荣盛多少？可以说什么都不了解。他的经历、性格、嗜好、习惯，他现在心里在想什么，他的心理优势和心理缺陷在什么地方？这些我们都不了解，匆忙上阵，难免一败。”

朱雪华见欧阳说得头头是道，不由得身体前倾，“那你说咋弄，我听你的。”

欧阳把身子仰靠在椅背上，尽量让自己舒服点儿。趴了好几天的桌子，他后背有点儿酸痛，脖子也硬了。

“我还没想好。”欧阳说，“不过我们这一拳要打出去，就一定要把他打趴下。”

周大年这几天被派去和缉毒队一起在帝都大酒店对韩云鹤进行外线监控，所里只有欧阳和朱雪华准备着手讯问丁荣盛的工作。朱雪华和周大年一样好动，欧阳四平八稳，朱雪华有点儿受不了。她真后悔当初自己没有要求和周大年一起去帝都大酒店，虽然外线跟踪也是个苦差，可总比在家里无所事事强。

欧阳忽然想起件事来，对朱雪华说：“明天你得去一趟看守所，把丁荣盛的监管记录调出来，李处长和领导们要看。顺便了解他这几天的表现，跑腿的事嘛，你年轻，就多做点儿。”

朱雪华不高兴地反问：“那你呢？”

“我？”欧阳还真没有想好他需要做什么，看了几天的材料，已经把他弄得头晕脑涨了，说话都有些迟钝：“案件材料已经整理得差不多了，我想抓紧把讯问提纲拟一下，如果领导没有什么意见，我们就可以着手下一步工作了。”

朱雪华赌气似的说：“离他们交易的日子只有十天，可我们还在这里四平八稳。”

欧阳说：“我也在扳着指头过日子哩。”

欧阳知道朱雪华憋足了劲儿没处使，对他按兵不动颇有些不满，于是耐心地说：“磨刀不误砍柴工，对付这样的犯罪嫌疑人没有充分的准备是要打败仗的。”

第二天，欧阳照旧准时准点慢条斯理走进办公室，朱雪华已经在等他了。办公桌上摆着一份在押嫌疑人羁押监管记录，上面有基本情况、羁押案由、现实表现、训诫笔录等栏目。欧阳扫了一眼，又被一份周大年和缉毒队的外线报告吸引过去，他拿在手上问朱雪华：“这是今天的?”

朱雪华说：“刚才周大年叫人送过来的，看来韩云鹤很沉得住气，他并没有发现丁荣盛这边出了意外。”

接着，朱雪华简要给欧阳汇报了丁荣盛在看守所的情况。丁荣盛现在重监号关押，同监号有六个重刑犯。据同监舍的人反映，丁荣盛自上次提审后，情绪忽然变得很好，能吃能睡，并对别人说他很快就要被释放了，公安局拿不住他什么，法院也不会判他有罪。他也没有什么违反监规的举动，对管教很服从，不像刚进来的时候抵触情绪特大，看上去基本上没有什么心理压力。

朱雪华最后说：“我看完全是因为我们没有趁热打铁，这么长时间没有审他，他就自以为我们没有再发现他什么新的问题。他知道我们不会这样长期把他放在那儿不管，所以他没有心理负担，自然谈不上向我们主动交代问题。我看我们得主动出击，今天就去审他，给他点儿压力。”

欧阳阴沉着脸没有说话。经验告诉他，这种情况下去审丁荣盛等于硬碰硬，他已经充分做好对付讯问的心理准备。初审如果没有成功，必将强化他的侥幸心理。放在欧阳面前的等于已经是一锅夹生饭，最好的办法不是“煮”而应该是“焖”。可怎么才能“焖”熟这锅饭呢?欧阳陷入了沉思。

“依你看，”欧阳相信感性的东西，女人的直觉总有说不清楚的灵敏，所以欧阳问朱雪华，“你看他属于什么样的人，我是说他的性格和为人。”

“怎么说呢?”朱雪华斟酌着说，“人很精明，说话都是经过深思熟虑的，很善于表达内心世界，属于性格外向型的。他不同于社会上的地痞无赖，有文化，有修养，甚至还很绅士，说起话来滔滔不绝，有条有理。”

欧阳继续问：“弱点呢?”

朱雪华不假思索地说：“爱面子，喜欢虚荣，容易激动，看问题比较偏激，常走极端，还特傲气，有点儿目中无人。也难怪，像他这样既有钱又有身份的人，肯定把谁也不放在眼里。不过这种人最大的弱点就是受不得一点儿委屈，受一点儿罪就会叫苦连天，这倒值得我们好好利用一下。”

欧阳不以为然地说：“哎，我想的正好跟你相反，我们得好好优待他一下哩。”

欧阳并没有向朱雪华解释如何优待丁荣盛。第二天，欧阳亲自跑了一趟看守所，管教介绍丁荣盛近来的表现，说的和朱雪华差不多。

欧阳问：“你们的特监号闲着吗?”

特监号是关押特别重要的犯罪嫌疑人的监舍，一般是单独关押，条件要比其他监舍好得多，监控设备齐全，这是关押丁荣盛最理想的场所。不过使用这种监舍必须是重刑犯，得经过严格审批。

果然，管教为难地说：“这得所长批，我做不了主的。”

欧阳以命令的口吻说：“你先做好换监号的准备，手续嘛，我会办齐的。”

欧阳交给管教一张光碟，嘱咐每天定时播放给丁荣盛听。管教不解地问这是什么，欧阳说：“这是一首美妙的交响乐，能使人的灵魂得到洗涤升华和慰藉的乐曲，我想这首悲伤的乐曲可以使他的灵魂在孤寂中找到归宿。”

管教不解地耸耸肩：“太深奥了。”说罢摇着头走了。

欧阳去找所长，果然手续上有些烦琐，好在欧阳和看守所长熟悉，所以办起来也算顺利。不到一个上午，丁荣盛就从普通监舍里被押解到特监号。欧阳站在铁门外，透过长长的走廊看到丁荣盛蔫头耷脑地跟在管教的身后蹒跚地挪动脚步，心里发出轻蔑的一笑。

接下来的几天，欧阳又闲得像一个退居二线的老干部，看着侦查处里其他的侦查员忙得晕头转向脚打屁股，心里别样地自在。朱雪华却看不下去了，忍不住向欧阳发问："你到底怎么打算啊，丁荣盛你还审不审，这案子你打算搞是不搞？"

欧阳冷冷地对她说："心急吃不了热豆腐，时机还不成熟，再等一等。"

其实欧阳心里比她急，丁荣盛在特监室已经关押五天了，每天早晨上班后欧阳做的第一件事就是翻看看守所送来的监控记录，然后每天到看守所监控室去看监控录像，观察丁荣盛的动静和反应。他在等待时机，他相信这个机会会来的。

欧阳说："我们应该不厌其详地了解这个人，这对我们有好处。"

朱雪华打断他："得了，我知道你把有关他的材料倒背如流，对他的犯罪事实也是了如指掌，可这有什么用？我们的目的是把你所说的这些通过他的嘴复述一遍，不仅仅是在讯问室里，而且要在法庭上，你能办到吗？"

欧阳实事求是地承认："这个嘛，没有把握。"

欧阳说的是事实，他真的心里没有底，因为从看守所反馈过来的情况看，丁荣盛似乎没有任何心理变化。特监室是经过精心设计的，它的四壁寡白，室内没有一点儿杂色，隔音效果非常好，安静得出奇，置身其中犹如游弋于万籁俱寂的死亡世界。关押在特监室的人，与外界是完全隔绝的，他见不到一点儿自然光线，听不到一点儿外界的响动，眼前只有一片空白，耳朵里只有自己的心跳，发展到一定阶段，他就会有强烈的与人交流一吐为快的欲望，以此打破心里的孤寂感，犹如一只困兽需要发泄，需要释放。这是一种人道的心理战，谁有耐心谁就是最后的胜利者。依欧阳的想法，丁荣盛属于外向型的人，善于表达，喜欢与人交流，这是长处也是短处，只要他开口，欧阳断定他就会一发而不可收！

欧阳终于等到了这一天，看守所管教打电话通知欧阳，说丁荣盛要求提审！

朱雪华被他叫到办公室，欧阳笑着说："他挑战了，我们先看看他怎么说。"

朱雪华还没坐稳就从座位上跳起来："我早就等着这一天呐，咱们这就过去！”

看守所的预审室里，四壁如玉，金丝绒的蓝色窗帘流水般地垂泻而下，暖暖的阳光从窗外柔和地洒到猩红色的地板上，宽大敞亮的屋子洋溢着活跃的气息。欧阳和朱雪华坐在一尘不染的桌子后边，面对着刚刚被管教带进来的有些局促不安的丁荣盛。欧阳说：“坐吧。”

丁荣盛坐在专门为他准备的一张铁制椅子上，手上的铐子和脚上的镣子随着他不太和谐的动作哗啷哗啷地乱响。他个子不算高，但肩膀很宽，身材精瘦，皮肤白皙，下巴虽然胡子拉碴，头发也乱蓬蓬地支棱着，但他的眼睛还在不停地滴溜溜乱转，不时在欧阳和朱雪华的脸上游移。他显然是希望捕捉到有关案情的信息，哪怕他们脸上有一丝不坚定的神色，对丁荣盛来说都是好消息。

欧阳眯缝着眼，甚至带着一点儿微笑，但表情是坚定的，一副胸有成竹胜券在握的样子。朱雪华本来就是个冷美人，这会儿更是冷若冰霜正襟危坐。她轻轻地铺开笔录纸，在桌子一角，静静地卧着笔式录音机。

桌子上还显眼地摆着那只玉手镯，那是欧阳有意放在那里的，一缕光线正好打在上面，玉镯在阳光的照射下更为光彩夺目。他断定丁荣盛一眼就能认出它来，并且可能会有微妙的心理变化。

果然，丁荣盛把眼光停在桌子上，但马上又移开，脸上不易察觉地抽搐了一下。欧阳眯缝着眼不动声色。

没等欧阳说话，丁荣盛先开口了：“为什么要把我关在这种地方？”

欧阳冷冷地说：“案情需要，只有有身份的人才会得到这种特殊的关照。”

丁荣盛挪动了一下身体，显然他已经开始适应这里的环境：“我不需要这种特殊的待遇，还有那该死的交响乐，把我关在普通号里吧。”

“这由不得你。”欧阳说，“你还是考虑如何彻底改变你现在的处境，主动权在你手里。”

丁荣盛自然听懂了欧阳话里的意思，他说：“该说的我已经说了，我现在只有等待法律的公正判决。”

欧阳马上接上话茬儿，不给他一点儿喘息的机会：“那还有不该说的，我恰恰对你不该说的很感兴趣。”

丁荣盛看着欧阳：“你想知道什么？”

“真相。”

丁荣盛低垂着眼：“案子你们都调查过了，事实你们也都掌握，剩下的事由法院来决定好了。”

欧阳目不转睛地看着他：“那好吧。不过我可以明确地告诉你，你在这里不愿意交代的，不可能成为永远的秘密。你想把它们带进坟墓里，随你的便，但我决不允许你把它们带出看守所这扇铁门。”

丁荣盛抬起眼睛，喉咙咕噜噜响了一声，想说什么，欧阳却打断了他。欧阳要压制他不叫他说话，不叫他辩白：“你不用给我解释什么，你的辩解是徒劳的。是你自己要求提审我才耐着性子听听你要说什么，我们对你的那些犯罪事实已经了如指掌而且证据确凿，我打心眼里对你的所作所为感到恶心，我怕污染了我的耳朵。罪恶在重复的时候哪怕是在嘴上都是对善良和正义的再次亵渎。人都是有良知的，哪怕是十恶不赦的恶棍也有良心发现的那一刻。我不知道在你很有限的生命中，还有没有善良的一面，我更不清楚你在形影相吊的孤寂中如何面对田小静屈死的冤魂和受到你伤害的善良人们。”

丁荣盛无言以对，他沉默着……

欧阳忽然问了一个奇怪的问题：“你喜欢柏辽兹的音乐？”

丁荣盛随口回答：“是，我喜欢哀婉，忧伤也是一种美。”

欧阳把话题转到音乐上令朱雪华大惑不解，又似乎明白其用意。丁荣盛也好像敏感地意识到欧阳醉翁之意不在酒。

欧阳又问：“你好像不止一次地听过他的《安魂曲》？”

丁荣盛眼睛里顿时透出不知所措的迷惘，凄然地抬起脸仰望着天花板说：“不说这个，我对这个话题不感兴趣。”

欧阳的话里透着揭开尚未痊愈的伤疤那样的冷酷，他说：“不，你应该听，尤其是现在，因为这首乐曲的主题是对死者亡灵何处安身的关注。死亡对于一个人来说，有时候也是很快乐的，对吗？”

丁荣盛有气无力地说：“但愿吧。”

欧阳拿起桌上的玉手镯，很不经意地把玩着，忽然又问：“这只玉镯想必你是见过并且很熟悉的吧？它的主人呢？不难想象一双冰清玉洁的小手配上这只玉手镯是多么的高贵，可惜呀，佳玉配美人只不过是昙花一现就香消玉殒了。”

丁荣盛强打精神：“我不知道你是什么意思。”

欧阳冷笑着：“你似乎对田小静身居何处并不太关心，你怎么忍心叫一个你曾经喜欢过的女人在冰天雪地里做孤魂野鬼？”

一把刀子戳进丁荣盛的心里，搅动着……他的神情有些沮丧，欲言又止。看来还欠火候，欧阳还需要添一把火：“你如果确实感到很为难，还没有想好的话，我可以给你时间，但请记住，我的耐心是有限的。”

欧阳按了呼叫铃，管教进来，欧阳示意把丁荣盛带下去。丁荣盛咽了口唾沫想说什么，欧阳摆摆手：“今天就谈到这儿吧，什么时候想找我谈，告诉这儿的管教就行，我随时恭候。”

丁荣盛终于按捺不住，嗫嚅着说：“我们可不可以……”

欧阳意识到丁荣盛要提条件。欧阳需要在精神上彻底打垮他，就像压制敌方火力那样不让他心存半点儿侥幸：“缴械投降是无条件的。如果下次提审你仍然坚持这种态度，那我们只好用证据说话。在我们使用证据之前，你还有为自己辩解的权利，因为在证据和事实面前任何辩白的企图都是无济于事的。”

丁荣盛终于像泄了气的皮球，低声嘟哝着说：“容我考虑一下。”

从看守所巨大的黑漆铁门出来的时候，朱雪华才长长地出了一口气，她用很佩服的眼光瞟着欧阳说：“你今天表现很出色。”

欧阳停住脚步，故意问：“是吗？何以见得？”

“今天把他的气势给压下去，就是一个不小的胜利。上次我和周大年提审都是他的话多，周大年说你都走到这一步了，还摆什么大老板的架子。你猜他怎么说？”

“怎么说？”

朱雪华学着丁荣盛的口吻说：“他说伟人之所以伟大，是因为别人总是仰面看他，所以伟大和平凡很容易区分。如果你在心态上和我平起平坐，你就不认为我是个大老板。我觉得你今天从心态上首先居高临下，有些咄咄逼人。”

欧阳说：“他说的有道理。本来嘛，我是警察，他是阶下囚，不能因为他很有钱我就仰慕他。”

朱雪华说：“我们初战告捷，今天应该乘胜追击趁热打铁。”

欧阳摇摇头：“欲速则不达。事情没这样简单，他很清楚彻底坦白对他意味着什么，所以我们必须做好打持久战的准备。我刚才还告诉管教，请他多播放几遍那首乐曲，这样有助于他调整情绪，更好地反省过去。”

朱雪华恍然：“你在进行心理战？”

“讯问本身就是一场既人道又残酷的心理战。”欧阳说。像他这样的中年人总喜欢把过去的经验上升为理论。

朱雪华怀疑地问：“会有效果吗？”

欧阳胸有成竹地说：“走着瞧吧。”

“我们的时间真的不多了，离他们下次交易的时间只有五天了。”

离 12 月 15 日越近，朱雪华的心里越紧张，她真的看不出欧阳到底有多大把握，可能只是枉费心机竹篮打水。韩云鹤不可能在宾馆里等着别人来抓他，只要有风吹草动，他就会成为惊弓之鸟，他们急切盼望出现的那批毒品就会在运往目的地的途中迅速蒸发。朱雪华以前在办理毒品案子时就遇到过不少这样的情况。

欧阳非常自信地说：“你这个担心是有道理的，不过要沉住气。你想，韩云鹤之所以敢冒这么大的风险一次做这么大的买卖，出于什么心理？他一定急于把手中的货出手，这样大的买主可不是轻易能找得到的，他愿意放弃吗？另外，我判断他们这种合作不止一次，韩云鹤应该对丁荣盛很放心。只要我们把这场戏演到家，韩云鹤就会主动往我们为他设计好的口袋里钻，所以时间对我们来说不是大问题。”

第二天，看守所那边没有任何消息过来。欧阳有些担心，因为周大年那边传过消息来说韩云鹤已经买了 12 月 15 日返昆明的机票，并且频繁往云南大理打电话，看来是联系那边同伙准备发货。

第三天，管教打电话说丁荣盛又要求提审。

欧阳问管教这两天丁荣盛表现怎么样。管教说监视器显示他坐立不安，晚上睡得很少，显得很焦躁，已经两天没吃东西了。今天早上忽然歇斯底里地狂叫，要求提审。

欧阳放下电话，对朱雪华说："我们过去吧，到火候了。"

他们开车路过一家"德克士"的时候，欧阳叫朱雪华停下车，进去买了一大包薯条、两个炸鸡腿、三个汉堡包，还有饮料。朱雪华不解，问欧阳："你这是去慰问他呀？"

欧阳扑哧一笑："这叫恩威并施，打一巴掌要给个糖哄哄。别小看了这些小恩小惠，这是我们心理战所必需的步骤。人就是这样，如果在平时你送他这些东西，他并不以为有什么了不起，但现在，他会觉得这是对他莫大的恩惠。"

果然，丁荣盛一进预审室就打开了话匣子。

"我想了好几天，现在终于想通了，就那么回事儿，没什么大不了的。"丁荣盛一边大嚼大咽一边说。看来这些吃食很合他的胃口，这么一会儿工夫已经消灭了一半。

"想通了就好。"欧阳趁机说，"我们期待着你的合作，早一天把事情查清楚，对你也是个解脱。"

丁荣盛大概是吃得太猛噎着了，像公鸡打鸣似的抻了几下脖子，喉咙咕隆咕隆很响地嚅动着。

"你很会说话。"丁荣盛说，"我想不光是我解脱了，我开口对你也有好处，你们也可以很快结案了，不是吗？你和你的同事，还有这位漂亮的警官小姐也可以交差了，你们可以抱着一大沓卷宗向你们的上司邀功请赏。"

虽然他说的是事实，但欧阳觉得这并不是一个好苗头。犯罪嫌疑人一百八十度大转弯，有时候会走向另一个极端——胡说八道，这会把侦查工作引向歧途。

于是欧阳正色道："你说的一点儿不错。我们当然希望尽快结案，这一点我和你的想法是一样的，谁不希望尽快结束一场噩梦呢？至于邀功请赏，我个人没有这个爱好，也没有这个必要。我曾经参与侦破过无数起刑事大案，把五百一十九名十恶不赦的罪犯送上断头台，我在警界的名头比你在黑白两道叱咤风云的名气还要大，我的嘉奖令比你使用过的信用卡还要多。这位漂亮的小姐，她是警界为数不多的缉毒英雄，她曾经十数次打入贩毒集团内部，全省有名的几个大毒枭都撞在她的枪口上，她的传奇经历比一部侦探小说还精彩。我们实在没有必要拿你这些不光彩的事往自己脸上涂脂抹粉。”

丁荣盛眉飞色舞的神态一下子消失殆尽，得意之态有所收敛，忙说：“我不是这个意思，你误解了。这位朱雪华警官我早有耳闻，她的传奇经历在黑道上简直神了，只是你我还不曾了解，请问您尊姓大名？”

“我叫欧阳。”

朱雪华在一旁介绍说：“这是我们侦查科的欧阳歌科长。”

丁荣盛矜持地笑了一下：“这个名字好像有点儿占人便宜。不好意思，我明白了，是歌唱的‘歌’，不是哥哥的‘哥’，对吧？”

欧阳没有搭他的茬儿，他不想破坏讯问的严肃气氛，近距离地接触往往会失去彼此的敬畏，这种调侃打趣更会破坏距离感所带来的互相尊重。

欧阳说：“我们还是言归正传吧。”

“我不反对。”丁荣盛说，“不过我不想把我们之间的谈话变成一次审讯，因为那样我会觉得很不舒服。虽然事实如此，我们之间的警察和嫌疑人关系也不会改变，但我还是希望心平气和地谈。我之所以愿意和你谈，是因为我觉得你和别的警察不一样，你给我一种平等的感觉，不那么盛气凌人不可一世。并不是因为你今天给我带了好吃的我才这样说，其实这些东西在我的生活中再平常不过了。也并不是因为你的那些大道理说服了我，你也说服不了我，就像我说服不了你一样。有一句话很流行，叫坦白从宽，新疆背砖，抗拒从严，回家团圆。有时候靠政策或压力解决不了心理问题，如果这是两件法宝的话，你们公安局为什么还会出现刑讯逼供和冤假错案呢？哦，不好意思，我把话扯远了。”

欧阳默默地听着，没有打断他。欧阳还没有摸清他的脉络，所以不动声色。

“所以我不能保持沉默。”丁荣盛继续说，“我需要把事情的原来面目尽最大可能地还原过来，以便使别人相信我不是为自己狡辩，即使到了法庭上，也不至于因为不利于我的证据的出现而使我辩解的可信度大打折扣。你同意这一点吗？”见欧阳点头，他接着说，“所以我需要找到这样一个人，能够平等地交谈，不只是听取我有罪的供述，也听听我无罪的辩解，刑诉法还规定办案人员不仅要收集嫌疑人有罪的证据，还要收集无罪的证据嘛。这个人我找到了，就是你。所以我决定把一切原原本本地都告诉你。”

五、忏悔的供述

下面是丁荣盛的供述——

为了保证供述的完整性，我需要从头说起。

我不是一个天生的坏人。人之初，性本善，我相信这一点。我曾经受到过良好的家庭熏陶和正规的高等教育。1989年，我随父亲丁明园到海南创办企业，后来回吉昌市发展，我胸怀大志，希望自己成为一个笑傲商海的经济巨子。我父亲死后，我继承了他的产业，虽然他死得很不光彩，但不可否认他是一个杰出的企业家，他给我留下了足够供我发展的资金。他的案子后来也牵连了我母亲，直到现在她还在那种地方苦熬苦撑。所以对父母我有一种负罪感，他们给我打下了一片江山，自己却不幸倒下了。我曾经有一个漂亮的妻子，还有一个和她母亲一样出色的女儿。应该说我是一个幸运儿，比别的人起步快而且很顺利，几乎没有受过什么挫折。对我来说，一切，包括钱，来得太容易了。除了婚姻，我没有体验过困境、挫折和失败。我是真正意义上的有钱人，哪怕我被终身监禁，我也是一个腰缠万贯的囚犯。

说到钱，没有人不爱它。有句话叫有啥不能有病，没啥不能没钱。我却真的恨它，我的一切都毁在钱上。父亲因为它身败名裂，母亲因为它受劳役之苦，妻子和女儿因为它离我而去，我也是因为它走到今天这一步。所以我有一种报复钱的心理，拼命地去挣去花它，挥霍它，折磨它，只有这样才能得到一种心理满足。

有人说三元公司是吉昌市的经济航母，的确，我们三元公司生意做得很大，涉及很多行业，甚至在去年争取到了上市。可是对一个企业来说，利益所在就是风险所在。号称金融杀手的索罗斯振臂一挥，就掀起一场前所未有的亚洲金融风暴，使国内很多企业像多米诺骨牌一样前仆后继地倒下了。我们三元公司虽然没有牺牲，但也在迅速萎缩。我要支撑下去，必须开辟新的市场。于是我在1999年回了一次云南，那是三元公司的发祥地，我想那里会给我带来好运。

在大理的一次朋友聚会时，我结识了韩云鹤，别人都叫他韩老六。他的公开身份是大理一家建材公司的老总，其实那时他已经开始在大理和吉昌之间贩运毒品，只是规模没有现在这么大，小打小闹地在来往货物中夹带上一两公斤就已经胆战心惊了。那年他在吉昌市的一个生意伙伴被公安端了窝子，他的毒品在吉昌市就失去了几乎所有的市场，所以他急需在吉昌市寻找新的合作伙伴。他的大部分运往境外的毒品也需要在吉昌市假道转运，或者他把吉昌市看作通往境外的一个跳板，总而言之他瞅准了我。

我是一步步被他拉下水的。开始他和我做建材生意，把大理石从云南运过来，并给我丰厚的回报，我赚了不少钱。合作多了，路子也宽起来，后来烟草、茶叶，甚至电子产品我们都做。我也把本地的枸杞子、鲜干果等特产和药材贩过去请他们代理销售。那时候我急需拯救我的企业，对他的限制也放得很宽，在企业面临困境的时候找到这样的生意伙伴就和捞到救命草一样。所以当我的助手告诉我他们在货物中夹带“白面”时我并不感到吃惊，也没有出面阻止，睁一只眼闭一只眼，这使他认为在我这里有空可钻。我们之间的这种生意是以正常生意做掩护的，我们自己从来不公开出面，都找手下的亲信往来交接。这样一方面能维持我们之间的面子，二是一旦有事也不会很快牵扯到我们。我们彼此心照不宣。即使就是这次几百万元的生意，我们两人都没有直接见面。

去年夏天，我带着田小静、秘书斯小玉，还有保安部经理吴志浩到昆明谈一笔生意，韩老六热情地把我们带到中缅边境并深入到缅甸境内六十公里的一个小镇。我们在那里受到很高规格的接待，我还没有意识到我已经被当地大大小小的毒贩们所包围，他们热情的款待简直把我弄得晕晕乎乎了。我第一次看到漫山遍野的罂粟花，当地的朋友们还带我参观了制作加工的工厂，规模有大有小，但提炼加工设备的简陋真是让我不敢相信。

在一个叫娜迪的小镇，我们住在宾馆里。这个宾馆虽没有星级，但比五星级酒店还奢华。他们每天派几个内地的小姐小心地侍候我起居，她们虽然漂亮得跟花一样，并时时挑逗我，但我还是不敢碰她们。谁知田小静醋意大发，把那些小姐都撵跑了，又跟韩老六的几个朋友哭闹了一场，说你们害了斯小玉还要害我们丁总吗？当时我不知道她说这话是什么意思。韩老六忙着道歉，说他不知道田小姐是丁老板的红粉知己，是斯小玉自己嘴馋，朋友们只不过投其所好罢了。后来田小静告诉我，韩老六的几个朋友背着我骗斯小玉吸了海洛因。我明白他们是想通过斯小玉和田小静控制我，但我对田小静和斯小玉从来都没有那种想法，兔子不吃窝边草，况且我是有家室的人，田小静的背景我也是知道的，我可不敢去捅这个马蜂窝。不过相比之下，我还是喜欢田小静。斯小玉虽然长得漂亮，但总脱不了孩子气，气质上也比田小静逊色，田小静很有女人味。再说我知道斯小玉吸食那东西，本能地开始疏远她了。

这场风波过后，大家心里都已经很清楚田小静处处护着我。一个女人公开维护一个男人，那意思再明确不过了。比如说大家一起吃饭的时候，韩老六总要跟我喝酒，田小静就要出来挡驾，替我喝。酒店里有很多野鸡总往我房间里打骚扰电话，田小静不经我同意把房间电话线给拔了，提醒我说："你就洁身自好吧，小心染上病。"她还和吴志浩换房，住在我隔壁的客房里监视我。她知道我喜欢吃西餐，每天都亲自安排我在西餐厅就餐。这些举动谁都看在眼里，我也明镜似的，心里很受用，只是仍要端着架子装作视而不见。吴志浩这个人很聪明，会来事儿，只要闲下来不谈生意了，他就拉着斯小玉出去玩，给我们单独在一起创造机会。他还拉着斯小玉去丽江玩了几天，就在这几天里，我和田小静的关系有了突飞猛进的发展。男人和女人之间就隔着那么薄薄的一层纸，窗户纸一旦捅开，彼此会坦诚相见。

韩老六还送给田小静一只精美的羊脂玉手镯，就是桌上放着的这只，是正宗的和田羊脂玉，玉镯上有血丝一样的花纹。田小静非常喜欢，戴在手上再没有取下来过。韩老六肯定是看我的面子才送她这么贵重的东西。有一次我们交接生意的时候，我和韩老六还约定以这副玉手镯为接头暗号，因为同样的玉手镯韩老六手里也有一只，它们是一副。田小静为此还很不高兴，说你们搞什么鬼，像是特务接头似的。

那天晚饭后，我和田小静都喝了一点儿果子酒，觉得味不对，涩涩的，田小静也咧嘴说不好喝。我就问韩老六，韩老六贴在我耳边告诉我说：“叫你圆个鸳鸯梦哩。”原来他在酒里偷偷加了些“K粉”。我知道“K粉”就是氯胺酮，是一种催情剂，很时尚的毒品，心想这个韩老六真是坏透了。在我的套房里说了会儿话，韩老六向我道了晚安就出去了，客房里只剩下我和田小静。我们又聊了一会儿，药劲就上来了，身上火烧火燎的，那种冲动从没有体验过。田小静也是脸潮耳热，我们彼此都有着强烈的渴望。当天夜里我们就睡在一起，从那一夜开始，韩老六替我们把这层窗户纸彻底地捅开了。

斯小玉吸食毒品以后上了瘾。后来斯小玉毒瘾犯了向我要，第一次我打了她，可还是张口向韩老六要了几克白粉给她解急，我受不了她被折磨得死去活来的样子。自此我身上少不了要带着这个东西，我怕斯小玉自己控制不住没有节制，所以我一次只给她一点点。回到昆明以后，韩老六在宾馆里当着田小静的面给了我一百万元。我不知原委，说我们生意上的钱款是由财务部结算的，为什么给我？韩老六说这是给我个人的红利。我问是什么红利这么多？他当着田小静不言语，后来我又单独问他，他说是做生意我应得的那份。我心里明白这是我们一起贩白粉赚的钱。他既然不明说，我也不再问。当时我脑子真是进水了。田小静也没有再追问这笔钱的事，她只是说：“钱又不烫手，你干吗这么傻呀。”我就收下了。这是我平生第一次拿赃钱。

回到吉昌市不到一个月，韩老六的一个手下就打电话给我，说有一批货要发过来，问我做不做。我知道他说的是什么货，说实话当时又想又怕，这东西是暴利，高利润意味着高风险，这是规律。万一被警方查获，真是不敢想象。因为和那人是第一次接触，我不放心，就说既然是韩老六的生意，他为什么不和我联系呢？那人说：“我只是跑跑腿儿，你要是不相信我，叫六哥给你打个电话。”很快韩老六就把电话打过来，说这人是他的一个哥们儿，我如果同意的话，他们可以派人把货送过来，我只负责接货，现金可以另外派人在别的地方交付，钱货分离，出不了差错。我最初想让斯小玉交接货款，派另外的人接货。但一想吸毒的人不可靠，万一被警察抓住什么都会说，就在我的圈子里物色可靠的人，我也不必告诉他是什么生意，只告诉他交接方式就行了。我选择了田小静。她是我的心腹，而且是会计，经手大额钱款不会引起别人怀疑。为了安全起见，我把这笔款子打到财务部，货到的时候韩老六指派的取款人也同时到了飞机场，飞机场验款的同时这边接货的人也开始验货，很方便很保险，只要随时保持电话联系就行了。第一次干真的很紧张，怕出什么差错，但是干下来又觉得没什么。田小静很精明，钱款交给她我放心。那次事情她办得很漂亮，我们交接了十公斤四号海洛因，这笔生意让我一次就赚了几十万。后来我们又用这种方法做了几次，都很成功。每次筹钱的事我都交给田小静去办，动用哪笔钱款，怎么交付都是我说了算。当然我少不了要给田小静红包。田小静什么都好，就是见钱眼开。女人对钱的占有欲比男人还要强烈，所以遇到这种生意她就很积极，也特负责。当然，她也少不了问我到底是做什么生意，钱来得这样容易又这样鬼鬼祟祟的，我没告诉她。

有一段时间，我和韩老六的交易中断了，原因是他那边的货源出了问题，云南警方一次扫毒行动把他分散在各地的网络打得稀里哗啦，他手下几个主要干将也亡命各地，有一段时间他甚至到我这里来避风头。我的内部好像也老出问题，有几个很隐蔽的零包分售的地方被警方端掉，有几次小批量的交易被发觉，险些让我和韩老六一样伤筋动骨。我怀疑内部有公安的密探，这个密探隐藏在我与韩老六交接渠道的关键部位，只要我们一有动作，他马上就会发觉，警方行动后他又蛰伏不动。为了验证我的猜测，检验问题出在哪里，我想了很多办法。我设置了一个骗局，这次交易的知情范围比以前都要大，而且消息的渠道我也是事先设计好的，但货不是海洛因，而是止痛粉和一些精制苏打。一切做得都跟真的一样，像军事演习，真刀真枪只是空炮壳，目的是想发现问题到底出在哪里，只要消息透露出去或公安有动作，我就会判断出问题出在谁身上。可是我失败了，这批货顺利到达，警方并没有出动。也许我是风声鹤唳神经过敏，可尽管如此，我还是决定停手一段时间，静观其变。

我这个人命中注定是要败在女人手里。因为和斯小玉的关系，我与妻子葛莉莉闹得很僵，我与田小静的关系还没有完全公开化，只是圈内少数几个人知道，像吴志浩就是一个，但是他的口风很严。我和葛莉莉的婚姻实在维持不下去了，离婚官司打得热热闹闹，分手的时候她卷走了我几乎所有的财产。她真是一个有心计的女人，一场离婚官司下来我差点儿成了穷光蛋。斯小玉比我还能花钱，她的开销大得惊人，我还要负担她的白粉。我平生第一次感觉到手头有点儿紧了。我试图摆脱斯小玉，可是我做不到，如果没有我她会很惨，我不忍心。可是我又不愿意再和她保持这种关系。你想，一个吸毒的女人，除了永无止境的吸毒欲望外，美貌、青春、人格、尊严丧失殆尽，我真是厌倦她。可是我本能地又需要女人，离不开女人。这时候田小静闯进了我的生活。

我希望下面的供词你们不要做记录，只当是听听故事看看花边新闻算了。反正这些与案子关系也不大。但对我来说，要把事情说清楚就必须谈这些内容，不然你们会以为我在为自己狡辩和开脱。

年初的时候，田小静向我借一笔钱。我说上几次生意我给你的分红足可以叫你轻轻松松地花上一辈子，怎么又没钱了呢？她说你不用问了，反正我现在很紧张。我以为她是要讹诈我，就跟她哭穷。她说我也不为难你，干脆我们再做几笔生意吧，你该给我多少就给多少，我还不用欠你的人情。我说这个生意需要现金交易，而且数额很大，同时也是有很大风险的。她问我是什么生意。我说反正是不能公开做的那种。她说那就最后赌一把，干脆投资大一点儿，干了这一把挣了钱就洗手不干了。我发愁筹钱的事。她说可不可以动用公司里小金库。我害怕动用小金库的钱也要做账，这种生意反映到账面上就是黑钱，洗都洗不干净，而且公司里其他董事知道了会起风波。她说只要你同意，剩下的事由我来抹平，即使出了差错也由她担着，不会牵扯到我。

我后来才知道，田小静的丈夫为能调回吉昌市任职，四处打点，把家里的积蓄差不多都花光了。田小静把私房钱拿出来，到处“赞助”那些贪官，结果事情还是没有办成。据说办事的人看上了她的玉手镯，她没有舍得送给人家，所以事情才告吹了。我就想，我拿到的钱比这些贪官拿到的钱还要干净一些吧？这样一比，反而心安理得了。

拿定主意，我就和韩老六联系，问他那边是不是已经风平浪静。他说可以组织一批货。接着我们谈细节，当然这些事情是背着田小静进行的，她如果知道是这种生意，绝对不会再掺和进来，还有可能阻止我。

后边我们又联系了几次，和做其他生意一样，扯皮的事情也不少。韩老六问我要多少。我就说这回我想做大一点儿，至少需要两百公斤。可能是他不相信我会张这么大口，把他吓了一跳。我就说我想最后赌一把，干完这一次就洗手不干了。他说他得考虑几天，看有没有这么多货，要我等他的回话。过了几天，他打电话过来，说货倒是有，只是他的合伙人要证实我们确实有这么多钱。我就给了他一个账号，他查询了以后又说要现款交易，问我能提出这么多钱来吗。我说可以。然后就是谈交货和交接钱款的地点时间。我们商定他们的货走铁路，交货地点定在火车站货运部，交接钱款定在飞机场，两边同时进行。这样即使出了意外，警方查到钱查不到货，查到货查不到钱，更何况我还怀疑内部有警方的耳目，更得小心谨慎。

方案定了以后，我把交易方法跟田小静说了。田小静说钱款一次提不出这么多，至少得分两次提出来才不至于被人发觉，再说这样一大笔钱款也不好挪动，太惹眼，不如分批付款交货保险。我把这个意思给韩老六说了，韩老六基本同意，最后商定分两批发货，这样目标也小，更保险一些。因为这次生意太大，他不放心，要亲自过来。他的货 11 月 25 号才能发到，他决定坐当天的航班到吉昌市，由田小静把钱款送过去，同时在火车站交货验货。第二批货要等到 12 月 15 号才能发到，所以第二批货还没有交接。韩老六也要等到 12 月 15 号钱款和货交接完了以后才能离开。我们商定这次交易过程中不见面，以防一旦败露双双被擒。

11 月 24 号，我接到了韩老六的电话，他说送货的人已经到了，他也要坐 25 号昆明到吉昌的飞机。韩老六告诉我接货的地点和要找的人，并给我一个电话号码，说他下飞机以后必须三方通话后才能交接。我又问韩老六下批货能否如期到达，他说没问题。我问他住哪儿，要不要我安排。他说不用，我们只电话联系，不用见面，只要交接当中不出现问题就行，现在风声紧，凑在一起反而容易引起注意。

和韩老六通了电话，我就通知田小静说货到了，并说好我去接货，她到机场交接钱款。我问她钱款能不能提出来，她说没问题。25 号中午，她打电话说有时间的话我们在一起吃个饭吧。我问她在哪儿，她说在秦虎的车上。我就又问到银行取钱的事儿，她说你怎么这样啰唆，现在不方便，见了面再说吧。我们吃饭也就用了不到一小时的时间。

整个一下午，我都为晚上接货的事做准备，坐立不安，心惊肉跳，生怕中间出什么意外，总有一种不祥的预感。快下班的时候，田小静到我办公室告诉我说钱已经从银行提了出来。我说那你就早点儿去好了。她说她不想坐秦虎的车去，说秦虎总是问这问那，叫他看出来反而不好。我想也对，这种事儿知道的人越少越好，就让她开我的车去。下午下班的时候，她提着旅行包在楼道碰到我，正好有几个人请示我一些事情，我就使眼色叫她先上车。我告诉财务主管通知公司各部门经理以上领导和财务部会计出纳明天开会，把年底决算分红方案定下来。说完了事我就开车离开了公司。在车上她接了一个电话，是财务主管打来的。她叫我把音响放小一点儿。接完电话她就问我放的什么音乐，像死了人似的。我说这是柏辽兹的《安魂曲》，我父亲去世以后，母亲总是在钢琴上弹这首曲子，我也渐渐熟悉了。这几天每天在号子里听这首曲子，田小静的影子总在我眼前跳来跳去。

在这里我要补充说明一下。田小静的婚姻生活和我一样不幸，这是后来我们在一起的时候她告诉我的。她和丈夫的感情早已危机四伏了。她丈夫在外地挂职，夫妻两地分居好几年，聚少离多，感情上自然慢慢生分了。而且他一心在事业上，是个工作狂，不太注重女人的事儿，对她很少关爱，甚至夫妻很少做爱，他对这种事总是提不起兴趣。我分析她丈夫有性障碍。请原谅，警官小姐，不是我庸俗，我只是想说明一个问题：田小静缺少性爱。而且她的性心理和行为也多少有些变态，她喜欢那种横冲直撞暴风骤雨般的做爱方式，直截了当不要过程，这与很多女人正好相反，她们需要过程，只要过程是浪漫的，结果反而不重要了。

很抱歉，我又把话题扯远了。

我们开车到我家门口，我说时候还早，先进去坐会儿吧，她没有反对。我替她把旅行包提到屋子里，让她坐下，我们一边看电视一边说话。后来我问她："晚上你办完事是回家还是到什么地方去?"她反问我："你说呢?"她既然这样问，我就直截了当地说办完事你还是过来吧，我们一起祝贺这次生意成功。我还把淋浴器的水预热了，她总是喜欢在睡觉前洗个热水澡。

估计时间差不多了，我们从家里出发，她去机场我去火车站。她把我的车刚开上公路，就有一辆车跟了上去。这倒不是警方跟踪，而是我事先安排好的。一是为了暗中保护她的安全，二是以防她背着我做蠢事，三是万一发生意外他们可以见机行事。前几次田小静交接钱款我都暗中派人跟着她，只是她没有察觉罢了。这是我一贯的策略，在公司用人上我也采取这种办法，让他们互相监督我才能自如地掌控全局。

田小静走了以后，我带了几个人去火车站，按照韩老六说的地址找到了交接货物的地点。确认没有人跟踪我们，周围没有可疑情况，我还是不放心，反复查看周围地形。这是火车站货运部货场旁边的一个小巷子，乱七八糟的几排平房，没有路灯，黑咕隆咚的，走起路深一脚浅一脚。我叫司机在车上守着，不要熄火，这是为了一旦有情况能迅速离开，然后让跟着我的两个人在巷口等我。看时间差不多了，我估计韩老六已经下了飞机，就拨通了他的电话。韩老六问我在什么地方。我说："刚到货场，送款人已经在机场等你了。"韩老六说："我已经看见她了，你等我电话吧。"过了半个小时，我又接到韩老六的电话，告诉我可以进去了，到巷口第四个红漆铁门那里找一个叫阿彪的浙江人，跟他说："我老婆病了，医生叫我来取药。"他会问："是阿斯匹林吗？"我回答："不，是乙酰罗红霉素。"这是我们的联络暗号。韩老六这个人很精明，每次接货他都换一个新的地点，让我找不同的人，暗号也经常更换。我按照他指点的方向，敲开了第四个红漆铁门，出来开门的是一个老太太，瘪着嘴问我："你找谁？"

我说："我找阿彪。"

瘪嘴老太太让我们进去，返身在门口看了好一阵儿，才领我们拐了好几个弯儿来到一间平房跟前。她对我说你进去吧，阿彪就在里面。我就推开门，里面有四个人正在打牌，见我进来都停了手，瞪着眼睛看我。我说："我找阿彪。"

其中一个梳着马尾巴的男人站起来，说："我就是，什么事啊？"

我说："我老婆病了，医生叫我来拿药。"

他又问："是不是阿斯匹林呀？"

我说："不是，是乙酰罗红霉素。"

阿彪对我说："你等等，我去找找看。"说罢出去了，我听见他在外面给韩老六打电话。不一会儿他进屋叫我跟他来，在七拐八绕的巷子里穿行了好一会儿，进了迷宫一样，而且他们的人穿插在我们中间，像篮球比赛中的人盯人，一个防着一个。走到一扇铁门前，阿彪打开门，我们鱼贯而入，里面有一个楼梯，我这才明白我们已经来到了地下室里。里面臭气熏天，令人窒息。阿彪打开灯，我才看见屋子中央躺着一排死猪，有五六只。我们和他们分成两排站着。阿彪示意一个屠夫模样的人动手开膛，那人举着尺把长的尖刀，动作麻利地捅开猪肚子。看来这些猪死的时间不长，鲜血咕嘟咕嘟往外冒。那人从几只猪的肚子里抻出几个大油布包，打开了，齐齐整整地把油纸包着的砖块样的东西拿出来摆在案子上。我点了点，有三十多块。我的手下把自己带来的秤放在案子上称重。我看见包装的一角有一个虎头，这是金三角纯正海洛因的标志。验完货以后，阿彪从皮包里掏出用油布包着的手枪交给我，说是韩老六送给我的礼物。交接完毕，阿彪领我们又绕了几个弯儿，走的是另外一条路，然后打开一扇门说："老板，你的车子就在门外，走好。"我往外一看，果真车子停在外面。这些人真精明，他们早就观察着我们，对我们的一举一动了如指掌。

开车上了公路，我才长长地松了一口气。确认没有人跟踪我们，我让几个手下半路下了车。我给田小静发了一条短信：OK。我知道田小静接了这条短信才会把钱款正式交给韩老六。

回到家，我犯了一个致命的错误。我没有马上把这些东西藏起来，随手放在客厅的沙发旁边，就进了卫生间洗澡。刚才紧张得我出了一身虚汗，那间屋子里的臭味让我感到恶心，我要洗去满身的晦气。在我洗澡的时候，田小静回来了，我听到开门的声音知道是她。我洗完出了浴室，却见她一脸的冰冷，几个油纸包摊在她面前的茶几上，白色的结晶体在灯光下格外刺眼。我明白是怎么回事了。

"这是什么？"她问我。

我讪笑着坐在她旁边，搂着她，我说："咱们不是说好了，这是最后一次。"

她甩开我的手，嘤嘤哭泣着说："你可害苦我了，原来你在做这种缺德生意，你跳火坑为什么要把我拉上？”

我说：“咱们现在不是没事儿吗？这是最后一把，我向你保证。然后咱们金盆洗手，和韩老六彻底了断。把这些东西倒腾出去，可以净赚四百万，我们用赚来的钱还做咱们干干净净的生意。”

她吼起来：“你还干净得了吗？这是多少？枪毙你十回也够了！”

我劝她：“你小声点儿。我也是被逼无奈。你看咱们公司现在的状况，只出不进，坐吃山空，这样下去，不到两年我们都得成穷光蛋。”

她转过身来面对着我，热气扑在我脸上：“丁哥，听我的，咱们去自首，趁韩老六还没有离开，报告公安局把他抓起来，这样既洗清你自己又将功补过，好不好？”

我当时觉得她的想法很愚蠢，简直太天真了。但我又不得不暂时稳住她，只好答应考虑考虑。过后她稍微平静了一些，去洗漱间洗澡。我偷偷把韩老六送给我的“K粉”放进她的饮料杯里，比前几次用的量都要大些，我打算用这种办法打消她的念头。果然，她喝了饮料后情绪高涨起来，我们都很投入，在药力的作用下她更是前所未有地亢奋。事后我大汗淋漓地躺在床上，她也软得抽筋去骨似的昏昏睡去了。等我睁开眼睛推她，她一动不动，我以为她睡着了，就爬起来又去冲了冲身子。等我返身到卧室叫她的时候，天哪，她一点儿气息也没有，身子冰冰凉凉的。我想一定是那该死的玩意儿把她“嗨”过量了，她死了……

我呆立在床边看着她光溜溜直挺挺白玉一样的身体，似乎才留意到她手腕上少了一样东西……

关于丁荣盛的供词，欧阳认为基本是可信的。有些事情他本人解释得有些牵强，比如他与斯小玉和田小静的关系，就透着男人特有的虚荣心。至于田小静如何惨死在他的手里，他更是进行了拙劣的遮掩，有意用巧合甚至意外掩盖自己的残忍，好像田小静走得非常安详快乐似的。这无非是畏罪和侥幸的另一种表现而已。

周大年提出异议，说：“从田小静尸体解剖的结果看，他的供述好像有些道理。”

欧阳不想再在这个问题上争论不休，他说：“任何细节都需要把它放到整个案件中去分析考虑，你别忘了田小静有劝他自首的意图，还有可能事后去揭发他。这一点丁荣盛清楚。在承担罪责和杀人灭口之间，他更倾向于选择哪一种？再说，他碎尸抛尸的事实本身就足以说明他杀人灭口的犯罪动机。这个问题我们不要争论下去了。我们需要考虑的是下一步怎么办，我们不能冷淡了帝都大酒店那位重要的客人。”

六、破解密码

帝都大酒店这天住进来一男一女两个平平常常的客人。虽然不怎么引人注目，但从讲究的穿戴打扮上一眼就可以看出是两个有钱人。他们在服务生的引导下来到总服务台，打听客房的档次和服务内容，显得很挑剔，尤其那个女的，总是不停地发牢骚，左胳膊上一只羊脂玉手镯透着一股俗气的奢侈。最后两人挑了七楼 718 套房，男的殷勤而又肉麻地搂着女人纤细的腰肢旁若无人地上了电梯。在七楼，有两个黑衣男子警惕地打量着他们。女子冷着脸鄙夷地从他们面前走过，浑身散发着浓郁的法国香水味儿。男的倒显得很有礼貌，在服务小姐为他们打开房间放好行李以后，对小姐说声谢谢，然后塞给她一张五十元的钞票。

在服务小姐离开以后，女的气得一屁股坐在沙发上抱怨起来：“周大年，你也太过分了！”

周大年莫名其妙：“怎么啦，我？”

“你干吗把我搂那么紧？你还当真了？现在不跟你计较，回去告诉老板，叫老板收拾你。”

周大年瞪着眼：“我怕他是怎么着？”

朱雪华不再理周大年，打开电视快速地调着频道。

周大年说：“你干吗拨那么快，把眼睛都晃坏了。”

“我愿意。”

他们在客房里较劲的时候，七楼的两个黑衣男子佯装到总服务台办理续房手续，趁服务员不注意，把住宿登记翻到 718 房客那一页，并暗暗记住了他们登记用的名字和身份证号码，然后若无其事地离开了酒店。他们丝毫没有发觉自己的身后多了尾巴。

当周大年和朱雪华再次出现在楼道的时候，人们看见男的还是搂着女人的腰，亲热无比，不过没有刚才那么用力罢了。两个人来到餐厅，挑了一个不太显眼的位置坐下来，侍应生走过来，男的开始点菜。

朱雪华小声说："悠着点儿，别以为花的不是自己的就大手大脚。"

周大年眼睛在密密麻麻的菜单上转悠："我想点两个馍啃啃算了，可这菜单上也没有哇。"

他们点了四菜一汤，要了一瓶新天干红。

周大年不胜酒力，喝两口就上脸，话也多了："真的，你今天这身打扮特漂亮。"

朱雪华说："怎么，平时就特难看是不是？"

"不是这个意思。我是说我自己，感觉特别好，像是做梦，又像是真的。要是真的该多好……"

朱雪华没有接话，她没有办法在这样的场合把她的想法解释清楚，所以只好沉默。

周大年继续说："我总想把我的意思说出来，可是总没有机会……我是说，我喜欢你。"周大年脸憋得通红，终于把这句话说了出来。

朱雪华压低了声音："我们现在在工作，不谈这个好吗？"

周大年不想放弃这样一个机会，既然已经把话说出来，他想要一个明确的答案："我想知道你心里到底怎么想。这么长时间了，你不会看不出我是什么心思，我想要一个明确的说法。"

"好吧。"朱雪华被逼无奈，她必须面对这个天天厮守在一起的同事的求爱，要既礼貌地回绝他又不至于伤了对方的自尊和同事间的和气，她说，"我已经有男朋友了，而且我们感情很好，我很爱他。他是我们的同行。"

"是谁？"周大年以为在公安上没有他不认识的人，他要知道这个捷足先登的情敌是谁，他想到了那个神秘的吴志浩。

朱雪华摇摇头："你不会知道他的，你也想不到，我更不会告诉你他是谁。我们不谈这个好吗？"

周大年严肃地说："只要你们还没有结婚，我就有希望，只要有一线希望就不会放弃，你相信吗？"

朱雪华点头："我信。你做什么事都有一种坚韧不拔、锲而不舍的精神，我很佩服。不过这种精神在感情方面不一定起作用。"

周大年较起真来："难道感情不需要始终如一地去追求吗?"

"正是因为感情需要始终如一地去追求，我才不能把已经有归宿的情感再寄托在另外一个人身上。"

周大年倔起来："反正我不会放弃。"

"你不要这么不讲理好不好?"

周大年喝了酒，为自己壮胆："这个世界上有两种人不讲理，一种是战争狂人，一种是爱情傻瓜，我属于后一种。"

朱雪华的脸冷下来："如果现在不是在工作，我会马上走开，你信吗?"

周大年刚想针锋相对，突然发现朱雪华的目光盯着大厅门口僵住了。

她娇滴滴地说："老公，我晚上想去蹦迪，你陪我去嘛。"

周大年也变了脸："不行，我晚上要等一个重要的客人，有生意要谈。"

朱雪华撅起嘴："又是你那些破生意，太扫兴了。"

韩云鹤出现在大厅门口并朝这边走来，他选了不远的一个位子坐下，和他同时进来的两个男子坐在一桌之隔的位子上。朱雪华的眼睛眯了一下，她看见吴志浩坐在韩云鹤的对面恭敬地给他点烟。周大年也看到了这一幕，眼睛直视着朱雪华，但眼角的余光警惕地观察着大厅里的一切，他不敢断定周围还有没有其他人是韩云鹤一伙的。

"老公，"朱雪华嗲声嗲气地说，"我们什么时候离开这个鬼地方，太没意思了，客房里暖气一点儿也不热，我都感冒了。"

周大年一边叫服务生结账，一边对朱雪华说："别急嘛，不让你来你闹着要来，来了又闹着要走，等我把事情办完自然是要走的嘛。"

两人说着起身要离开。周大年忙着把一件裘皮外套殷勤地披在朱雪华身上，又替她挪开了座椅，让她走在前面，绅士派头很足。朱雪华经过韩云鹤桌边的时候，身子碰到韩云鹤的胳膊。周大年忙哈着腰赔笑："对不起，对不起。"

两个人回到客房，楼道过往的人都能听到718房间里很响的电视声，接着是很重的摔东西的声音，继而传出女人的哭泣声。

男人大喊：“别闹了，再闹你给我滚回去！”

酒店门口的停车场刚刚停下一辆劳斯莱斯，还没等酒店的侍应生跑到跟前，秦虎已经从车头绕到车右边，打开了车门。先下来两个彪形大汉，接着欧阳有点儿艰难地从里面钻出来。欧阳用手抚着有点儿稀疏的头发走在前面，两个大汉紧随其后。穿过大厅，正好电梯门打开，三个人一起进去了。

欧阳上了七楼，敲开702房间的门。

“你们找谁?”两个彪形大汉把他们挡在门外。

欧阳礼貌地说：“我是三元公司的副总，我叫杜森德，我们丁总叫我来找韩老板谈点儿事儿，这是我的名片。”

一个保镖接过欧阳递过来的名片说了声“等一下”，片刻后返身回来：“先生请进吧，我们老板正等您呢。”欧阳正要挪步，那人又说，“这两位先生可以在隔壁休息一下，请跟我来吧。”

欧阳的跟班被带到另一间客房里。欧阳走进屋，房间里的光线很柔和，客厅的沙发上站起一个穿着睡衣的黑瘦男子。欧阳在录像里见过他，知道他是韩云鹤，首先伸出手：“韩老板好，丁总叫我来看看你。”

“坐吧。”韩云鹤轻轻地把手伸给欧阳，又果断地收回来，“你们丁总太不够朋友啦。把我千里迢迢地请来，又让我在这里坐冷板凳，连面都见不着，什么意思嘛!”

欧阳忙解释：“公司里出了点儿事儿，实在是太忙，抽不开身。”

韩云鹤不悦地说：“什么事情大到连会见老朋友都抽不出时间了，我倒想听听。”

欧阳忙欠欠身：“家丑不可外扬，还请韩老板原谅。”

韩云鹤哼了一声：“我听说，你们公司被法院查封了，银行账户也冻结了，为什么呀?”

欧阳脸真的红了，不好意思地说：“韩老板真是消息灵通。我们有一笔贷款冒顶了，几家公司联合把我们告上法庭，正在谈判协商呢。丁总让我转告你，等生意合作成功，他一定亲自为你送行。”

韩云鹤笑了：“生意？你们连银行账户都让法院给封了，拿什么和我做生意?”

欧阳的口气也稍微变得强硬了一些:“韩老板是把我们丁总看扁了。俗话说,百足之虫,死而不僵。我们虽然遇到了一点儿麻烦,但生意上的资金还是有保障的。”

“你们打算怎么做?”韩云鹤的语气有所松动。

欧阳把球踢还给对方,但踢得很客气:“丁总让我今天来找韩老板,就是想听听您的意思。”

韩云鹤语气坚定地说:“只要你们按时付款,我们就可以如期交货。”

欧阳试探着说:“那价格上能不能再让一点儿,另外我们还想先看看样品。”

韩云鹤瞪大眼睛问:“为什么?”

“上次货的质量上有些问题,纯度偏低,所以丁总希望韩老板在价格上稍稍给我们让些利。”

“我们的货是最纯的,质量上绝对不会有问题。价格我是不会再让的,这也是我和丁总事先说好的,怎么可以说变就变呢?”

欧阳不卑不亢:“如果韩老板不肯,我们只好减少订货量了。”

“岂有此理!”韩老六站起来,“我要和丁荣盛亲自谈,我可以给他打电话吗?”

“当然。他现在就在办公室。”

韩云鹤愤愤地走到里间去打电话。欧阳听到韩云鹤在电话里大声责问丁荣盛为什么临时变卦,最后像是真生气了:“我们的货已经在路上,难道你让我把货再运回去不成?”说罢就把电话挂了。

欧阳心里窃笑。韩云鹤哪里知道,欧阳已经通过电信局把丁荣盛办公室的电话线接到看守所,那边丁荣盛的每一句话都是照本宣科地重复着欧阳的意思。

韩云鹤从里间出来,气呼呼地反复说:“岂有此理,简直是岂有此理!”

欧阳心平气和地说:“我们公司目前正处在困境,还请韩老板体谅我们的难处呀。”

韩云鹤长长叹了口气，忽然问："怎么没见到田小姐?"

欧阳哭丧着脸："公司出了这么大的事儿，她能脱得了干系吗？天天接受法院传讯呢。"

韩云鹤问："那你是说，这次生意她不能与我们合作喽?"

欧阳没有正面回答，而是问："我们能带一点儿样品回去吗?"

"当然可以。"韩云鹤对站在一边的保镖说，"把样品给他们。"

保镖转身进了里屋，很快拿出一个精致的小盒放在桌子上。

欧阳小心地打开盒盖儿，里面是电脑用的闪存和MP3。欧阳的脸色变了："韩老板不是在开玩笑吧?"

韩云鹤微微一笑："这是我们公司品质最好的产品，是我们与韩国方面合作研发的，存储量大，音质非常不错，全国都在热销。"

欧阳镇静下来，他估计这肯定是韩云鹤在试探自己，于是站起来说："太好了，我们正需要这样高品质的产品。如果韩老板没有其他事儿，我就先告辞了。"

离开时，欧阳故意把脚步迈得很重，当然，他没有忘记带上样品。下了楼，站在宽大的大理石台阶上，秦虎的车开过来，他才不紧不慢地上了车，一点儿没有狼狈不堪气急败坏的样子。他知道韩云鹤正在楼上观察他。

欧阳没有直接回到侦查处，他先是叫秦虎把车开到三元公司，然后悄然换了专门在那里等他的另一辆车，才匆匆忙忙地回到自己非常熟悉的那个大院。

一进办公室，朱雪华和周大年已经在等他了。他们还是那身行头，欧阳看着实在有点儿别扭，尤其朱雪华怎么看怎么妖娆，和平时的端庄严肃判若两人。

"你们表演得不错。"欧阳坐下来才说，"七楼的客人实在受不了你们这样闹下去，有两个都退房走人了。"

朱雪华和周大年是被欧阳唤回来的。他们装作重归于好，勾肩搭背嘻嘻哈哈地离开了酒店。

朱雪华担心地问："酒店方面不会有意见吧？我们这样是不是有点儿过分。"

欧阳习惯地梳理着稀稀拉拉的头发，说：“这不关我们的事，我们只需要把这场戏演到家，其他的事由领导操心好了。”

周大年急于想知道欧阳此次谈判的结果如何，急着问：“韩云鹤怎么样，同意交货吗?”

欧阳把情况简要介绍给二人。

周大年一筹莫展：“他们肯定是有所察觉，不然已经说好的事，怎么会忽然变卦了呢?”

欧阳沉思着说：“我也这样想。问题出在哪儿呢？难道丁荣盛对我们还有所保留吗？是不是丁荣盛和田小静始终没有露面引起了他们的警觉？但是线报又说他们的货已经到了，真是伤脑筋。”

欧阳把脸转向朱雪华，他想听听朱雪华怎么看。朱雪华若有所悟：“不，这是虚晃一枪，后边有戏。也可能是一种试探，也许他们在等待着什么，毕竟离交货的时间还有两天，我们有充足的时间做戏，他们也有充足的时间进一步观察我们。”

欧阳点头同意：“那就沉住气，不露声色地把戏继续演下去好了。”

欧阳手里正拿着韩云鹤送的“样品”摆弄着。朱雪华问：“要不要把这个东西打开看看?”

“当然。”欧阳说，“如果有必要，我们还可以请电脑专家们帮我们这个忙。”

周大年怪叫起来：“有没有搞错，我的电脑水平足可以编写复杂的程序了。”

朱雪华故作惊讶：“是吗？我以为你笨得只会在网上玩游戏呢。”

周大年反唇相讥：“我除了在女人面前不会甜言蜜语以外，什么都是最优秀的。”然后就到隔壁机房去了。

不到半个小时，周大年回来了，手里拿着两张稿纸，对欧阳说：“文件虽然有密码，可我还是解开了。密码是那辆劳斯莱斯的车号，里面有一个文本文件，跟天书一样。”

周大年把这份文件交给欧阳，是一个中药方——

剑兰茎12钱、麝香15钱、陆英根9钱、前胡45钱、桔梗12钱、五味子15钱、石吊兰10钱、八角莲15钱、蒿子12钱、陈皮15钱、天冬

10 钱、茯苓 45 钱

朱雪华看不懂："这张方子会不会和这次交易有关系？"

欧阳正在琢磨着里面的意思。中医他一窍不通，但他断定这并不是一张正宗的中医方。"这是肯定的，需要我们费些脑筋来破解它。这个玩意儿是什么？噢，MP3，很时尚的电子产品，年轻人很喜欢，是吗？很显然，韩云鹤送给我们这个时髦的玩意儿肯定不是让我们听流行歌曲的。他可没有丁荣盛那么高雅，可以听懂柏辽兹的《安魂曲》。"

欧阳把火柴盒似的所谓的"玩意儿"扔给周大年："撬开它。"

周大年找来把小刀沿缝隙插进去，一别就开了。里面塞着一个小小的塑料袋！

欧阳得意地往椅背上一靠，眯着眼睛欣赏自己的战利品。

"样品！"朱雪华和周大年几乎同时发出兴奋的惊叫。

兴奋过后难题接着出现了。韩云鹤这么做，无疑是明确地告诉欧阳他们他打算做这笔交易，可是又没有明确告诉欧阳交易的时间和地点。这一定是因为丁荣盛和田小静这次没有出面，多少还是引起了韩云鹤的警觉。要让韩云鹤死心塌地把这笔生意做到底，还需要促使他下更大的决心。更让欧阳大惑不解的是这张药方，什么意思呢？

欧阳琢磨了半天，不知哪根神经通了电一样，他突然想到多年以前办的一桩案子，犯罪嫌疑人也用过类似的手法进行联系。他把每一味草药名的第一个字连在一起后恍然大悟："建设路前街五十八号陈天福！"

朱雪华和周大年不得不佩服眼前这位破案高手的精明老到。接下来他们一起到建设路前街五十八号踩点，结果更坚信刚才的判断是正确的。这是一个玉器专卖店，门面豪华气派，内饰富丽堂皇，各种玉器异彩纷呈。玉器店的名字让朱雪华差一点儿叫出来："天福玉器古玩店！"

为观察店里的环境，朱雪华和周大年佯装驻足浏览。柜台后一个中年男子热情地凑上来搭讪，操着浓重的广东口音说："先生小姐看上哪件玉器呢？要不要我帮你选一个。这位小姐好漂亮，佳玉配美人嘛。男戴观音女戴佛，要是小姐胸前再有一个脂玉佛就更显得华贵了，要不要试一下？你看这个怎么样？和这位小姐手上的玉镯品位是一样的，玲珑剔透，一点儿杂质都没有。"

朱雪华问："我这个手镯很好吗？"

"当然啦，脂玉是玉中极品，尤其这种带血丝状纹路的更为少见。不过你这个应该是一对。啊，我明白了，另一只肯定在你先生手上，情人镯是可以把两个人一辈子拴在一起的。"

朱雪华脸上不知为什么忽然掠过一片绯红。那男子更加放肆地说："这位先生，你应该给你太太买下这个玉佛，以表你对她的爱意嘛。这个也不贵的啦，五千一百八十八块，我要发发嘛。诚心要的话可以打折，怎么样？"

周大年装作很动心的样子拿在手上观看，朱雪华夺过来送还到那男子手里，拉着周大年往外走，嘴里说："太贵了，我们别处去看看吧。"

天福玉器店的情况只是使欧阳的兴奋维持了很短的时间，接下来疑问又出现了。既然有了交货地点，那为什么没有具体时间呢？欧阳说还应该在那个蹩脚的中医药方上找答案。三个人于是采用不同的方法解读这个方子，还是没有发现。最后欧阳提出一个假设，虽然没能彻底说服朱雪华和周大年，但也只能有这一种解释了。

欧阳把方子里的十二味药试着分成三组——

第一组：剑兰茎12钱、麝香15钱、陆英根9钱、前胡45钱

第二组：桔梗12钱、五味子15钱、石吊兰10钱、八角莲15钱

第三组：蒿子12钱、陈皮15钱、天冬10钱、茯苓45钱

根据这个分法，如果把它们看作是三个时间的话，就是12月15日九点四十五分、十点十五分和十点四十五分，之间相隔半小时。其中九点四十五分应该是联络时间，其他两个是交接钱款和毒品的时间。

这无疑又是一个重大发现。

关于天福玉器古玩店，欧阳他们事先并不掌握，丁荣盛在提审时也没有交代，显然这是韩云鹤在吉昌市的一个非常重要的贩毒据点。欧阳立即连夜请示李正航处长，请求缉毒队协同把天福玉器古玩店严密监视起来，待行动时一举捣毁。

李正航处长赞同欧阳的分析结果，但他认为天福玉器古玩店并不是他们的交货地点，而是他们指定给我们的一个接头地点，交货地点很可能选择在偏僻的地方。如果欧阳关于交货时间的分析准确的话，那么这

个玉器古玩店离交货和交接钱款的地方都只有半个小时的路程，不然两个地点交货和交接钱款不可能达到同步。所以采取“控制下交付”的破案手段是目前唯一的选择。

李处长似乎更愿意听听朱雪华的意见，这让朱雪华感到不安。李处长说：“是不是因为我和欧阳在场限制了你的发挥呀？案件分析需要集思广益，谈谈你的看法。”

朱雪华说：“我认为交接钱款的安全是韩云鹤最关心的问题，所以他事先买好去昆明的机票，拿到钱以后可以立即脱身。以此判断，交接钱款的地点应该离机场不远或就在机场，因为前几次田小静都是把钱送到机场交接的。关于毒品的交接，一个可能是韩云鹤事先指定一个隐蔽的地点双方同时到达，韩云鹤在机场发出指令以后，毒品才会出现；另一个可能是选择在公路上流动交货或忽然变更地点，打时间差，利用交通工具的便利条件打游击。第二种交货方式对我们来说最不利，外围跟踪的侦查员容易丢梢，与毒贩接触的侦查员也容易陷入孤立无援的境地，而且围捕起来难度也大。因此有必要争取以第一种方式进行交接，以便事先布置警力设伏。”

李正航又把询问的目光投向周大年：“你呢？小伙子，你怎么看？”

周大年在沙发上欠欠身，谨慎地说：“这些分析我都同意，没什么可说的。我只是觉得我们忽视了一个人，这个人多次出现在我们的视线里，可并没有引起我们的重视。这个人就是吴志浩。”

屋子里的空气莫名其妙地凝固了片刻。欧阳拿起一支烟，却并不打算吸，而是放在鼻子下嗅着。朱雪华的脸不知为什么忽然涨红了。李正航处长“啊”了一声，沉吟片刻，才不紧不慢地说：“这个人倒不是因为我们没有注意他，之所以没有对他采取任何措施，是通盘考虑的结果。至于为什么，你们以后会明白。总之采取行动的时候要对他采取保护措施。”

李处长说到最后特别加重了语气，并且把目光投向欧阳。欧阳会意地点头。周大年还想说什么，见朱雪华恨恨地看着他，便不再言语了。几个人从李处长办公室里出来，大雪已经停了，路面闪着银光。欧阳因为家很近，先回去了。

周大年对朱雪华说："上车吧，我送你回去。"

朱雪华扭身向相反的方向紧走几步，冷冷地说："不用，谢谢。"

七、短兵相接

一切似乎都按照欧阳预想的方向发展。欧阳紧锣密鼓地部署着对毒贩的围捕工作。攻下丁荣盛这座堡垒，案件渐渐明朗，韩云鹤、陈天福、阿彪甚至那个神出鬼没的吴志浩纷纷进入侦查视线。

朱雪华和周大年入住帝都大酒店的第二天，欧阳接到韩云鹤的电话，同意就有关交货细节进一步磋商。

欧阳仍然坐着劳斯莱斯赶到酒店。这次他是单刀赴会，韩云鹤要求单独见面，欧阳就不能像上次那样兴师动众。在酒店大厅执行外线监控任务的侦查员们眼睁睁地看着欧阳进了电梯。欧阳敲开了702房间的门，很快又和人高马大的韩云鹤一前一后下了楼。欧阳和韩云鹤在酒店台阶上站住，看不出有什么意图，欧阳也没有招呼停在不远处的秦虎把车开过来。这时，欧阳悠闲地从口袋里掏出一盒烟，拿在手里晃了一下，却并没有要抽烟的意思，然后又放回到另一只口袋里。

这是一个暗号：外线侦查员看到这个暗号，就明白不能继续再跟踪了。

接下来发生的事让侦查员们大吃一惊。一辆丰田面包从左侧悄然驶近，停在欧阳面前，门忽然打开，韩云鹤在欧阳背后推了一下，车门里也伸出两只有力的大手抓住欧阳的胳膊一拽，老鹰抓小鸡似的把欧阳塞进车里，接着车子迅速启动，冲上公路，汇入滚滚车流。

朱雪华和周大年在718客房里得到报告以后，面面相觑。他们还不能判断这里面到底出了什么事，为什么韩云鹤要单独和欧阳外出，欧阳为什么暗示外线侦查员不要跟踪。他们这是去什么地方？在焦急中等待了一个上午没有任何音讯，他们终于坐不住了。于是楼道里的人听到718房间的女人忽然大哭起来，男人在大声地叫骂，接着女人气急败坏地冲出房门，嘴里恶狠狠地叫着："我受不了了，放开我，我要回家！"

人们看见这一男一女又撕撕扯扯地离开酒店。七楼有两个大汉一直跟着他们到了楼下。

他们上了出租车，在车里给李处长打电话汇报。李处长问他们现在在哪里。朱雪华说准备回处里研究如何应付这一意外情况。李处长在电话里急了，厉声说："你们的工作岗位在哪里？现在正是关键时刻，怎么可以脱离工作岗位？立即回酒店去！"

李处长是接到外线报告知道这一情况的，他已经向局里做了汇报，并且协同交警和各分局迅速在全市范围内查找这辆丰田面包车，结果一无所获。搜寻工作一直持续到下午仍然没有欧阳和这辆丰田面包的任何消息。

朱雪华和周大年回到酒店里更是如坐针毡。中午，他们仍要装作若无其事的样子相依相偎地到二楼餐厅就餐，以瞒过七楼两个大汉虎视眈眈的眼睛。

当他们在众目睽睽之下相拥着步入餐厅的时候，惊奇地发现欧阳和韩云鹤竟然坐在一张桌子边推杯换盏，看来气氛还相当融洽。他们选了一张桌子，如法炮制扭捏作态一番，又旁若无人地离开了餐厅。朱雪华扭动着腰肢，把很多人的目光吸引到餐厅门口就蓦地消失了。

餐厅这边，韩云鹤和欧阳酒兴正浓。韩云鹤瞟着朱雪华的背影，摇着头说："这个女人，太闹了。"

欧阳也帮腔说："她只不过是一个花瓶。那个男人可是本地赫赫有名的人物，他一口能吞下你手中所有的闪存或MP3，是我们丁总多年的合作伙伴。你对他还满意吗？"

韩云鹤狡黠地看着欧阳，嘴角露出一丝不易察觉的微笑。他说："其实他们一住进来，我就知道是杜老板安排的，我明白杜老板的用意。不过我现在还不能告诉你我最后的决定，我必须对他们的真实身份进行确认。"

欧阳点点头："小心无大错。我们丁总也是出于无奈，不然怎么肯和别人一起来分这块蛋糕呢？"

韩云鹤点头表示理解："丁总和杜老板看中的人一定错不了，既然杜老板今天已经看了货，还希望不要失信，如期付款才好。"

欧阳忙说："错不了，错不了。我们合作不止一回，您还不知道丁总的为人吗?”

韩云鹤从西服内袋里掏出一张磁卡，像摆弄一张扑克牌似的在手上转了好几圈儿，然后用指头顶着推到欧阳面前，说：“我已经买好了明天的机票，我希望在机场能最后见丁总一面。”

欧阳瞟着这张磁卡，嘴里应承着：“当然，当然。明天丁总一定亲自到机场为韩老板送行，丁总说他还有一样东西要亲手交到韩老板您手里。”

韩云鹤怔了一下：“什么?”

“老人头啊，难道韩老板的蛋糕是免费的吗?”

两人都假惺惺地笑了。

欧阳问：“韩老板这是什么意思?”他是指放在他面前的这张磁卡。

韩云鹤收住笑声：“这是给你个人的，杜老板不要嫌少哟。”

欧阳端起面前的酒杯，说：“我们还是预祝我们这次合作成功吧。”

两人都举起了杯子。欧阳一口干了杯子里的酒，眯着眼睛看着韩云鹤把自己面前的苦酒吞进肚子里。韩云鹤吐出一口酒气，脸上的表情痛苦极了。

晚餐结束，欧阳从酒店里出来，费劲地钻进了秦虎的车里。他故伎重演，先是回到三元公司，然后换乘等在那里的车子回了单位。回到单位第一件事就是给朱雪华和周大年发信息，通知他们在方便的时候脱身回来一趟，他要部署行动方案了。

欧阳一早是被韩云鹤约到一个秘密地点验货去了。韩云鹤告诉欧阳货已经运到，并要求欧阳提前验货，以免15号交接过程中不必要的扯皮，这是欧阳对接货和交接钱款时间提出异议后韩云鹤开出的条件。欧阳答应跟他去验货，提出是否可以与702的房客一起去。韩云鹤坚决反对。他以为欧阳是出于安全方面的考虑，同时表示自己不会带任何人，以示诚意。

他们驱车离开了市区，在高速公路上行驶了一段，在一个加油站停下。韩云鹤请欧阳下车。欧阳问：“我们这是去哪里?”韩云鹤笑而不答。这时，一辆大货车猛地停在他们面前，有人打开车厢的一扇铁门，韩云鹤率先爬上去，然后叫欧阳也上车。欧阳身子没有韩云鹤轻便，费了很大气力才蜗牛上墙似的爬了上去。车子又开动起来，欧阳感觉这是在往回开。他们就在车厢里的几只烂箱子上坐下来，很长时间才适应里面的黑暗。韩云鹤打开其中一只箱子，对欧阳说："杜老板，委屈您了，我们开始验货吧。"

朱雪华和周大年见到欧阳，如释重负："真是虚惊一场，我们都为你捏着一把汗。"

朱雪华抢先问："他拉你去了哪里？是不是去验货？他们的货是不是已经到了？"

欧阳回到单位第一件事儿就是通过李处长协调全市警力寻找这辆大货车，以期掌握韩云鹤的藏货地点。他刚才得到外线报告，缉毒队在火车站的货运停车场发现了这辆大货车，属于吉昌市一家运输公司，此车才往云南送了一批干果鲜货刚刚返回，租赁这辆车运货的是三元公司。司机把货车停在货场后就不知去向，据跟踪这辆车的侦查员报告，此车是空的，什么东西也没有。

毫无疑问，韩云鹤在欧阳验货后立即转移了车上的东西。"韩云鹤同意接货和交接钱款可以在明天十点十五分同时进行，这对我们无疑是非常有利的。"欧阳对朱雪华说。

朱雪华问："联络地点肯定是天福玉器古玩店喽？联络暗号呢？"

"就是这只玉手镯！"欧阳回答。

在侦查处长李正航的办公室，欧阳敲定了最后的行动方案。欧阳断定，韩云鹤这次仍然采用的是钱货分离的老办法，交接钱款的地点肯定还在飞机场，而交货地点如前面分析的那样，在距天福玉器古玩店只有半个小时路程的某处。警方的主要目标是这批毒品和毒贩韩云鹤，所以这次缉毒行动的主战场是交货地点而不是飞机场。欧阳建议把主要警力放在交货地点，同时准备两套行动方案，以应付韩云鹤在路上交货的可能。朱雪华和周大年负责出面联络，只要毒品一出现就择机发出信号，外围警力立即采取行动一网打尽。

至于飞机场这边，李处长担心韩云鹤要手腕。他如果不露面，在交货地点采取行动就会有后顾之忧，韩云鹤极有可能望风而逃，抓不住韩云鹤，此案就不能算功德圆满。欧阳建议将丁荣盛从看守所里提出来，在严密控制下由丁荣盛出面诱骗韩云鹤露面。只要丁荣盛出现在机场，韩云鹤一定认为万事大吉，肯定会露头的。另外，韩云鹤已经向欧阳提出要在机场见到丁荣盛，如果丁荣盛不露面，不排除他为确保万无一失，向交货地点的同伙发出停止交货指令的可能，那才叫功败垂成呢。李处长沉思片刻，觉得这也不失为一个诱敌上钩的良策，于是说："要确保丁荣盛的安全，不能自杀，不能逃跑，更要警惕韩云鹤狗急跳墙杀人灭口。"

12月15号这一天，韩云鹤一早退了房，带着两个保镖悄然离开了酒店，外线跟踪报告说韩云鹤的车子正在通往机场的高速公路上。欧阳按照预定的时间准时来到天福玉器古玩店，此时正好是九点四十分。

朱雪华和周大年仍然以一对夫妻的身份出现在玉器店广东老板的面前。周大年先问："请问，陈老板在吗？"

广东老板故作不解："你找哪个陈老板？"

周大年回答说："陈天福。"

"我就是啦。"广东老板说，"请问你有什么事？"

周大年说："我太太有一只玉手镯，想配成一副，请问你们这儿有相同的吗？"

陈天福伸出一只手，问："我需要看一看才知道，是什么样的？"

朱雪华从手下褪下玉手镯，交给陈天福。陈天福拿在手上，装模作样地端详着，嘴里说："哇，好精美的手镯，好像不久前见到过，是你们的吗？"

周大年说："不，一个朋友的信物。"

"我这里好像没有。"陈天福拿起柜台上的电话，"不过我可以给你问一下，您稍等好吧？"

陈天福在电话里咿咿呀呀地说了些什么，周大年一句也没有听懂。陈天福放下电话，对周大年说："你们稍坐，东西马上送过来。"

朱雪华和周大年被安排在柜台外边的一排椅子上，有两个售货员模样的人装作若无其事的样子出去望风，闲逛的客人进来的时候被他们挡在门外，说现在已经下班了。

不到十分钟的时间，门外闯进来一个人，让周大年和朱雪华都吃惊不小。这个人竟是吴志浩。只见吴志浩径直走到柜台跟前，手里拿着一个精致的小盒递给陈天福，说：“阿彪叫我把这个拿过来，他说时间差不多了，叫我们和客人一起过去。”

陈天福看样子是吴志浩的老板，他接过盒子，吩咐说：“你去把车子开过来，叫阿杜和阿洪跟我们一起走。”

吴志浩答应着转身离开柜台，经过周大年和朱雪华身边的时候并没有跟他们打招呼。朱雪华正凑到墙上的一面镜子跟前端详着自己的嘴唇，小心地把粘在上面的面包屑似的东西用指甲轻轻地刮掉。她似乎对这一切浑然不觉，只是周大年愤愤地看着吴志浩离去。

陈天福手里拿着两个相同的玉手镯，对周大年说：“先生，你是要这种吗？”

周大年凑近细看，竟分不出哪一个是原来的，哪一个是刚才拿过来的，于是说：“我们正是需要这一只。”

陈天福收起一只，把另外一只交还到周大年手上，问：“是四哥介绍你们来的吧？”

周大年动作温柔地把玉镯戴在朱雪华手上，然后说：“不，是六哥，他说只有你们这个店有相同的玉镯。”

吴志浩在门口出现了，做了一个手势。陈天福说：“我们需要去见一个人，然后才能决定是不是把东西给你们，请跟我来吧。”

门口停着两辆车，一辆是他们开来的劳斯莱斯，另一辆宝马车肯定是吴志浩开过来的。陈天福问周大年：“车上还有人吗？”

周大年向自己的车上走去，嘴里说：“这种生意我们老板肯定要亲自出面的。”

陈天福拉住周大年：“你和你的太太坐我们的车，你的老板自是有人照顾的。”说着向阿杜和阿洪摆摆手。阿杜和阿洪不由分说钻进劳斯莱斯，车前座坐着一个偏胖的中年人，正眯着眼睛看他们，正是欧阳。驾驶座位上开车的是个精干的瘦子，一声不吭地黑着脸。周大年和朱雪华坐进那辆宝马车里，朱雪华得到特殊照顾似的被安排在前排副驾驶座位上，周大年坐在后排，被陈天福和吴志浩夹在中间。

两辆车刚开上公路就发生了一个不大不小的意外，一辆普桑突然斜插过来，宝马躲闪不及，两辆车碰在一起。朱雪华吓得一声惊叫，惊魂未定的陈天福骂骂咧咧：“怕出事情还真出事，你是怎么搞的吗？耽误了我的事，我把你扔进臭水沟里喂王八！”

司机吓得脸色苍白。周围马上聚集了一些看热闹的人。陈天福焦急地看表，吴志浩也凑上来小声问：“老板，时间快到了，别误了正事，我看我们还是搭个车吧。”

周大年跺着脚说：“怎么搞的这是？不然我们还是回去另换辆车算了。”

不知道是有意安排还是事有凑巧，一辆出租车正好经过，吴志浩二话没说，伸手拦住，把周大年和朱雪华先推进去，又转到另一边殷勤地打开车门请陈天福上车。陈天福骂骂咧咧地上了车，指着自己的马仔骂道：“回头跟你算账！”

出租车在前面引路，劳斯莱斯紧随其后，在他们的后边还有几辆挂民用牌照的警车。出租车里的GPS全球定位系统把该车位置传送到公安局指挥中心的电子屏幕上，李正航脸上露出不易察觉的笑容，他为第一步计划的成功轻轻地松了一口气。

与此同时，飞机场候机大厅外的停车场里，停着一辆同样的劳斯莱斯轿车，前排座位上的丁荣盛惶恐不安地四处张望，后排几个化了装的缉毒队员瞪大眼睛盯着丁荣盛的一举一动。丁荣盛虽然被牢牢地固定在座椅上，可他们丝毫不敢懈怠。坐在驾驶员座位上的秦虎紧张得上牙碰下牙。丁荣盛刚才和韩云鹤通过电话，告诉韩云鹤他已经在机场的停车场了。韩云鹤叫他稍等，说自己马上就到。车里的侦查员们在熙熙攘攘的人群里紧张地搜寻着目标，他们断定，韩云鹤其实已经到了，并且发现了丁荣盛的车甚至已经看到丁荣盛在车里，只不过在观察动静。

时间一分一秒地过去，韩云鹤始终没有露面……

欧阳这时已经被出租车引导着在市区里兜了好几个圈子。陈天福不住地看表，嘴里说：“时间还来得及，来得及，不忙嘛。”

这时候已经是十点二十分了，周大年故意不住地发牢骚，朱雪华也不住地抱怨出租车里太冷，从来没有坐过这么破的车，跟叫花子没什么两样，说得司机偷笑，陈天福则不住地嘬着牙花子。

电话终于响起来。陈天福迫不及待地接通电话，咿咿呀呀用粤语和那边通话。挂了手机，陈天福对出租车司机说："去三元公司。"

果然如欧阳的判断，三元公司距天福玉器古玩店真的不到二十分钟的路程，何况他们还在市区里漫无目的地兜了个大圈子。他们驶进三元公司的地下停车场，正好十点三十分。

陈天福第一个下车，有三个浙江人事先在那里等候，领头的是阿彪。一行人跟着阿彪从安全通道上楼，每到一个楼道口，陈天福都要吩咐一个马仔留下来守候，最后走到一楼楼道的时候，欧阳注意到对方有陈天福、阿彪、吴志浩、阿柱和阿洪五个人，动起手来根本对付不了。即使外围警力在得到围捕命令后迅速赶到，也还有一段时间空当，看来一场真刀真枪的厮杀在所难免了。

他们来到一扇防盗门前。看上去这是一个仓库，光线有些昏暗。阿彪准备敲门，门已经被一个女子从里面打开，那女子闪身让他们进去的时候，欧阳注意到那女子怔了一下。双方擦肩而过，后边周大年和朱雪华跟了进来。欧阳跟着陈天福一拐进了另一间屋子，阿彪已经在墙的夹缝里拽出两只铁箱子。欧阳一眼就认出，这正是那天和韩云鹤一起验货时自己当着韩云鹤的面锁封的那两只装着一百公斤海洛因的铁箱子。韩云鹤把其中一把钥匙交给欧阳，当着欧阳的面把另一把钥匙甩出了车外。

欧阳弓下身子检查箱子是否被人事先启封，嘴里抱怨着这屋里太黑什么也看不见。阿彪听了就去墙上摸灯绳，就在屋顶的灯管闪亮的一刹那，欧阳的身后传出一声惊叫："妈呀，警察！"

这声音是丁荣盛的秘书斯小玉发出的。她给阿彪开门的时候，心里一阵狂跳，但她还不敢肯定这个矮胖的警官会神兵天降般地出现在这样的场合。就在阿彪打开灯的一瞬间，她看见朱雪华正瞪着她，并且伸出胳膊钳子一样夹住了她的脖子。她还是本能地发出了令在场所有人心悸的哀号。欧阳以极快的速度从腋下掏出手枪的时候，周大年已经和阿彪扭在一起。陈天福一个闪身跳到墙角，手里也多了一支枪。欧阳把枪顶在陈天福的脑袋上。他看见阿彪手里明晃晃的刀子在周大年脸上一闪，周大年的全部注意力还在阿彪腰间，显然他是想控制住阿彪身上更危险的武器。这时，吴志浩手里的枪响了，可发出一声惨叫的不是周大年，而是阿彪。接着又是一声枪响，吴志浩的身子挺了一下，接着倒在阿彪的身上。欧阳看清这一枪是陈天福开的，他扣动扳机，子弹打进陈天福的腹部，陈天福扑倒在地，身子蜷缩在一起。

这一幕电光石火，欧阳来不及顾及周大年的伤势，用枪把阿柱和阿洪逼在墙角。这时候，他听见朱雪华的嘶喊："志浩!"

……

打扫战场的工作移交给缉毒队，阿彪和陈天福被后边冲进来的警察抬了出去。他们在第一枪打响后就迅速制服了各楼道望风守卫的毒贩，有两个缉毒队员试图把吴志浩从朱雪华的怀里拽出来，却怎么也扳不开朱雪华的胳膊。她把他抱得太死了。

周大年轻声说："雪华，放手吧。"

朱雪华脸上挂着泪珠，喃喃地说："我为什么没能帮他一下，我只晚了一步，就一步……"

飞机场那边传过来的消息让欧阳大吃一惊。丁荣盛被韩云鹤开枪打死，韩云鹤也因开枪拒捕被围捕的民警击毙。汇报情况的民警在电话里说，韩云鹤是在飞往云南的飞机登机前半小时突然出现在丁荣盛面前的。当秦虎把后备厢里的一个手提箱递给韩云鹤的时候，韩云鹤发现隐蔽在周围的民警正向他靠拢，他掏出手枪向坐在车里的丁荣盛开了一枪。

三天后，公安局为吴志浩召开了隆重的追悼会。这时候周大年才知道，这个周旋于毒贩之间并且在关键的时候救自己一命的情敌竟然是打入毒贩内部的战友。

欧阳小组并没有因为此案的成功破获受到上级嘉奖，除去授予吴志浩烈士荣誉之外，没有人再提及这个案子中的任何细节。一个月后，欧阳被免去侦查科长的职务，从某种意义上说，欧阳还得重新起步从侦查员干起。

这天，周大年气喘吁吁地跑来告诉欧阳，说朱雪华今天没来上班，家里也不知道她上哪儿了。他刚才给李处长汇报，李处长要派人四下去找。

欧阳责备周大年："你再不要制造骇人听闻的失踪事件了，我现在对这种事神经过敏。"

欧阳和周大年驱车来到位于北郊的墓地。漫山葱郁的松柏间耸立着座座坟茔，皑皑白雪覆盖了无以计数的孤寂魂灵。他们远远看见山腰间站着一个女人，乌黑的长发随着阵阵山风瑟瑟地飘动着……

周大年站住了，他问欧阳：“他是我们的人，这你知道，她也知道，可是你们谁也不告诉我。”

欧阳辩白似的说：“你也不是第一次经历这样的事，这是我们工作的……规则。”

周大年把视线从远处拉回来，说：“他的牺牲是为了我，也连累了你，更让她的一生蒙上一层阴影。”

欧阳说：“女人对待爱情往往是很专注的。你如果觉得欠她什么，就应该给予她更多的关爱，你懂我的意思。”

周大年看见朱雪华从半山腰向他们走来，说：“这个案子让我们失去了太多，她失去了恋人，我失去了信心，你失去了前程。”

欧阳又把一双眼睛眯起来，冷峻地看着周大年：“你又错了。她失去的也许在以后的生活中还能找回来，对于一个男人，无论是追女人还是搞案子，信心是最重要的。你不是一个轻易放弃自己追求的人，是吧？就我个人而言，我不认为我失去了什么，反而悟到了一个非常重要的道理，这可比一个科长的前程重要多了。”

“什么道理？”周大年问。

“人和人之间总隔着那么一层若即若离的窗户纸一样的东西，人们总想透过这层窗户纸看破对方的灵魂。可要记住，千万不能把这层窗户纸给捅破了，否则，结局就会跟这个案子一样让人难以接受。保持距离的朦胧感才是最美的。”

周大年似懂非懂，说：“你不认为破获这个案子是成功的吗？”

欧阳摇头：“不要因为破了一个大案就沾沾自喜，以为自己了不起，什么都能干，尾巴翘到天上去。我们应该好好反思，看看这个案子的失误到底在哪里。”

周大年不解：“失误？我倒认为这是一个不乏成功经验的案例，应该写进教材里。”

欧阳不以为然：“我们不应该把丁荣盛和韩老六放在那样一个特殊

的场合见面，这等于是替他们捅破了这层窗户纸。虽然我们这样做是为了破案，似乎别无选择，但我认为这是一个致命的错误。”

周大年点点头，似有所悟。

（作品选自《新疆公安》）

作者简介：

张歌，乌鲁木齐市公安局民警，有文学作品散见于多家报刊。

假牙与真相

文/张玉波

早晨一上班，黎鸣就驾着他那辆本田小越野车狂奔在郊区的乡村道路上。他是带着实习警官小王去东门乡派出所核查一起大案的有关细节。

大约走了半个时辰，在路过东门乡二村的时候，黎鸣看到离公路不远处有一伙人乱作了一团。爱凑热闹的他，猛地一打方向盘，车子开下路基，直奔人群而去，小王在车里颠来颠去，紧紧抓住车上的抓手不敢松开。转眼间，车就到了人群旁边，紧急刹车，在土雾的包裹下，黎鸣跳下车冲向人群。

到了近处才看清了里面的场面。有一高一矮年龄相仿的两个中年农民，手里都拿着坎头曼，怒气冲冲，跳着对骂，大有械斗一触即发之势，幸好分别有两拨人拉劝着他们。

黎鸣大喝一声："干什么？都给我住手！"

突然，人群就一下子安静下来，齐刷刷地把目光投向黎鸣。显然大家被他刚才压过吵架声的大声呵斥唬住了，同时对他的突然介入感到困惑。

黎鸣把握机会，趁势而入。他迅速掏出工作证一边高高举起，一边大声地说："我是警察，看看你们两个人都老大不小的了，怎么还玩打架的游戏？看看你们手里都拿的是什么？那家伙打到人会不死也得伤，出了事不就犯罪了吗？到那时你们后悔能来得及吗？"他看看两个汉子，声音缓和了许多："你们都有老婆孩子，父母都还健在吧，真要是闹出个大事来，对得起老少一家人吗？"

“是怎么回事啊?”听到黎鸣的问话，拉架的人群中走过一个人来，指着两个闹事的村民说：“我是村治保主任，他们两个都是村里的黑羊养殖户，也是邻居。早上大个子发现自己走失了一只羊，就到处找，找到小个子家门口时发现一只黑羊，可小个子正好出来看见说是他家的羊。为争这只羊两人吵了起来，还抄起家伙准备打架，如果不是村里人来得快恐怕已经出事了。”

“你有证据证明这是你家的羊吗?”黎鸣问大个子。

大个子讷讷地回道：“没有，我们养的都是黑羊，长得都差不多，我又没有做记号。”

黎鸣转过身来，一双犀利的眼睛盯着小个子，小个子没有等黎鸣问就主动答道：“也没有，反正他的羊没有跑过来。”

黎鸣看看手表，心想，看来一时半会也断不清这个官司，搞下去自己时间又陪不起，后面的事只有依靠治保主任来完成了。于是，他把治保主任拉到一边，头对头窃窃私语了一番，又递给了他一张警民联系卡。

黎鸣走过来，高声问道：“双方都没有证据证明这只黑羊是自己的，那你们说这事该怎么办?”

“你先说。”黎鸣指指大个子。

“我没有什么办法，我听政府公安的。”

黎鸣又看看小个子，他马上表态：“我也听公安的，公安咋说就咋办。”

“好，你们都说要按我的意见办，那我可就决定了。”黎鸣清清嗓子，“你们都拿不出证据证明羊是你们的，又都说羊就是你们的，扯不清楚，我看这样办，见面分一半儿，二一添作五，这只羊就一家分一半吧。”说完，头也不回地开车一溜烟儿地跑了。

小王坐在车上，回想起刚才黎鸣的断案结果，心里很不舒服：这哪像一个高手断的案啊，各打五十大板，那不是让丢羊者吃亏吗?简直是糊涂官断糊涂案。黎鸣破案能手的形象在这个刚来的实习生心中大大地打了个折扣。

来到东门乡派出所已经是耽误了一两个小时。黎鸣告诉所长来意，所长苦着脸告诉他，农村派出所就这么几个人手，事情多根本忙不过来，人都派出去了，就剩下自己和两个民警，还在侦办一个强奸案。两个民警正在审讯犯罪嫌疑人呢，哪有人配合你们核查啊。

正在所长为难期间，一个民警铁青着脸走进来，愤愤地说："真是又臭又硬，什么招都用了，就是不交代，眼看传唤的时间就要到了，这可怎么办?"

"所长，你看这样行不行，"黎鸣看到这种情况，也不好再勉强所长，"反正你们现在腾不出人手配合我们，离开你们我们不熟悉这里的情况也开展不了工作，干脆我们和你们一起先搞你们的案子，等破了你们的案子，大家再全力以赴配合我们核查，你看怎么样?"

"哎呀呀，这真是太好了，你可是破案高手，有你加入，我们求之不得。"刚才还愁眉苦脸的所长转脸已是笑逐颜开，急忙给黎鸣他们倒水。

黎鸣还没有来得及喝口水，所长就迫不及待地介绍起案情来。

昨天晚上，村民李老汉来报案，说他五十开外的老婆在前天晚上差点被人强奸，他家断定作案的人是同村的夏老汉。起初家人考虑到老伴年龄大了，孙子都有了，加之属于作案未遂，如果报警让人知道了，怪丢人现眼的，就决定找夏老汉要点赔偿费私了。可是找到夏老汉，他不但不赔偿，更不承认强奸未遂的事，还把李老汉骂了一顿。这不是欺人太甚吗?李老汉一气之下就报了警。由于没有及时报案，现场也被破坏，没能提取上什么痕迹物证，只有依据受害人李老汉老婆的辨认，强制传唤了夏老汉。这不，审了一个上午，夏老汉不但死不承认，态度还十分嚣张，提出要还他一个公道，不然就不罢休。

听到这里，黎鸣起身说："我去会会夏老汉。"所长马上让民警把黎鸣和小王带到讯问室。

夏老汉看到黎鸣他们，斜瞪了一眼，显得气呼呼的样子。黎鸣也不在意，仔细打量起夏老汉来：五十开外，小个头，气色非常好，身体保养得不错，一身衣着透着光鲜，一看就是农村生活滋润、富足的那种人。看着看着，黎鸣有一种似曾相识的感觉。

"前天晚上你在哪里?"

"我都回答了十遍了，我在家里，那天村里停电，我和老婆十点就睡觉了。”接着，黎鸣又问了几个问题，夏老汉一一作答，没有看出有什么破绽。

走出审讯室，黎鸣问民警：夏老汉的老婆你们问了吗？民警告诉他，已经问过了，说的和夏老汉非常吻合，肯定是串通好了的。

黎鸣让民警去村子里把受害人接来，他要见见本人。

所长已经给黎鸣他们泡好了方便面，真有些饿了的他们也不客气，端起来就吃。这时，黎鸣的手机响了，他把电话放到耳旁听着，一会儿就笑着回应对方：“既然小个子承认了黑羊不是他家的，他也认识到了错误，就不要歧视他，做好工作，化解矛盾，让两家不要结怨。”

“黑羊的案子搞清楚了？”实习警官小王急于想知道是怎么弄清楚黑羊的案子的。黎鸣告诉他，当时两人都说是自己的羊，又都没有证据，在现场没有办法分辨。但可以肯定的是黑羊的主人只有一个，其中一人必定有诈。我就来他个将计就计，以诈还诈。我悄悄交代给治保主任一个“诈”他的计谋，就是我宣布这只羊一人一半走后，让主任暗地里观察两人的反应，黑羊的真正主人尽管服从我的决定，但依然会很伤心，而另一个人肯定会因占了便宜而得意，那就可以断清此案了。果真，我们走后，大个子依然伤心，小个子一副心满意足的样子。治保主任按照我的交代单独找小个子谈话，告诉他做人的道理和不归还这只黑羊还要负法律后果。小个子是村里有名的爱占便宜的人，肯定不会轻易放弃这个既得利益，依然说羊是他家的。治保主任就按我教的办法吓唬他，告诉他警察走时交代了，你不承认，还会来找你调查的。这招果然很灵，小个子真好像做了什么亏心事似的怕见警察，马上改口承认了不是他的黑羊，请求治保主任不要让警察再回来调查了。

小王听后，对黎鸣的钦佩又增加了几分。转身找所长分享了路上的这段插曲，所长听了黑羊案的来龙去脉，也连连称赞。

吃饱喝足之时，李老汉的老婆也被带来了。黎鸣马上到询问室问话。尽管五十开外了，但风韵犹存。黎鸣说：“你不要紧张，我们请你来，就是想让你仔细说说那天晚上的事情，尽量说得详细些，好帮助我们尽快破案。”

女人眼圈霎时红了，抽噎了一阵后，缓缓地说开：“前天晚上，我家老汉去城里看孙子，村里又停电，我一个人没事，就在九点半左右早早睡下了。我们平时休息时习惯了不锁门，只是把门合拢。不知什么时候，我睡得迷迷糊糊时觉得有人上了我的床，把我按住乱摸。我又气又羞又怕，就死命地挣扎反抗。”

说到这里，女人再度哽咽起来，好些了后继续讲道：“我决不能让他得逞，我隔着衣服咬了他的右肩膀一口，他一疼就起来了，我乘机下床往外跑，结果他也跳下来抱住了我，我闻到刺鼻的臭味，我就狠狠掴了他一个耳光。刚打过后，紧接着就听到咣当的一声响，不知是什么东西掉到了地上。他松开我，猛地把我推出好远，掏出打火机，借微弱的光亮在地上找起被我打掉的东西。”

女人好像还很惊恐，黎鸣递给她一杯水，安慰道：“别怕，现在没事了，继续说。”

“我平时视力就不好，借打火机忽闪着的微弱的光，我模模糊糊看到他脸的侧面，好像是夏老汉。他找到掉了的东西就跑了。”

“在地面上，你就在他脸上只打了一巴掌吗？他也再没有纠缠撕扯吗?”

“没有。”

黎鸣找到所长说：“让夏老汉回吧，他不是嫌疑人。”

所长一脸迷惑，还是无奈地说：“好吧，没有证据，又不交代，传唤时间也到了，不放也得放。”

黎鸣又问所长：“强奸案发生在哪个村?”

“东门二村。”

黎鸣掏出手机，走到隔壁房间打电话。回来后就叫过小王和两名派出所的民警，让他们到东门二村去一趟，把讹诈黑羊的小个子传唤回来审查。黎鸣神秘地笑笑说，可能他能帮我们破案。

两个小时过后，三个民警就带着那个小个子男人回来了。看到这个男人，所长一怔，第一眼就觉得很像夏老汉。他想，怪不得李老汉的老婆会认错人呢。

“很好，你们把他带到审讯室去审。”黎鸣停了一下，重重地强调说：“千万给我注意了，先让他脱衣查伤，再看看他是不是装的假牙。

如果他的右肩膀上有咬的伤痕，嘴里有假牙，那犯罪嫌疑人百分之百就是他了。”

过了一阵难熬的时间，小王兴冲冲地闯进所长办公室：“小个子右肩膀上有咬伤，满嘴假牙，一审就撂了。”

其实，在小王跑进来的刹那间，黎鸣就知道此案已经水落石出了。

“唉，黎鸣，你真神了，你是怎么这么准确地找到小个子这个犯罪嫌疑人的？”所长问的也正是小王疑惑的。

黎鸣呵呵笑着解释起来：“在我第一次看到夏老汉的时候，就觉得似曾相识，好久才想起有点像讹羊的小个子，但这也不能说明什么。询问了李老汉的老婆后，我判断让她一巴掌打掉的，这么让嫌疑人惊慌和中止作案的东西，应该是满嘴假牙。我马上自觉不自觉地回想起在调节争羊案时，小个子几次说话后，都要用手指顶顶牙，那他是不是装有假牙啊？你们注意了没有，李老汉的老婆说，当嫌疑人在地上抱住她时，她闻到了一股臭味，看看她怀疑的那个夏老汉，干干净净，像个财主，哪来的臭味啊！那个小个子身上有异味。你们走前，我在隔壁房间打电话给治保主任，他证实小个子是满嘴假牙，是单身，再加上有点像夏老汉，这几天小个子又特别怕警察找他，这么多疑点集中在一个人的身上，不是他还能是谁呢？”

小王听得心悦诚服，兴头上来，眉飞色舞，动作夸张地说起山东快书来：“真可谓，单身老男人，满嘴是假牙，黄碟勾淫欲，停电来作乱，肩膀被咬伤，一记大耳光，满地找假牙，落荒急逃亡，讹羊入视线，岂能混过关，法网恢恢在，遁地也难逃。”逗得大家哄堂大笑。

他话音一落，黎鸣和所长鼓起掌来，所长笑着感慨：“到底是高材生啊，才思敏捷，随口说出来就一套一套的，后生可畏啊！”

小王看看黎鸣，反倒不好意思起来，却又调皮地说：“二位领导，我突然觉得，如果不是有小个子强奸未遂在先，他肯定不会怕警察再来找他，那么，大个子的黑羊是回归无望啊。同样，如果没有遭遇盗羊案，后又联想到被打落的是假牙，可能羊归也无望啊。我想，应该归纳为牙落羊归，说不定这个词组以后会成为成语家族的一员呢！”

“高，实在是高!”所长念了一句电影《地道战》的经典台词，冲着黎鸣和小王竖起了大拇指。

［作品选自《小说选刊·第二届全国小说笔会获奖作品集（短篇卷）》］

作者简介：

张玉波，生于1966年，现供职于新疆维吾尔自治区公安厅宣传处，系中国散文家协会理事、新疆作家协会会员、新疆公安文联副主席、新疆公安作家协会主席。在《中国散文家》《华夏文学》《人民公安》《啄木鸟》《法制日报》《人民公安报》《甘肃日报》《新疆日报》等报刊发表文学作品200余篇，并多次获奖。散文《误入梨儿沟》获华夏文学奖一等奖（全国），推理小说《牙落羊归》获全国征文一等奖，《美国的幸福车祸》获《法制日报》“域外见闻”征文二等奖。著有散文集《山脊上的蓝宝石》。

短篇二题

文/王剑宁

喀什河畔

我，并不就是我自己。我代表的是警察，是更多的、有着相同血脉、相同思维和情感的群体！

——作者

一

太阳即将落山的时候，我看着那条河在浓郁的红霞中，安静地向远方流去。那条河就是喀什河。

仅仅是一瞥，这条母性的河流，便在我的记忆中留下了深深的烙印。在落日的余晖中，她默默地从霞光的色彩中探出头来。没有留恋，径直跋涉而去。奔流不息，却很少能听到她的喘息声。她从容不迫地穿行在那条熟谙已久的河床上，倾听着两岸花草的问候声，毫无保留地把丰润的乳汁留给了它们。不求回报，一转身，她又将自己爱的滋润投向了更为广袤的远方。

河岸两边，大片的麦地蔓延开来，直至视线无法触及的远方。时令正是初秋，醇厚的麦香随秋风四溢，伴着清亮的蛙鸣，展示着金秋迷人的魅力。乡村的美，在这一刻凸显出来。没有繁华城市的灯光璀璨，却不乏五彩风景所带来的视觉盛宴。只不过，前者是人为的刻意装饰，而后者是大自然的慷慨馈赠。没有张扬，更无需炫耀，只是静静地敞开着胸膛，以一种完全裸露的状态呈现在晚霞里，是静态美的极致。置身于这博大而无私的胸怀中，对土地的感恩、对生命的敬畏、对成长的渴盼，都会奔袭而至。在情绪激荡之中，在肃穆的心灵洗礼之后，人仿佛也过滤得澄澈透明了！

就是在这样的季节，在诱人的薄暮中，在喀什河畔浮动的暗香里，我遭遇了那样一双眼睛！

二

那份宁静的美，是随着我的到来而被打破的。

然而，我最初的心愿，却是希望保留那份完整的宁静的美的。为此，警车行至村头，我便弃车徒步而行。就是在那一刻，我和喀什河不期而遇，并与漫天的麦香有了亲密的接触。但是，我的心情却并不宁静。目睹那大片的美，我多想这样的美会是完整的、纯粹的、毫无杂质的美。但是，我清醒地知道，那只是一个我理想的心愿。作为一名警察，所要时刻面对的，就是现实。即使在这样醉人的美丽中，也不能沉迷，而必须直面现实。

月亮是在人们不经意间升上天空的，喀什河在月色里更显纯净。穿过层层麦地，我们终于逼近了地头的那家农舍。直到那一刻，我依然心存一份希冀，或许，一切都会在安静中过去。然而，只是一瞬间，我的愿望就被彻底击碎了。农舍的门猝然开启，还未等我们回过神来，一个维吾尔族的小伙子就挡在了我们面前，尖利的喊叫声瞬间将所有宁静撕破。与此同时，抓捕目标夺门而出，转眼便钻进了屋旁的麦地里。等到我们摆脱了小伙子的纠缠，冲进麦地时，只见麦浪翻滚，犯罪嫌疑人的踪迹彻底消失在无边的麦浪里。

抓捕就这样宣告失败了。回过神来，我逼视着那个小伙子：不知道吗？他是贩毒的！他害了多少人？你知道吗？你这样做，是犯罪的，知不知道？

然而，我所有的质问，都仿佛撞在了冰冷的山石上，只留下愤怒的回声。我看到了小伙子的那双眼睛，惊恐、无助、茫然，更多的却是一种冷漠。突然之间，我感到一种莫名的困惑：在明净宽容的喀什河畔，怎么会出现这样一双眼睛呢？

也许，我需要更加贴近喀什河，去感知她的脉搏，去读懂她。

三

还是在黄昏，我又走近了喀什河。

我相信，只有在黄昏里，才能真正接近喀什河，才能听到她低缓的诉说。许多时候，我们只是在需要的时候，才想起倾听。又由于心态的浮躁和见识的浅薄，难以真正地读懂她的声音。许多的解读过于肤浅，只停留在表面，距离真相相去甚远。在黄昏里，我摒弃杂念，放下尘世的纷扰，以赤子之心静静地面对喀什河。渐渐地，那条千年流淌的河流，开始在我的心间停留、回眸……

我的目光投向河流两边那宽阔的土地上。千年流淌的喀什河啊！她从远古走到今天，历经无数的风雨和沧桑，却从没有脱离脚下这块深情的土地。她流经的方向，总是暗合着大地的期求，无论沟坎，不可阻隔，永远相随。土地给了河流以方向，而河流给了土地更加顽强的生命力。苍茫的薄暮里，远处袅袅升起的炊烟，映入了我的眼帘，那是生命的踪迹。绵长的河流、广袤的土地、生于斯长于斯老于斯的芸芸苍生相互依存、无法分割，也不能分割。

对于一条河的思考，让我渐渐地有所感悟。那双眼睛又一次出现在我的脑海中。这次，我感觉那眼神里仿佛少了些许茫然和困惑。我开始寻找与那双眼睛接近、理解、交流的通道。我的眼前是一望无际的麦子，金色的麦子是人群与土地、河流和谐相处的产物。走近麦子，或许就能更深层地了解那双眼睛。

因为，一双眼睛，就是另一种意义上的喀什河。

四

就像面对喀什河，又一次面对那双眼睛时，我平静了许多。

维吾尔族小伙子的麦地毗邻喀什河。初秋的麦地麦浪翻滚，生机盎然。在那双眼睛冷漠的注视下，我挥动着锄头，开始我的劳作。麦子长势很好，却由于田间管理没跟上，名目繁多的野草也趁势而上。此前，经过几次深入的走访，我知道，自从那次抓捕后，小伙子的父亲再也没有露面。少了劳力的缘故，草就多了起来。麦子和草，是不能共生的。就像罪恶和善良，天生就是对立的，无法相安无事、和平共处。而对于一个农人来说，只有铲去麦地里疯长的野草，才能迎来秋天的收获！

我真诚地面对着那双眼睛，就像真诚地面对满地的麦子。秋阳总是来得很早，当喀什河畔传来第一声鸟叫时，那一轮明亮的光晕便悄然跃出了地平线。刚刚接触，就开始了热情的拥抱。汗水就快速地流了下来，很快消失在土地的皱褶里。麦子默默地配合着我的劳作，虽然一言不发，我却从她拔节的身影里，看出了对我的认可与回报。这使我更加坚定了信心：如果汗水能够使土地得到滋润，那么，我的真诚就一定会使所有的麦子绽放笑颜！

再一次走近喀什河，已不再是简单的对望，而是一种真正意义上的进入。历经一天的清理，接近黄昏的时候，我把一条小渠修到了喀什河旁。于是，喀什河的水，就沿着土地指引的方向，流进了麦地里。这一次，黄昏的宁静，被一种天籁之音打破了。那是麦子和水接触之后的欢叫。我无比清晰地听到了那种欢叫，那是一种生命对接之后的轰响，是血与肉连接之后的热烈和激昂。

终于，那双眼睛开始回望我，在土地、麦子和喀什河的关切中，与我的目光对接。

为什么？

为了这条喀什河！

我不乞求这简短的对话会彻底改变什么。但是，从那双眼睛里，我分明看到先前的冷漠好像正在逝去！

五

田野之上，总是少不了歌声的。

我总觉得，对一条河的融入，往往意味着对一种文化的融入。而对一首歌的融入，又何尝不是对歌者，对哺育歌者的河流、土地的融入？

麦子长得很快，不久就齐腰深了。丰收在望的时候，我突然听到一曲洪亮的歌声，从麦地里腾空而起。那是一曲地道的木卡姆。她源于西域土著民族文化，来自远古的土地和山峦，经过喀什河水的千年润泽后，底蕴变得更加丰厚。那是一种行走于荒野中的音乐，像草一样滋长，像云一样飘逸，像山一样执着，像风一样自由。她抖落负累，赤裸裸地展示着胸怀。她恣肆无忌，将声音随意泼洒，渗透到土地，蜿蜒上山冈。她是心灵的释放，她是对幸福生活的追求与向往。

随着歌声回荡，我看到农人们直起了腰，抬起了头。黝黑的脸庞上，挂满鲜活的笑容。那些笑容，淳朴、天真，单纯得让人感动，没有丝毫的伪饰和做作，像生长在喀什河畔的野杏花。

歌声有种震撼心灵的力量，我的眼眶潮湿起来。

“会唱这首歌吗？”

“当然会唱！”

“理解这首歌吗？”

“你说呢？”

这首歌，应该是人们对美好、正义和善良的追求，不是吗？

回答完小伙子的反问后，我的眼泪流了下来。对艺术的追求，对美的渴望，是不应该有任何界限的。亘古以来，人们之所以不懈地追求美，是因为人们需要美，美赋予生活更为丰富的内涵，滋润着人的心灵。与此同时，在小伙子的眼睛里，我看到了惊讶、顿悟和认可。眼睛里的冷漠，渐渐变成了一条温暖的河！

六

对一条河的思考，对一双眼睛的阅读，对我而言是一种情感的认同，一种文化的融入，一种视野的拓展，一种书本外的学习，甚至是境界的一种提升。

一种情感的起源，是有其独特的历史背景的。而情感的最终走向，又是历史的必然选择。当我一次次站在喀什河边，我无法看清她的源头，也无法回溯它的历史。但是，从她的沧桑中，我依然能够感受跋涉的艰辛和不易。她从远古走来，她向未来奔去。她选择的方向，就是她情感的走向。她要投入的怀抱，就是她理想和精神的归宿。于是，在她落脚的地方，我看到了一条更为宽广的河流——伊犁河。在伊犁河的怀抱中，她与另外两个姊妹汇聚在了一起，一个是特克斯河，一个是巩乃斯河。行走多年的游子，终于回归到母亲的怀抱；失散多年的姊妹，终于相聚在一起。发自内心的欢呼，掀起一串串美丽的浪花，向远方奔涌而去。

这就是喀什河啊！她的归宿在伊犁河谷。然而，因为有了她的加入，伊犁河的身躯变得更为宽广，前进的步伐更为激昂。河谷两边，生命的气息更加浓厚。那是怎样一幅和谐美丽的画卷啊！

河堤上，秋色如画。麦子的颜色已渐成金黄，那是对成熟的向往！正午小憩，似梦非梦的意境里，是鸟在鸣叫吗？不，那是恼人的秋蝉在歌唱！清风朗月的静夜，匆匆的足音，是恋人追逐的爱意吗？不，那是伊犁的瓜果无悔的坠落！水天之间，一道闪亮的星光滑落，梦的神话挥动无形的翅膀……河滩上，不知是谁家的巴郎子（即男孩子）信马由缰，清脆的马蹄声使河谷平添几分生气。宽阔的河面上，渔人轻点橹篙，网落如花，荡起阵阵涟漪。远处的草原上，放鹰的老汉振臂高呼，一只雄鹰转瞬间便凌空翱翔。魂牵梦萦中，伊犁木卡姆的曲调悠然回响，古老的河谷诉说着曾经的沧桑。此时，浓郁的黄色中，耕耘的农人直起脊梁，粗厚的手掌拭去额头的汗水，一曲丰收的调子荡气回肠……

多么和谐而又富于诗意的画面啊！因为真诚的拥抱，因为汇聚的力量，生命的印记漫向了更加广阔的天地。我突然发现，我的思绪也变得更为宽广了。我要更深地融入喀什河，融入河岸边的麦地，靠近那双令我曾经困惑和迷茫的眼睛，融入那眼神后面的世界！

七

那只鸟，是我最先发现的。

那只鸟就落在地头的一棵小树上。她显得有些疲劳，叫声充满惶恐。

从她不安的躁动中，我明显感觉到她曾经受到过伤害。我想接近她，更清楚地观察她的状态和模样。她明显受到了惊吓，匆忙地飞离枝头。也许是过于疲劳的缘故，当她准备飞跃喀什河时，她的翅膀突然失去了力量，一头栽落到水里。意外发生的变故，使我在惊愕之余，更产生了一种施救的愿望。我丢下锄头，拔腿向河边跑去。我看到那只美丽的身影在河水中挣扎，那种拼命求生的欲望，强烈地震撼了我，以至于来不及脱去衣裳，我就扑到了水里。与此同时，我看到另一个身影也扑进了水里。

挽救一个弱小生命的共同使命，使我和小伙子终于走到了一起。当我们在一个午后，将那只小鸟放飞的时候，对生命的尊重与热爱，使我们的心紧紧地贴在了一起。不再有冷漠和仇视，也不再有迷茫和困惑。生活馈赠给我们的，是彼此的接纳和友善。就像喀什河的水与脚下这片大地，一个袒露的胸膛与另一个同样赤诚的胸膛贴在一起的时候，才真正感受到了彼此的温暖和宽容。

生命的力量不可阻挡。对于生命的热爱，则是根植于人类心灵深处，不可或缺的情感追求，这就是人类存在和发展的最原始的精神动力！只是，我们要去发掘，让这种精神动力，成为促进和谐建设的重要力量！

八

喀什河，就这样流进了我的心里。

黄昏，当我来到喀什河畔，小伙子已经坐在了那里。他告诉我，他的父亲就在家里等着我。

一切都很平静。喀什河畔，那种特有的美，一如往昔！

（作品选自《法治人生》2011 年第 15 期）

阴　影

如何解决警察心理健康问题，已成了摆在公安机关面前的一个重大课题！而关注警察这个群体的心理问题，在某种意义上说，就是关注我们这个社会的平安和健康！

——题记

一

一连几天，警察肖亮都明显地感觉到了一种异常。

起先，仿佛只是一块淡淡的云彩，在胸口诡异的飘荡，渐渐地就汇集成一个黑点，若有若无地挡在胸口。随着潜生暗长，黑点慢慢膨胀，渐渐弥漫成挡在胸口的一个巨大的阴影。阴影鬼魅般游荡，掀起一股股黑浪，撞击着肖亮敏感的神经。

表面上，肖亮依然正常。高大的身材，得体的警服，国字脸上两道剑眉，沉稳中透出干练。但是，只有他自己知道：他的内心，并不像外表这样平静、坚强。随着那个阴影的日渐膨胀，肖亮逐渐感觉到了来自胸口的巨大压力。他极力抗拒着那股无形的力量，却明显感到自己不堪重负。内心的忧郁，得寸进尺地攻城掠地，眼看就要击溃维持平静的努力。

初始，肖亮并不承认自己内心出现了异常。一个警察的力量，首先就来自于他身心的健康和坚强。何况，警察这个职业，本就要面对许多压力，心理出现一些暂时的波动并不奇怪。可是，他发现自己的情绪正慢慢失去控制。特别是在工作时，他出现了明显的厌倦情绪，一打开厚厚的案卷，就会反感、厌恶，甚至恶心想要呕吐。过去，肖亮并不太关注自己的工作情绪和内心的感受。一切烦恼都在繁忙的掩饰下蛰伏着。现在，却变得异常敏感。同事无意中的一个玩笑，都会使他生出许多猜疑，是在嘲笑我，还是有什么其他险恶的用心？在这些无端的猜疑中，他的行为也越发变得孤僻，时常独自躲在角落里，惶恐地窥视着周围发生的一切。

这种状态使肖亮承受着一种难以言说的痛苦。如果，痛苦是来自于肉体，他觉得不管怎样都可以忍受，哪怕是利器刺破肌肤，或者是子弹穿透骨头。可是，现在的痛苦，来自于内心深处，看不见摸不着，却有着巨大的摧毁力。他企图驱赶烦恼、摆脱那种痛苦，却每每发现自己的力量是那样弱小，根本无法挣脱。甚至，痛苦越来越嚣张地逼近他，最后将他紧紧地裹在当中，就像一只被网住的虫子，一切反抗都是徒劳，只能绝望地等待着被毁灭、被吞噬。

与此同时，强烈的倾诉欲望也在残忍的折磨着肖亮。他想把那种痛苦摆出来，让它在阳光下暴晒、蒸发乃至最后消失。希望通过倾诉来减轻心中的痛苦，却突然发现，原本熟识的同事，好像突然都变得陌生起来。他尝试着走近他们，与他们打招呼，却总觉着当中隔着一堵墙。他不知道他们听了自己的倾诉将会怎样看待自己，他害怕一旦说出来，会被同事们耻笑。一番纠结之后，他最终放弃了倾诉的尝试，而是竭力地将内心的痛苦包裹起来、隐藏起来，任凭那可怕的阴影悄悄地膨胀。他站在阴影里，像一个弃儿，等待着光明的拯救。

为什么会这样？肖亮在痛苦中追问，却始终无法找到答案。

二

不能摆脱，又无法倾诉，肖亮只有小心地掩饰着内心的痛苦，在平静的表面下艰难地熬过每一个日日夜夜。

白天，他呈现在同事面前的，是一付冷峻的面孔。他觉得：一个警察，不管怎样，都不能让人看到懦弱的一面。

派出所只有六个人。六个人成年累月地生活在一起，就会慢慢形成圈子。有人群的地方就有圈子，这个圈子有大有小，也可大可小。圈子的形成可以靠兴趣爱好，也可以靠工作联系。但是都离不开人与人之间的相处。善于与人相处的人，更容易加入圈子，更容易在圈子里释放能量。人与人相处，是一门艺术，是一门学问。在肖亮的眼里，与其说相处是人与人之间的一种接触和容纳，倒不如说是一场残酷的没有硝烟的争斗。

平常的日子里，肖亮最怕的就是没有案子。每到那时，大家就会坐在一起，海阔天空地神聊，或者就玩一些诸如扑克牌之类的游戏。在肖亮看来，能说会道而又工于心计的，自然就是这个圈子的中心人物。中心人物的地位，自然要高出其他成员，常常凌驾于圈子之上，可以轻易地将自己的态度转化为圈子的意志，从而实施不可忽视的影响力。圈子一旦形成，就有了它的吸引力和排斥力。当你靠近这个圈子，服从这个圈子的中心时，你就成了圈子的一员。对于圈子的意志，作为圈子的臣民，听从它，附和它，它也会时不时地庇护着你。然而，如果你融不进那个圈子，你就会被孤立在圈子之外，成为缺乏话语权、无人亲近的“二等公民”。

而令肖亮无法理解的是，不知什么时候起，没有人公开宣布，也没有人强迫，他将自己排斥在了这个圈子之外。

在派出所里，肖亮认定自己就是一个“二等公民”。他不善言辞，也不喜欢附和，每每与同事在一起，他就感到无所适从，甚至十分厌烦。开始，大家在一起活动时，还会时不时地叫上他。由于他的不合群，日子久了，就有人私下里叫他“怪物”。渐渐地，他开始惧怕那个群体，并开始有意识地躲避那个群体。在一个相对集中而又竞争激烈的环境中，人一旦不合群，工作生活的平衡状态马上就会被打破，心境也会因此而失去平衡。比如，大家坐在一起，发烟时，明明肖亮与发烟的人坐得最近，可烟总是舍近求远地落在了别人的手中，甚至会故意落下他。表面看只是少发了一支烟，可对肖亮的伤害，却远远不是一支烟那么简单，那种刺痛的感觉简直是刻骨铭心的。

最让肖亮恐惧的，还不是遭遇发烟尴尬之类的琐事。因为，大家坐在一起的时候，他可以躲开他们，避免那种无形的伤害。可是，每周一次的所务会，肖亮却只能与大家坐在一起，无处躲避，也无法躲避。总结一周工作的经验教训，无疑是所务会召开的目的。然而，每次在谈及经验时，肖亮总觉得与自己无关。一旦涉及教训，他就总感觉是在说自己。虽然，所领导并没有点名批评过他，但他总觉得所务会就是针对自己的批判会。他的精神状态也在一次次自我的孤立和“被打击”下，渐渐濒于崩溃的边缘。

派出所实行住勤制，民警们一天忙到晚，很少有回家的机会。好在与肖亮处境相似的还有刘伟。刘伟与肖亮一样，性格内向，不善言谈。于是，闲暇时，两个人就自然会聚在一起，互相安慰互相支持。在肖亮的心里，刘伟的重要性无可替代。正是因为有了这样一个难兄难弟，肖亮心中的那个阴影才没有马上爆发。否则，他不知道自己将如何面对，又会变成怎样的一个人。

可是，那件事发生后，肖亮对刘伟的信任与依赖就突然变成了厌恶与仇恨。

那是在一次年终评优时，不记名的测评表一发下来，肖亮的心就开始狂跳。投票选优与其说考核的是个人的业绩，不如说检验的就是一个人的人缘。肖亮知道自己在所里的同事关系，对评优根本不抱任何希望。但是，他还是担心自己吞蛋，一票也得不到，那将是怎样的一种尴尬啊！于是，他把一丝希望寄托在了刘伟身上。他相信，就凭他们平日里相互友好的情谊，刘伟那一票就肯定会投给自己。只要有这一票，就够了！与此同时，他毫不犹豫地在测评表上写下了刘伟的名字。他相信，他的这一票虽然微不足道，却一定能够使刘伟摆脱零票的尴尬与屈辱！然而，当所长公布投票结果时，只有肖亮是零票，而刘伟竟然有两票。那一刻，肖亮深陷委屈、痛苦之中，旋即愤怒像火一样燃烧起来。他断定，刘伟的那两票，除了一票是他投的，另一票绝对是刘伟自己投的。

也就在那次评优后，他对刘伟的看法完全改变。他觉得刘伟简直就是一个小人。从此，不再与刘伟来往。形单影只中，他更加鲜明地感觉到了胸口那个阴影的存在与压力。对于自己的处境，更添了几分恐惧。这种恐惧与抑郁使他觉得自己仿佛生活在地狱，每一天都是煎熬。

三

与此同时，肖亮的自卑感也与日俱增。

他觉得，他与这个社会的距离在一步步拉大。在内心深处，他无比渴望地想融入这个集体，被这个社会所接受。然而，内心的那个阴影，却一次次将他阻挡在集体之外，他越想接近，越觉得目标可望不可及。他躲在自己的小世界里，躲在自己用阴影建筑的掩体内，小心翼翼地蛰伏着、观察着，生怕一旦贸然探出头来，就会被突如其来的子弹射中。在这种阴影的压迫下，他更加迫切地渴望快乐。他会在办公室无端地走神，幻想自己发迹的喜讯从天而降；也会独自坐在村头的歪脖树下，痴迷地盯着河边的一朵野花发呆。一方面，他极度敏感、极度自尊，别人说不得，哪怕一个眼神也会让他不爽；另一方面，他又极度自卑，在顾影自怜的同时，他觉得自己的命运还不如一朵野花，野花尚且能够自由地绽放，被人观赏。自己完全是被抛弃、被遗忘，没有光、没有生气、没有自由，仿佛即将枯萎，只能等待毁灭的降临。他越想得到快乐，越觉得快乐离自己遥远。他在矛盾中，一步步滑向了自我毁灭的心理边缘。

就在这个危险关头，一个沉重的打击不期而至：妻子下岗了！

那天晚上，肖亮接到妻子的电话。在电话里，妻子不说话，只是伤心地哭泣着。在妻子的哭泣里，肖亮的心一个劲地下沉。他脆弱的神经，已经再也经受不住任何打击了。但是，妻子的哭泣，却让他无法躲避。他的情绪有些失控，他痛苦地催问妻子，快说！到底发生了什么事？其实，他预感到打击的沉重，他一边催问，一边却在心里极力地回避着答案，他想远远地躲开。他幻想着妻子将要说出的不幸只是发生在别人身上的故事，自己只是看客而已。然而，冥冥之中，他又是那样强烈地感到，悲剧正以摧毁性的力量向自己袭来，无可躲避。当明确得知是妻子下岗后，肖亮觉得天都要塌下来了。自己现在自顾不暇，人微言轻，又如何保存妻子就业的希望。他突然发现自己迷失了自我，也即将失去了这个温暖世界。他胸口的那个阴影，已经完全吞噬了自己的灵魂。

为了保住妻子的工作，肖亮做了许多自己违心的事。最先，他来到妻子所在的单位，坐在单位领导的面前，一个劲地诉说着自己的困难，讲述着一个基层警察的艰辛不易。那一次，他说了许多求情的话，希望对方能给他妻子岗位。他第一次发现，自己原来是这样的弱小无助，尽管自己忍受着屈辱，却丝毫也不能打动对方。那个白胖的领导仿佛是铁石心肠，他不耐烦地打断肖亮的话，冷冷地答复：比你困难和不易的人多着呢！

当肖亮从妻子单位的大门出来的时候，一种强烈的挫败感完全占据了他的心房，使他浑身无力，差点昏厥过去。

妻子点拨他，为了保住工作，光说软话求情不管用，必须得给领导送礼。看着妻子那可怜的样子，肖亮不忍拒绝，最终决定买点礼品活动一下。那天晚上，肖亮拎着两条烟和两瓶酒，登门拜访领导。一番拉扯，左推右推，领导最终没有收肖亮的礼品，自然也没有答应肖亮的请求。

无奈之下，肖亮想到了托人。可是他把自己的社会关系理了个遍，也没有发现一个能够帮得上自己、说得上话的人。

其实，妻子的下岗并不是送礼和托人就可以解决的。在社会转轨的历史时期，企业的裁员甚至是破产，都是在所难免的，并非领导个人情感好恶所能左右。当肖亮用自己的心理去衡量和判断这个事件时，他得出的结论就不顾客观事实的存在而出现了严重的偏离。他强烈地感受到了一种命运的不公，他觉得整个社会都在与自己作对。于是，一种可怕的报复、发泄心理在他的意念中蠢蠢欲动，他的眼中时常射出一种绝望的，近乎疯狂的冷光，令人不寒而栗！

如今，妻子还是下岗了。对于妻子的下岗，肖亮觉得，不怪别人，就怪自己没本事。他在妻子悲伤的哭泣中痛苦地自责着。也就在那时，他感觉隐匿在胸口的那个阴影已经跃跃欲试，在等待着一次彻底的爆发！

四

自从妻子下岗后，肖亮就很少回家。不是不想回，而是不敢回。他害怕看到妻子那悲伤的眼睛。而在派出所里，他又感到分外的无助。他觉得，自己已经完全被社会遗弃了。可是，他依然挣扎着。因为，自己毕竟还活着。活着，就必然要经受这份煎熬。

平日里，他依然是一副无所谓的样子。同事们并不知道在他的身上到底发生了什么，只是感觉他变得越来越难以接近。有几次，所长找他谈心，他本可以把心头的困惑说出来，却由于担心被人耻笑，而冷冷地回避了。别人无法了解他，甚至他自己也无法了解自己。他越来越觉得自己是多余的。心里的阴影折磨得他心烦意乱，坐卧不安。他把自己更加严密地封闭起来，在无边的痛苦中等待着解脱或者毁灭！

事情，是由一个原本平常得不能再平常的案子引起的。

那天早上，肖亮接到村民报案，说是辖区有人打架。肖亮赶到现场时，发现一个瘦弱的男子正被三个壮汉围在中间殴打。瘦弱的男子在地上翻滚，壮汉们的拳脚雨点般落在他的身上。这场面，使肖亮突然产生了一种似曾相识的幻觉。一刹那，他觉得那个围在中间被群殴的男子就是自己，没有还手之力，也无处可逃，只能挥动着双手，做着无谓的遮挡。他胸口的阴影在急剧地膨胀，一种就要决堤的感觉强烈地冲击着他！

肖亮最先产生的念头，就是要把那个可怜的男子救出来。他觉得，救那个男子，就是救自己。在肖亮的意识里，他和那个男子都有着同样的命运。只不过，一个是被别人包围着，一个是被自己心中的阴影包围着。他无法战胜那个阴影，只好任凭它裹挟着自己的灵魂，去作一次危险的释放。他毅然冲进三个汉子的包围中，挡在他们的面前。那一刻，肖亮完全忘记了自己的警察身份。即将爆发的力量随着血液的流动布满全身，他的眼睛通红，目光怪异，思绪出现了严重的混乱。一种发泄的欲望在体内点燃，使肖亮瞬间疯狂起来。他挥舞着拳头，凶猛地击打着。每打一拳，都仿佛打在那个阴影之上，是为了将那浓重的阴影驱逐。同时，内心体验着一种无法言传的快感……

三个壮汉，两人受伤严重，其中一人左眼被打残。在那起突如其来的冲突中，肖亮的冲动酿成了连他自己都难以接受的后果。

后来，肖亮告诉同事：幸亏当时自己没带枪，如果带了，难保不出人命！

五

肖亮是自己离开警队的。

因为，据医生诊断，他已患上了严重的心理疾病！肖亮知道，一个有严重心理疾病的人，是万万不能从事警察这个职业的。他需要治疗，需要在自我调整中重新认识自己，认识社会。当他终于从自己设定的心理阴影中走出来的时候，他开始找回自己，找回一个属于自己的正常的生活！

那是一个怎样的生活？现在，肖亮已经找到了答案。那应该是一个十分平常而又自然的生活。不需要渴求什么，也不需要刻意地去描绘，只要放松自己，以一种平常的心态去勇敢地面对生活，去体会，去解读，去真正感知和认识这个社会，最终就可以得到健康与幸福！

因为，我们活着！活着，就不能被心中的阴影围困！

（作品选自《法治人生》2012年第7期）

作者简介：

王剑宁，生于1969年7月。现供职于伊犁州公安局政治部。1999年以来，先后在《散文诗世界》《人民公安》等刊物发表各类稿件数百篇，并有多部作品获奖。

误　会

文/谢　红

小武和小莫是一对好朋友。两人从初中开始，就情趣相投，亲如兄弟。高考时，两人又相约一起报考警察学校。幸运的是，两人双双被录取，如愿踏入警校之门。

两年的警校生活，小武和小莫一起在课堂里刻苦学习公安业务知识，武装自己的头脑，一起在训练场上摸爬滚打，一起在炎炎烈日下苦练擒拿格斗，一起在寒风凛冽中越野长跑。警校的艰苦生活锻炼了他们的意志，两人的友谊也随着时间的推移而越来越深厚了。

毕业后，小武分在了基层派出所工作，他整天在窗口忙着给群众办理户口，忙得不可开交。小莫则当了一名督察，负责调查群众对警察的投诉工作。

一天，小莫接到一个群众的投诉电话，投诉某派出所一位民警在窗口办理业务时服装不整、敞胸露怀、形象不佳。小莫放下电话，立即赶往那个派出所。一进门，他惊呆了，群众投诉的不是别人，正是小武。只见小武敞开着衬衣，跷着二郎腿坐在椅子上给群众解答着疑问。那样子确如群众所说，“形象不好”，影响也不好。

小武看见小莫来了，立刻站起来，笑着迎接老朋友的来访。看见小莫一直表情严肃地盯着自己的衬衣，小武突然意识到了什么，急忙把衬衣的扣子系好，尴尬地笑着解释说“哦，天气太热了，这个衬衣又不透气，我太热了，就……”

小莫什么话也没有说，低着头出去了。所里的其他民警围着小武七嘴八舌地说道：“这下你倒霉了，让督察发现你警容不整，肯定要挨批了……”“就是，这回你的大名可要上督察大队通报的名单啦！”“要不，你赶紧找找熟人，小范围批评教育就行了，别在全局通报了，那太丢人了！”

听着大家的议论，小武笑了笑，胸有成竹地说：“没啥大事，小莫可是我的铁杆朋友，相信他念在我们这么多年的同学情谊上，会手下留情的！”

可谁知，过了两天，小武就被全局通报了，还扣发了三个月的岗位津贴。小武气得牙痒痒，心里暗自骂道：“小莫啊小莫，太不够朋友了。就这么点小事，至于全局通报吗？更何况还要扣钱，真是丢人丢脸又破财！平时关系那么好，关键时刻却这样对待老同学，太不够意思了！”

周末，小莫给小武打电话邀请他吃饭。小武气呼呼地回绝了，在电话里他对小莫冷嘲热讽地说：“我是大头民警，你可是督察，是上级领导，我哪有资格和你一起吃饭！”

面对紧张的关系，小莫好几次主动跟小武打招呼，试图缓和矛盾，但小武无法原谅小莫的大义灭亲，基本上不予理睬。就这样，小武和小莫的关系搞僵了。

半年后的一天，小莫在单位值班。丁零丁零，电话响了。有一名男青年投诉说某派出所民警不履行职责，不给群众办理户口，还态度恶劣、出言不逊、动手打人。

“动手打人”，还有这等事，人民警察怎能这样对待群众呢？小莫满怀疑虑地匆匆赶到派出所后，才得知被投诉的民警又是小武！

小莫当即向投诉群众询问了情况，之后，又询问了当时在场的其他民警和群众。通过周密地调查了解，小莫知道了事情的来龙去脉。原来，投诉的那名男青年因为所带的材料不全，不符合办理要求，小武向他解释后，他依然不依不饶，坚持要办证，而且态度强硬，借着酒劲扬言“不给我办理我就赖着不走”。眼看难以得逞，遂无理取闹，拨打了投诉电话。周围群众作证，这期间小武既没有对他“出言不逊”，更没有“动手打人”，投诉情况完全失实，纯属无稽之谈。

弄清了事实真相，小莫站在小武身边，毅然承担起维护民警权利的职责。在小莫的批评教育下，投诉的男青年羞愧地低下了头，当场向小武赔礼道歉，并承认了自己的错误。

小武拉着小莫的手，感激地说："以前我认为督察就是鸡蛋里面挑骨头，专门给我们大头民警挑毛病的，真没想到在我们受到委屈与冤枉时，有督察为我们维权，为我们撑腰，澄清事实，还我们一个公正！兄弟，我过去错怪你了……"

说完，两人的手握得更紧了……

（作品选自2007年7月25日《人民公安报》）

作者简介：

谢红，女，生于1976年，现任乌鲁木齐市公安局特警七支队办公室副主任。自1997年参加工作以来，长期担任文秘工作，在多家报刊发表作品1200余篇。

燃烧的自尊

文/张　运

轰……轰……

两声巨响，一股烟尘腾空而起，大地也禁不住颤了一下。

早上，表针指向七时五十分。

十五名官兵分乘三辆消防战斗车奔向火场。

火调科的李红星参谋到达现场，5 号楼 3 层 303 室的窗户向外翻卷着浓烟。

特勤中队长胡洲跳下指挥车，看着 5 号楼，李红星快步冲到他面前急切地说："三楼南面、北面火最大，马上就要向四楼蔓延，建议快出水压制，先控制，后消灭！"中队长胡洲按照李红星的建议指挥大功率水罐车从火场的南面和北面用水枪水炮压住火势。很快，303 室的大火被扑灭。

胡洲用赞叹的口吻对李红星说："没想到你们搞火调的也懂灭火？"李红星听了心里美滋滋的。

"胡队、李参，你们上去看看，三楼火场发现两具尸体，得速报支队指挥中心！"消防队员白钢从三楼气喘吁吁地跑下来。

"你速报支队，李参，咱们上去看看！"

李红星提起火灾调查箱随胡洲快步上楼。上到二层，一股刺鼻的浓烟味就钻入鼻孔。到了三层 303 室，只见客厅内余火未尽，浓烟中弥漫着酒精味。客厅吊顶整体被烧塌，客厅中央摆放的几个大沙发也被烧得只剩下骨架。

李红星扒开烧塌的吊顶，废墟中果然有一具男性尸体，尸体头朝门，右手紧握一个打火机，表面95%已碳化。李红星走进卧室，室内还有一具女性尸体，头朝客厅方向，燃烧物压在她身上，墙角有一堆摔碎的酒瓶玻璃碴。

李红星仔细端详，辨认出是两只二锅头酒瓶。从两具尸体的形状分析，起火时都没有向外逃生的迹象，烟灰缸内有几根烟蒂，客厅里一罐液化气，气口朝北，气阀被拧开。屋内因大量液化气泄漏爆燃引发火灾。

“女儿啊，你可不能这么就走了——”

一位两鬓斑白的老太太冲到李红星的面前“呜呜”地哭起来：“阿慧这孩子，都是当妈的人了，总是爱喝酒吸烟，老是忘记关液化气。马上要结婚了，又出事了，这让我怎么活！”老人哽咽着说不下去了。

李红星抓住老人的手说：“老人家，我们会以最快的时间查明着火原因，快速结案，让你们尽快办理亲人的后事！”

居民认定火灾原因就是酒后忘记关液化气引发的。勘查结果也相符，李红星心里有了底。

“整理器材，收队！”

李红星回到办公室，很快写好调查报告。

李红星来到火调科郑科长办公室，把火调报告递给郑科长：“科长，签字！”

郑科长接过报告仔细看了一遍：“小李，走，到现场再看看！”

“啥！还去现场……”

李红星心中不以为然，颇不情愿地跟在郑科长的身后。来到火灾现场，郑科长开始做室内现场勘查。郑科长看到那具女尸，对李红星说：“这尸体头朝客厅方向，与正常人的睡觉习惯是不相符的。”

李红星心里老大不痛快，没吱声。

天空已放晴，一缕阳光从窗口照进来，一道反光引起了郑科长的注意。

“小李，看床下什么东西反光？”

李红星在床下发现一把菜刀，刀刃上还沾有血迹。

“菜刀为什么会出现在床下……”李红星愣在那里，他意识到有可能是一起杀人焚尸案。

“小李，这么重要的物证你没发现？”

“我……我……”

郑科长脸色严厉起来。李红星面红耳赤。

他对李红星说：“我们必须要对自己的一纸鉴定负责。火灾原因鉴定，不仅可以还原火灾真相，保护受害人及其家属的合法权益，依法争取到应有的赔偿，还能协助刑警揪出纵火元凶。”

经过仔细查验，李红星在尸体的颈部发现了刀痕。又扳开死者口腔，发现里面很干净，无烟气进入。他联系到公安刑侦人员，公安刑侦人员将女尸解剖送检。检验结果表明：女性呼吸道、肺内没有吸入燃烧灰尘，心脏血液亦无一氧化碳成分，死因系颈部刀伤所致。

死者名叫金慧，38岁，本市人口。经走访，金慧生前为人随和，人缘、口碑很好。

不像是抢劫案，因为死者的钱包、银行卡、金项链等贵重物品均在。

结合火灾现场勘查，郑科长和李红星很快达成了共识：酒后，男性先用刀杀死了女性，然后再开液化气瓶点火自杀。

问题又来了：他为什么要杀人？他与女性是什么关系？男性在自杀前应该留个遗书吧？看着一片烤焦的现场，李红星又很快打消了这个念头，觉得自己的想法很幼稚，即使有遗书，现在也早烧成灰烬了。

在客厅茶几下发现了一部手机，手机通话记录表明，男性死者自杀前与别人通过电话。最后一个通话的人是黄伟，李红星拨了过去。

对方先说了话：“喂，黄新，想明白了吧，还是不要死的好。”

李红星一愣，说：“你好，我是火调人员，请问你是？”

“咦！黄新呢？他怎么了？我是黄新的堂兄，昨天黄新给我打电话说要自杀，我劝了他好长时间……”

死者黄新与女友金慧的爱情悲剧揭开了神秘的面纱：

黄新，四十一岁，开了十几年的车，是一个把城市当工厂，把街道当车间的马路“游子”。后来夫妻间感情出现了裂痕，导致两人离婚。再后来，黄新遇上了同样离了婚的金慧，相似的人生经历使两人有着说不完的话。

金慧，自从与黄新相识后，渐渐地走出了婚姻失败的阴影。但因经历过婚姻的失败，她对这份新感情还是小心翼翼的。

“你们该结婚了吧，我看黄新这人很不错!”亲友们半开玩笑地劝他俩早日结婚。

一天，金慧依偎在黄新的肩头，黄新对金慧说：“我们结婚吧，以后我们会把日子越过越好的。”

金慧一笑，突然想起来什么似的对黄新说：“结婚可以，可我想先做一下婚前财产公证。”

“为什么?”黄新吃惊地问。

“我和前夫离婚时，前夫给了我一百万元。等这些财产公证后再结婚，好吗?”

“我对你们母女怎么样?你就这么不信任我吗?”

“不是这样，咱们都是过来人，万一咱们以后出现变故，在财产上也能说得清楚，公证财产对你我都有好处。黄新，你可别多想。”

“分这么清楚，这还像是夫妻吗?你这不明摆着对我存有二心吗?我和你好又不是要图你什么!”

为这事，两人没少吵，但谁也没能说服对方。

出事的头天晚上，黄新提了两瓶二锅头酒又来到金慧家中。俩人开怀畅饮完了两瓶酒，又卿卿我我了一阵，黄新借着酒劲对金慧说：“听说明年是寡妇年，结婚不吉利，干脆在今年春节前我们把事儿办了吧。”

金慧立即警觉起来。“春节前结婚也可以，我都准备装修房子了，但要先做婚前财产公证。”

“又是财产公证!难道你要我把心掏出来给你看才相信我吗?”黄新冲着金慧大吼。

“不就是财产公证吗?难道我对你不是真心的吗?去!拿刀来，把我的心取出来给你看看!”

黄新一听火了，就跑进厨房，抽出一把菜刀在金慧面前一晃。金慧见状气得从床上跳了下来，把脖子一伸：“来，朝这儿砍，我是可以用死来证明对你是真心的，不砍不是男人!”

黄新正在迟疑，金慧更是疯了一般扭住黄新厮打。黄新又气又怒，脸憋得通红，额头上青筋暴露，他把空酒瓶往地下一摔，手起刀落，金慧就大睁着双眼倒在地上。她不会想到，即将成为自己丈夫的人会真的用刀砍自己。

看着恋人倒在血泊中，黄新如梦初醒，他咣当一声扔下菜刀，僵在那里……

“我这是怎么了，为什么要杀人？金慧死了，我活着还有什么意思……”想到这，黄新给在上海打工的堂兄黄伟拨通了电话，讲述了他与金慧的情感纠葛。

黄新最不能接受的就是爱人对自己的不信任，他与前妻离婚也是因为前妻对他的不信任。

金慧要作财产公证，在他看来就是对他的不信任。

黄新拿起电话叫液化气站急送一瓶液化气，七时四十分，他打开了气阀，接着又打着了打火机……

“呼——”屋子着了，他也着了，一起毁灭的还有他作为男人的所谓的自尊。

（作品选自《民族文汇》2010年第1期）

作者简介：

张运，生于1969年5月，现任新疆公安消防总队上校警官，系公安消防文联会员，新疆公安摄影家协会副主席，新疆美术家协会会员，新疆摄影家协会会员，乌鲁木齐市作家协会会员。在全国摄影、书法、美术作品展上多次获奖。

最后一笔

文/唐　君

秋已经深了。

老王迎着透明的阳光走在这片广袤而略显萧瑟的绿洲上，所有的乡野风光看上去都是那样熟悉而亲切。丝丝微风柔柔地抚摸着大片的麦草，好似远古时代的沙漠王子抚摸着温顺而沉醉的情人。涓涓的细流就在身边，细密的波纹荡漾着蓝天的碎影，这使老王想起了那早已风流云散的往事。是的，老王就是沿着这条溪流走过自己的童稚岁月，而后走上工作岗位的。如今，老王就要退休了，具体地说就是明天，曾经那么遥远而今迫在眉睫的明天。三十一年了，对于一直做着秘书工作的老王来说，三十一年的青灯黄卷，三十一年的荣辱得失，心中当然有许多的感慨……老王就这样想着警营的点点滴滴走进了他稔熟的田园风光，朝着他工作了三十一年的县城走去……

生命如河，岁月如歌。三十一年，生命中那原本以为漫长的一段，等到回首时，竟仿佛是短短的一瞬。而今回想起来，这三十一年的工作，除了与文字打交道外，老王并没经历过刀光剑影、打打杀杀的大场面。工作不像当初想象的那般充满凶险与刺激，工作也没有多少长风振林、微雨润花的浪漫。老王知道，三十一年，自己就是这样在那二十几个平方米的办公室平平淡淡走过来。虽然，随着年龄的增长，称谓也有所变更，无非是经历了“行政秘书——办公室副主任——办公室主任”三部曲的衍变。工作的经历对大多人来说就是这样，平静如水、波澜不惊。日落山头船到岸，老王心里并没有苍烟落照一枕清霜的遗憾。相反，老王的内心还是充满了些许骄傲和自豪的，特别值得一提的是，在三十一年的笔墨生涯中，老王练就了一手“神、气、骨、肉、血”五品皆备的书法，不说在这个小小的边城，就是在行家圈子里，也是独立风标的。

说起学习书法，作为一个农家子弟出身的老王自有一番心得。他说，书法艺术犹如耕作艺术，纸是田野，笔是犁铧，墨是种子。耕作需要按部就班，需要付出勤劳，需要全身心地投入，种瓜得瓜，种豆得豆，播种得当才能收获丰硕果实，练习书法也是这样。

远远地看到公安局高高耸立的办公楼，老王仿佛回到了从前，回到了曾经意气风发的青春时光。那时的老王还只是小王，每天当温煦的阳光照临办公室窗台时，他就开始了一天的工作。照例首先是打扫卫生，其次是侍弄花草。窗台上有一盆海棠、一盆剑兰、一盆紫罗兰，看着阳光在嫩叶上滚动的水珠中闪耀，这让他有一种愉快而情意缱绻的感觉。浇完花草，一天的工作才真正开始。作为一个机关的秘书，作为情报信息的上传下达者，老王总能闻到空气中的紧张气氛和犯罪分子游荡的气息，而真正的战场，老王却觉得是那样的遥远。在这工作的岁月中，老王一闲下来的时候就练习书法。他始终觉得，作为文字工作者没有一手漂亮的书法，就犹如农民没有锋利的镰刀，演讲家没有丰富的词汇和表情，工作肯定也好不到哪里去。

眼看就要到县城了，老王点燃了一支烟，狠狠地抽了一口，喷出一团浓浓的烟雾，而后蹲在白杨树下一边小憩，一边深情地注视着他工作的这个地方。这是一片荒漠中的绿洲——偏远而落后，而对出生于斯长于斯的老王来说，这里的黄沙土、盐碱地以及寂寞、荒凉，已经深深地烙在他沟壑纵横的皮肤上，印在他满含深情的心中，融合成了与他生命息息相关的一部分。在这三十一年的岁月中，为了这块土地的幸福与安宁，老王用自己手中的笔、用自己的青春与智慧尽了自己应尽的责任。这给即将退休的老王带来了满足与安慰。很难想象如果离开这片他挚爱的热土，他生命的存在还有什么意义。

这会儿，天上的暖阳洇透了沉寂的土地，颇有“大漠孤烟直，长河落日圆”的古意，为老王职业生涯的终结烘托出一种氛围。此时的老王感慨之余，开始考虑退休后的生活。他想，退休后他还不能彻底地休息，尽管这么多年来他确实很累了。他不能像一些邻里那样，溜着狗，陪着老伴儿，这里逛逛那里走走，在清闲无聊中打发时光。老王设想自己要过一个充实的晚年、幸福的晚年，他想开一个书法培训班，培养青少年爱好者，为县里的书法事业贡献自己的一份力量，真正做到老有所为，老有所乐。

老王被自己描绘的前景所愉悦。他有几分激动地站了起来，由于动作有些猛，他突然感觉到一阵从未有过的眩晕。眩晕过后，老王想自己是不是真的老了，真该退休了。

进城去公安局要经过一个露天菜市场。在市场的东北角，老王发现聚集了一大群人，并不断传来吵闹声。老王起初并没在意，吵吵闹闹在市场上是常有的事。老王心说，不就几毛几分的差价嘛，双方让一让就得了，真犯不着大动肝火去吵架。然而，事情的发展却出乎老王的预料，争吵声越来越大。老王不由得停下了脚步。正在观望中，忽然听到有人大叫一声："杀人了，救命呀!"尔后，老王看见一个人从人群里窜了出来，身后紧跟着一个手提屠刀满脸横肉的壮汉。

事情发生得突然，老王心说不好要糟糕。如不及时制止，恐怕要出人命。老王顾不得多想，大喝了一声："住手，我是警察!"老王的嗓音今天显得格外高亢尖锐，有如利剑出鞘，划破长空。拥挤的市场回荡着老王的声音，然而持刀壮汉好像什么也没听见，依然追砍那人。事态严重!性命攸关!老王心一横，牙一咬，朝持刀汉子猛扑过去，从背后将汉子紧紧抱住。汉子想挣脱老王的双臂，不料老王抱得很紧，一时没能挣脱开。

持刀壮汉急了、恼了："老头儿，你找死!到底松不松手?"

"你把刀扔了，我就松手!"老王的态度很坚决。

持刀壮汉脑门青筋暴起，恶狠狠地反手向老王的身上捅了一刀。

秋日的阳光这一刻突然定格在老王的脸上，照着他的痛苦而坚毅的表情。老王身子一颤，金黄的太阳化成了千万颗金星在眼前飞舞，仿佛要完成一幅幅书法作品，有王羲之的清雅俊秀，有米芾、黄庭坚的凌烈刚劲，还有张旭、怀素的笔走龙蛇……

老王用激情为生命画上了句号，同时成就了他生命中最壮美的作品。残阳如血。

（作品选自《新疆公安》2004 年第 3 期）

作者简介：

唐君，70 后，伊宁县公安局民警，喀什作家协会会员。在《散文诗》《星星·散文诗》《特区文学》《诗林》《年轻人》《新疆公安》等刊物发表散文、诗歌、小小说、散文诗、纪实作品等 100 余篇。散文诗《面对大漠（二章）》入选《中国 2003 年度最佳散文诗》一书，《警察忠诚》组诗入选《中国公安诗歌选（1992—2011）》，诗歌《五月，在你的爱里说说（三首）》入选《中国当代公安诗人大展（2013 年卷）》等选本。

漏　洞

文/董金明

凌飞的探亲报告被批准了，四年的大学寒假让他受够了春运的折磨，于是他选择了第一场雪来的时候回老家探亲。入警后分到了四面环山的公安边防派出所，在基层经过两年的锻炼，他不再像学生时代夸夸其谈、任性、冲动，对周围发生的新鲜事儿都充满了好奇心，而变得成熟稳重、沉默寡言。但两年来第一次出山、第一次回家，还是让他颇为兴奋，让他仿佛又找回了学生时代自己的状态。

站在乌鲁木齐的一角，感到眼前的一切都是那么的新鲜。让他意外的是，武汉铁路运输的淡季在乌市却是人流高峰期。他没买到卧铺，就连硬座也没有。固执的他不愿向票贩子低头，排了一天的队买了张普快无座火车票。车厢走道里挤满了人和行李，他很佩服那些推小车卖杂货的售货员，在旅客挤成一团的走道里穿山甲似的推车通过。紧跟在售货员身后的凌飞挤到了一个较好的位置，暂时安顿下来。售货员走过，站票旅客“重建”车厢秩序，有的暗自庆幸站位更舒适了，有的则恼火自己的空间更逼仄了，各人脸上表情各异，那些有座位的旅客事不关己地看着热闹。凌飞习惯性地扫过每一张脸，一个留大胡子穿棉衣的老人引起了他的注意，这位老人并不像其他有座的旅客看热闹，而是透过车窗凝望着茫茫的戈壁，神情若有所思。

凌飞看着老人的侧面有种似曾相识的感觉，老人似乎也感觉到了凌飞的目光，扭过头看了凌飞一眼，眼神中有种说不出的冷峻和威严。凌飞一个激灵，脑子里努力地回忆，到底在什么地方见过这位老人，这眼神实在犀利，却怎么也想不起来。

不知不觉之中，天色暗了下来。

凌飞渐渐地感觉有点疲惫了，蹲在那里想象着与家人团聚的情形，家人音容浮现在眼前。这让他感觉好了一些，人也没那么累了。这时半天未动的老人站起身。凌飞看着老人离开座位，心想老人大概要去方便了。看着老人的背影，凌飞想起了自己的父亲。突然火车猛地一晃，许多人东倒西歪，失去了位置。看上去有些老态龙钟的老人反应意外的敏捷，调整了一下便稳住了身形。“看来他老人家身子骨还很硬朗”，凌飞心说，自己刚刚还在担心老人会摔倒。

可旁边的一个旅客由于没站稳，顺手拽住了老人棉衣的衣角，竟然将老人衣角扯出了一个豁口，有两袋东西从豁口掉落。老人赶紧捂住棉衣上的口子，迅速从地上捡起了掉下的东西塞进了棉衣，眼睛警惕地看着四周。

凌飞心想，看来老人很爱面子，棉衣里能藏着什么呢？难道是什么私密之物？他想告诉老人还有一袋滑进了车座底下，可是他又怕老人尴尬，稍一犹豫，那老人已穿过两节车厢的连接部位向下一节车厢走去。他过去捡起了车座底下的那一袋东西。

“好像是袋奶粉”，他拿在手里捏了捏，心想老人干吗把奶粉藏在棉衣里呢？为了不让老人尴尬，他取出了自己携带的奶粉放在桌上，把老人的奶粉随手放进了自己的包里。

次日清晨，凌飞醒后，看到老人的位子已坐着别人。老人走了？或许一直没有回来？当然这些并不重要，重要的是他要见到家人了。

天蒙蒙亮，也许是起雾的原因，也许是因为走得急出汗了，凌飞觉得脸上湿漉漉的。一走进小区，一种亲切的感觉油然而生。

远远地看到自家楼下站着两人，仔细一瞧竟是自己的父母亲。原来父母知道儿子要回来，正在楼下等候。

在他心里父母是强大的，一直是他坚强的后盾和依靠。如今看到两位老人互相搀扶着、依偎着，竟是那样的老迈和脆弱，还坚持着在楼下迎候自己，眼泪一下子涌出凌飞的眼窝。

凌飞赶紧冲过去，握着母亲冰凉的双手：“爸妈，儿子回来了。”

父母的激动可想而知！母亲的眼泪落在自己的手背上摔成了几瓣，

他把母亲瘦小的身躯紧紧搂在怀里……

看着父亲两鬓的白发和被泪水湿润的眼角，他意识到自己在家里的角色正悄然改变，自己不再是需要呵护的小鸟，而将成长为这个家庭的顶梁柱，成为年迈父母的依靠。

父亲提起行李劝说着母子回家。凌飞抢过父亲手中的行李大步走在前面，父亲转头又搀扶着母亲上楼。

父亲张罗了一桌好饭，平时不喝酒的父亲喝了好几杯。这让凌飞觉得自己回家探亲简直太必要了，家的温馨让凌飞倍感幸福，与这一刻的团聚相比，旅途的种种辛劳简直不值一提。

可是饭后父母欲言又止的神情，让他感到有些不对劲儿。

父亲的烟一根接一根抽，一向反对父亲抽烟的母亲并没有劝阻，默默地进厨房洗碗去了。香烟的味道溢满了屋子，母亲洗碗筷盘子发出的声音反而凸显了气氛的压抑，一切都似乎预示着什么。最终父亲打破了沉默。

“凌飞，你部队昨天来电话了，有急事要叫你回去……”，盘子的碰撞声突然间停了，屋子里很安静，但父亲后面的话凌飞一句也没听进去。这个消息太突然了，他本想利用这次探亲的机会好好尽一下做儿子的孝心，多陪陪父母，一家人共享天伦之乐，可这一切都将成为泡影。

父亲从上衣口袋取出了明日返程的车票，哆嗦着放在了桌上。母亲从厨房出来，握住了儿子的双手，眼泪又落了下来。

看着桌上的车票，他有些哽咽。他既是儿子也是一名军人，父母需要他，祖国更加需要他。军令如山，他拿起了桌上的车票，向父母抱歉地笑笑。

母亲从儿子手中夺过车票，跟父亲大吵了起来，“不是说好了买后天的票吗，你怎么又买了明天的？你就这么狠心，儿子刚回来你就让他走，就这么几天部队少一个能出多大的事？”

也是当兵出身的父亲理解母亲的心情，更清楚军令意味着什么，他没有辩驳，默默地承受着诘难。

凌飞知道自己个人虽然微不足道，但是作为一名边防警察，在部队需要的时候，只能选择立即服从，无条件服从，坚决地履行自己的职责。

第二天，母亲病倒了没法去车站送儿子，父亲要照料母亲也没能给儿子送行。突然的变故，使得原本温馨的探亲之旅被抹上了一层悲壮的色彩。坐在返程的火车上，凌飞一边自责身为人子的不孝，一边又牵挂着边境辖区群众的安危，恨不得插上翅膀飞回边防哨所。

回到海拔四千多米的边防派出所，他才知道事情的严重性。边防派出所刚刚收到一份紧急协查通报，在凌飞他们边防派出所辖区内可能有大量的毒品，上级要求他们配合缉毒专家尽快摸清情况，给贩毒分子迎头痛击。两位缉毒专家已经赶到了边防派出所，正在着手制订工作方案。凌飞刚放下行李便被安排了排查任务，专家要求，为了不打草惊蛇，也为了不引发恐慌，侦查工作要隐蔽进行。

在海拔如此之高的山区怎会有毒品呢？难道是金新月的毒品从这里流往内地吗？凌飞连续在辖区暗访了三天，没有发现一丝线索。

这天凌飞排查半天回到所里，肚子咕咕直叫，感觉真的是饿了，便从行李包中取出了奶粉冲泡。杯子里发出一股难闻的怪味，这自然不可能是正常奶粉的味道。突然间他想起火车上遇到的老人，“老人的奶粉过期了”，这是凌飞的第一感觉。

路过的缉毒专家忽然冲了进来，指着杯子叫到：“这是毒品！哪儿来的?!”

凌飞简直不敢相信自己的耳朵，更不相信平时一起办公的同事竟将自己铐了起来。这一切来得太快，让他来不及细想，他急忙解释，可这一切像演戏似的谁能相信？没有证据，自然不能随便把他放了。只能等上级派人来调查了。

支队距派出所较远，路又难行，要走一天才能到。戴上手铐的凌飞被锁进了户籍室隔壁的房子，并且限制与任何人交流。此刻的凌飞从未感到如此孤独和无助。他想到了已年迈的父母，他不能给父母丢人，也不能让父母伤心，可是他又要怎样才能洗脱不白之冤呢？整个房子就他一个人，静得能听到自己紧张的心跳声。他意识到了不仅他有麻烦了，而且还很可能连累全所的兄弟，甚至更多的人。怎么办？望着窗外，他努力让自己慢慢地平静了下。

突然间那曾让他一惊的眼神再次从眼前闪过，他看着一位中年人从窗外走过。盯着那人的背影他拼命回想着，不错，就是他！那个车上与他相遇过的老人，就是这个中年人装扮的。他拼命地敲着窗户想叫住那人，可看守他的人制止了他。他告知看守他的重大发现，得到的却是鄙视的冷笑。他知道多说无益，只好闭嘴。

只有逮住那家伙，才能洗脱自己的罪名。经过一番思想斗争，他决定“逃走”。刚入警时他们常玩解铐游戏，没想到这次真的用上了。看守压根没想到背铐的他竟能挣脱手铐，并打碎玻璃从窗子逃走。

凌飞跳出窗子，立即奔向了对面的山坡。

山上车辆无法通行，体力较好的他可以利用地形逃过追捕。海拔四千多米的山上除了石头还是石头，远远地便看到同事们向他逃跑的方向追来。凌飞看着追捕的队伍里有患心脏病的老所长，心生悔意。两年来是老所长无微不至的关怀让凌飞战胜了自己，适应了这里的生活，找到了工作的乐趣。老所长是自己的引路人。可是他要是就这样回去，后果又将是什么，他不敢想。

凌飞咬咬牙窜入乱石之中。有了山石的遮挡，逃跑成功的几率大大提高了。凌飞希望天快点黑下来，有了黑夜的掩蔽，他就更有把握逃跑成功了。可他没有想到的是，天黑之后海拔四千多米的野外有多么寒冷。

太阳下山了，凌飞渐渐地感到了体力的枯竭。

天越来越冷，寒风夹着雪花钻进了他的胸怀。他不由自主地哆嗦了一下。真冷！凌飞想起了母亲为他织的毛衣，想起了老所长送给他的羊皮大衣。

远处隐隐地有灯光在闪动，是所长他们追过来了吗？凌飞爬到一块巨石上警惕地注视着。一刻钟过去了，那灯光好像并没有移动，“或许是牧民的毡房”。凌飞想过去试试运气，他第一次体会到通信不便的好处，在凌飞所呆的派出所别说手机，就连有线电话也用不成，这样反而有利于凌飞的躲藏了。

凌飞悄悄地向灯光摸了过去，狗叫声让凌飞兴奋，这的确是牧民的家。维吾尔族大叔并不知道白天所发生的一切，他热情地将凌飞请进了毡房，端上了酥油奶茶。

灯光下维吾尔族大叔看清了凌飞的脸，他发烧了，维吾尔族大叔执意要套马车送他到卫生所看病。凌飞自然不敢冒那么大的风险，只好用生硬的维语婉言谢绝了维吾尔族大叔的好意：风大雪大，天黑路难走，明天再去吧。

一碗酥油奶茶入肚，凌飞感觉好多了。他与维吾尔族大叔攀谈起来，他想知道那个让他深陷误解、饱受折磨的人是谁，在哪里。

外面的风越来越大，毡房外的油布甩出啪啪的响声，维吾尔族大叔终于听明白了他的意思。维吾尔族大叔告诉他，那人并不是山里的居民，而是每年都来这里收皮货的贩子，人脾气好，皮货价钱出得高，山里的牧民都喜欢他。牧民的马他可以随便使用，牧民的毡房他可以随意居住。凌飞起初有些怀疑老人讲的这个收皮货的贩子是不是自己要找的人，可当他听维吾尔族大叔说这个贩子曾询问过边界的事，并拿出地图进行了标识，他不再怀疑。

现在目标总算明确了。他心里燃起了一丝希望，可边境线附近这么多的牧民毡房，他会躲在哪一家呢？

凌飞蜷缩在维吾尔族大叔的羊皮大衣下围着火炉静静地思考着，慢慢地进入了梦乡，凌飞和衣睡着了。维吾尔族大婶为他煮了风干肉，肉香弥漫着整个毡房，可却唤不醒疲惫之极的凌飞。他太累了，是啊！一切都太突然，身心的疲惫使他无法承受，慈祥的维吾尔族大叔叫了他几声无果后便没再打扰他。

次日，远处的狗叫声把凌飞梦中惊醒，该出操了！可是眼前低矮的毡房让他回想起了一切，无言的失落让他的心瞬间凉了下来。大叔和大婶早已起床，正忙着生火做饭。他想着下一步的打算，披着大衣走出毡房。远处的警车让他的心再次紧张了起来，“离开这里”，凌飞觉得自己别无选择。他披上大衣，留下了二百元钱，开门悄悄地走了。

还好昨夜风大，路上几乎没有留下积雪，可以不必担心老所长他们的追踪，但凌飞的双腿像灌了铅似的，迈出的每一步都是那样的艰难，穿着厚厚的羊皮大衣凌飞依旧一个劲地打着寒战，他的高烧越来越严重了。

远远地他看到一个穿棉衣的老人，是火车上的那个“老汉”！凌飞提起了精神，使出了全身力气向他跑去！那人没动，像在火车上一样瞥了他一眼。脚下一滑，凌飞摔倒了，当他挣扎着爬起来时，什么都没了。原来是幻觉！

远处传来了汽车的轰鸣声，凌飞没有目的地摸索着向前走。天上依旧乌云密布，预示着一场大雪的到来。

走啊走啊，不知不觉地到了下午，虽然没有进食，但他并不感到很饥饿，只觉得全身发冷，头胀得要裂开。迷迷糊糊中凌飞看到了界碑。他来到了边界，前面就是国外。“不能过去！”凌飞忽然一个激灵，立即清醒了不少。

就在这时，远处一人骑一马向他这边走过来。

“是民兵吗?”凌飞猜想着，躲在了界碑旁边的土坡后观察着那人的动向。

越来越近了，那人骑马走到了界碑前。然后下马沿着界碑一步一步地向北走去。凌飞感觉此人就是他要找的那个火车上的“老人”，可又担心是自己的幻觉。定睛仔细再看，不是幻觉，果然是他！

凌飞忽然兴奋起来：希望就在前面，冲出去抓住他，自己便可以解脱了！冲动使凌飞忘了自己正在病中，他站了起来向那人追去，可没跑几步就头重脚轻地栽倒在地了。还好鹅毛般的大雪使那个皮货贩子没有发觉他的存在，皮货贩子也万万没有想到在大雪纷飞的冬天，人烟稀少的海拔四千多米的边境线上竟然还有人！就连边防军人平时也只是一天才能巡逻一次啊。凌飞意识到了现在就凭他的状态恐怕连一只鸡也很难抓住，更何况有马的壮汉呢？跟在皮货贩子的身后不远处，凌飞心想只能见机行事了。突然间皮货贩子停下了，警惕地看着四周。凌飞以为自己被发现了，迅速地趴在了地上。皮货贩子看看四下无人，从马背上取下了短把铁锹在地上挖着什么。好机会！凌飞在想，趁着大雪看不清，绕到马后把马牵走，让他没了脚力无法走远。凌飞强打起精神慢慢地向马靠近，或许是皮货贩子太专心的缘故并没有发觉凌飞的逼近，直到马发出嘶鸣才引起了他的注意。这时凌飞的一只脚已踩在了马蹬上，皮货贩子先是一惊，随后举起铁锹向凌飞奔了过来。趴在马背上的凌飞使出了全身的力气抓住马蹬打在了马肚子上，马负痛狂奔起来，皮货贩子在后面紧追不舍。

突然间两声枪响，凌飞从马背上摔了下来，昏了过去……

等凌飞醒来，他已在市医院的病床上了。老所长在他旁边守着，一脸慈祥地看着他，就像两年前他刚来派出所时一样。

他看见闻讯赶来的所长说的第一句话是："那毒品是我捡的"。站在所长旁边的缉毒专家看了一眼所长，抱歉地对他说："对不起，我们都已知道了"。

原来他已昏迷了三天，皮货贩子的枪声引来了追捕的民兵，当场将皮货贩子抓获。子弹并没有打中凌飞，受惊的马把他从马背上掀了下来。

经过审讯，皮货贩子交代了一切事实。他是金新月地区贩毒集团的成员，近年来他们活跃在我国与邻国的边境地带，企图利用特殊地形秘密贩毒。境外贩毒分子将毒品埋放在边境线上，通过网络等通信设备告诉境内毒贩藏毒地点，然后将毒品分散带入内地。由于边境线较长，打击、预防的难度很大，毒贩就钻了这个空子。凌飞遇到皮货贩子时，他正在取毒品。仅这一次行动，边防警察就收缴了 20 公斤的毒品。

凌飞听了缉毒专家的案情介绍，第一次感到这专家挺亲切。

（作品选自《新疆公安》2013 年第 10 期）

作者简介：

董金明，生于 1981 年 2 月，现任哈密边防支队政治处宣传科副科长，所撰写的散文、诗歌、小小说等 40 余篇作品在有关报刊发表。

散 文 篇

大山深处的警务室

文/王剑宁

走进大山深处，当所有的景色都被思考沉淀后，情感的升华便超越了大山的高度。此时，在苍茫中行走的人，背影早已不再模糊！

——题记

一

在特克斯生活多年，对琼库什台虽常闻其名，却一直无缘亲近。这次去琼库什台前夕，我特意在百度里搜了一下，琼库什台是天山北坡的一个哈萨克牧民村庄，它处于乌孙古道的北入口，以前很少有人知道它的存在，自从其纯美的草原风光和五颜六色的花海被发现，才扬名天下。

带着对神奇传说的向往，我跟随“百名记者进警营”活动组走进琼库什台，准备对建于山岭深处的特克斯县公安局喀拉达拉乡派出所琼库什台“大山警务室”进行专题采访。这次和我一起进山的，是来自新疆各大媒体的记者，大多都是80后青年才俊。年轻人聚集的场所，总是少不了欢声笑语的，这群和我一样很少进山的年轻记者们，都是怀揣着对神秘大山的仰慕之情和对“大山警务室”的探究欲望参加活动的，进山的喜悦、激动可想而知。

车出县城，一段平坦道路之后，便进入了盘山路。开始是上坡，汽车加大了马力，依然喘息着，随着山路的起伏艰难爬行。汽车驶过灰尘四起，即使身在车内，也有窒息的感觉。后来是下坡，汽车开得轻松了许多，但由于弯道奇多，驾驶员仍然无法提速快行。坐在车上最显著的感觉，就是颠簸。坐在汽车后排的几个年轻记者，不时被颠得东倒西歪，甚至弹射而起，女记者们的惊叫声此起彼伏。

就在这上上下下的颠簸中，我们一路挺进琼库什台。

车窗外，是草的天堂。越往深处，绿色越加苍翠。恣意的绿色由近到远蔓延开来，随着地势的起伏如波浪般展开，没入大山深处。大片的山花点缀其中，与绿色相映成趣。牛羊悠闲漫步于花草之间，像生活在天堂。偶尔抬头见到汽车驶近，就有了仿佛被惊扰的反应。而散落于草地中的哈萨克毡房，或近或远，炊烟缭绕，给这方净土平添了几许人气。远处的高山层峦叠嶂，像是一位父亲慈祥地俯视着膝下的儿女。白云绕山而行，像是在倾诉着对大山的一片深情。

“多美的绿色草原啊，像画一样！”年轻的记者们趴在窗口不住地惊叹。

然而，与记者们的欣喜不同，我却感到了一丝隐忧。随着人类文明的挺进，城市的脚步不断扩张，人类的痕迹已经无所不在。大山的绿色美景来源于上苍的恩赐，当人们纷至沓来，旅游商业发达起来之后，我不知道，在钢筋混凝土的进攻下，这片绿色的海洋是否可以持续美丽下去。

“还要走多久才到啊？”

随着路途的延伸，旅者的心态悄然地变化着。

徜徉在绿色的海洋，时间久了，兴奋也会慢慢退去，大山深处，满眼绿色是一种常态。当目光别无选择，兴奋就渐渐地被麻木代替。即使是想象力丰富的诗人，大概也不能例外吧。

由此我想，常年在大山警务室工作的民警赛力克，他对这伸手可及的绿色天堂，又会是怎样的感想呢？

“还有半个小时吧！”陪同我们进山的特克斯县公安局喀拉达拉乡派出所所长杨培勇笑着说道。杨所长年轻俊朗，但气态平和，举止沉稳大度，显见是经历过一些风雨的。我知道，琼库什台距县城 80 多公里，离喀拉达拉乡 100 多公里，车出县城不过一个小时，山路崎岖，又不是一般的道路可比拟，以眼下时速不足 30 公里的车速，绝不是半小时内可以抵达的。所长之所以这样说，他大概是想借此缓解大家的焦虑情绪，是一种善意的宽慰。

语言很丰满，现实感却很骨感。半个小时过去了，又是半个小时……当记者们发现所长善意的谎言后，他们终于意识到山路的难行。这时，他们开始发挥职业的特长，不断地发问。

“这样远的路程，大山警务室民警赛力克多久才能回家一趟?”

“他不想家吗?”

“他到底是一个怎样的人?”

……

这样的问题，对于同是警察的我，是既复杂又简单的。在警察的世界里，家无疑是一个令人魂牵梦萦的地方。在大山深处，警察对家的思念，是埋藏在内心深处的，他们对家的渴望，也是常人难以体会的。

我曾经写过一首诗，希望能表达警察对家的感受：

离家的时候，
太阳还没有升起，
苍茫的街道空无一人。
我听着自己孤单的脚步声，
就像在抚摸自己的心跳。
我知道随后的日子，
一切有关家的话题，
都会是我藏在内心的暗伤。
一个人的脚步是寂寞的，
一个人的寻觅是无奈的，
一个人的世界是一张无边的白纸，
空洞寂寥。
而我手持一柄思念的画笔，
却无法写出一个字……

我想，这也许就是警察在离家时的普遍心态吧！而赛力克会跟大家伙一样，还是一个例外？

“警务室在大山深处，进出很不方便。赛力克妻子生孩子时，他没能及时赶下去，直到现在，心中的遗憾都未能抹去！”面对记者的许多发问，年轻的杨所长并没有过多的解释，但这一段简单的陈述，却让人感慨、沉思。

我看到杨所长虽然神态依然平静，但语气里透着一丝感伤，显是动了感情的。

此时，车正爬上一个陡坡，依窗望去，山路蜿蜒，不见尽头；绿色的草原让眼前的世界沉静，显得从容不迫；山峦起伏，书写着山外有山的大气和磅礴。置身其间，人是何等的渺小，搜索的视线在空旷的山间变得徒劳，心里一片怅然。

在云烟缭绕的山路间，我仿佛看到了赛力克步行的背影。那脚步，是那样坚定、执着，像是在测量着大山的长度，又像是在探索人生的深度……

二

我们是经过四个半小时的车程，才到达大山警务室附近的山梁的。

这是一座山梁的顶端。当我们下车站在山梁上，顿觉山风浩荡，视野辽阔，心胸变得豁然开朗起来。顺着杨所长手指的方向，我们看到远处的山沟里零星地分布着几座房子。

“大山警务室，就在那个村庄里！”杨所长说。

看着山脚下的那个落寞的小村庄时，顿时一种难言的感慨涌上心头。

山里天气说变就变。刚才还是碧蓝的天空，一阵黑云滚过，雨点便飘了下来。我们慌忙钻进车内避雨。隔窗遥望村庄，我已经有些迫不及待了。

终于抵达谷底，赛力克就站大山警务室门前迎候我们。

早在几年前，我在特克斯县公安局工作的时候，就曾见过赛力克。那时的赛力克刚入警，还是个二十出头的小伙子，个子不高，瘦小白净，很少言语，但眉宇间透着哈萨克族人特有的粗犷。如今再见赛力克，感觉他壮实了不少，只是言语依然不多。与赛力克握手时，我感觉到了来自他手指的力量，那是一种男人特有的力量。

在赛力克的带领下，我们鱼贯而入名声在外的大山警务室。

警务室共计三间木屋，显得干净利落而又自然古朴。大山之外，这样风格的木屋是很少见的。我极力放开自己的想象，将这座木屋与远古的乌孙人串联在一起，顿时就有了历史的厚重感。其实，这座木屋是在一年前搭建的，与那遥远的乌孙王朝并无太多的干系。为了搭建这座木屋，杨所长他们翻山越岭，用马拉着木材，用了两个多月的时间才搭建了这座极具古韵的木屋。

简短的参观之后，赛力克便被记者们包围了。

面对记者们七嘴八舌、五花八门的问题，我明显感觉到了赛力克的经验不足。对大山深处的警察，要驾驭好这样的场面，谈何容易。作为同行，我非常理解赛力克此时的心情，他既不想冷落了记者们远道而来的热情，却不得不对这样的刨根问底有所保留。年轻记者们充满好奇的问题，对赛力克来说大多数是十分平常的事情。警察的职业就是这样，许多在外人看来的传奇故事，只是他们日常工作的一部分，那些所谓的惊险刺激，也只是他们的一种工作常态。更多不为人知的经历，那些快乐与悲伤，他们深藏在心底，很少表达也很难表达。他们坚守着自己的职业理想，从容地行走在自己特有的世界里。

虽然赛力克有所保留，但还是部分满足了记者们的好奇心！这从他们惊讶的表情、频频的点头中就可以读出。

琼库什台村，是一个只有 295 户 1621 人的山区小村，常年居住的都是哈萨克族牧民。虽然人口不多，但是由于居住分散，给大山警务室的工作带来了不小的挑战。最远的乌恰尔牧区，距大山警务室十几公里，早上骑马巡视，到了晚上才能回来。在这广阔的牧区，只要有游牧的哈萨克族人，都是大山警务室的管辖区。大山警务室位于琼库什台村“政治经济文化”的中心地带，这里由于盛产各种石头，被哈萨克族牧民形象地称作“塔西巴扎”，也就是“石头集市”的意思。到了中午，善饮的哈萨克族牧民便集中在“塔西巴扎”，开怀畅饮美酒，这时的“塔西巴扎”又被哈萨克人冠以新的名称“玛斯巴扎”，也就是喝酒的地方。

到了晚上，经过一个下午的痛饮，再能喝的哈萨克族牧民也会不胜酒力，难免会做些出格的事情。于是，“玛斯巴扎”又变成了“哈西巴扎”，也就是“跑路”的意思，人们便不敢在此久留，以免惹上是非。

然而，在琼库什台建立警务室的初衷，并不完全是由于“哈西巴扎”的缘故。琼库什台牧区，地域辽阔，牛羊很多。牲畜盗窃犯罪，一直是大山深处这个看似人间净土的最大挑战。过去，派出所接到牧民报警后，往返就要几天，常常错失破案良机，空手而归。大山里的牧民需要平安和谐的生活环境和治安秩序，再遥远的牧区也不应该成为治安管理的死角，大山警务室就是在这样的指导思想下成立的。

来到琼库什台的初期，赛力克曾经十分苦恼，路况很差，有些地方根本就没有路，地形不熟悉，办事常常绕了半天圈子，还找不着目的地。更麻烦的是，没有固定的办公地点，牧民找他也不容易。

“那时候，我就是一个名副其实的‘游击队员’，在这深山里到处打游击!”赛力克说。好在淳朴的哈萨克族牧民收留了他，赛力克逐渐在大山深处扎下了根。最初让他取得牧民信任的主要原因，是打掉了一个长期盘踞在大山深处的盗畜团伙。这个团伙横行山里，牧民们都是敢怒不敢言。

“用了一个月的时间，抓获了团伙头目吐尔逊等八名成员，这是我们进入牧区献给牧民们的第一份礼物!”赛力克不无自豪地说。后来，赛力克又把信息化服务带进了大山深处。山里的牧民，世居于此，很少下山与外边世界打交道，有些牧民甚至一辈子都不曾走出大山。落户的问题因此也就成了工作难点。冬季，在没及膝盖的大雪里，在能见度只有十几米远的大山里，赛力克带着笔记本电脑，骑马走遍大草原，将牧民们的人口信息进行了详细的录入，使琼库什台不再是一个被人遗忘的角落……信任和支持，就这样产生了!

在记者们“围攻”赛力克的时候，我的目光更多地投向了赛力克的木屋。我惊讶地发现，里外三间木屋，木板之间都留下了很大的空隙。此时，时间已临近傍晚，巨大的山风呼啸而来，穿过墙缝光顾着木屋，寒冷的感觉顿时漫过全身。我本想也好奇地问问赛力克，夏天尚且如此，他又是如何度过寒冷的冬季的？低头一看，答案就在眼前：里屋的墙角，一张简易床上，整齐地放着两床棉被，一床是普通的草绿色棉被，折叠的棱角分明；一床稍显厚实，我伸手一摸，大概是用羊毛做成的。想来在冬季，赛力克就是裹着毛被子过冬的！

这时，我听到记者们在笑着问赛力克："想家吗？想孩子吗？想老婆吗？"面对这样直接的提问，我看到赛力克只是憨厚地笑着，并未直接作答。

还是在那首有关家的诗中，我是这样写的：

家的味道无可替代，
不管是天堂里的蟠桃，
还是龙宫内的琼浆。
一杯淡淡的白水，
也能让我唇齿留香！
想家的时候，
我依在一棵孤柳下，
手搭凉棚，遥望家的方向。
家的一切，
都会在我的心中歌唱，
无论是争吵，还是欢笑！
家的一切，
都是我心中最美的神话，
无论富贵，还是贫穷！
想家的时候，
总会想要为家做些什么？
望着家的方向，
思念在疯长……

我想，此时此刻的赛力克，对家的感受大概也与此类似吧！

记者们的采访虽然有所收获，但我分明感到了他们意犹未尽，他们渴望走进赛力克的精神世界，做一次更加深入的采访。

三

山里的夜晚来得特别仓促，刚刚还是红霞漫天，仿佛突然被一只神奇的手收去了。月亮悄无声息地升起来，挂在了山尖之上，大山、草原、高高低低的树组成了一个巨大而深沉的剪影。山里的月亮，特别大、特别圆、特别亮，总之很特别，让人惊异，让人浮想联翩。

晚饭是在一个好客的哈萨克族牧民家进行的，大家盘腿坐在板炕上，说笑着、嬉闹着。按照哈萨克族人的生活习惯，最先上来的是奶茶、馕和油果，当然也少不了酥油、蜂蜜和奶皮子。久居城市的人，是很难吃到这些纯天然绿色食物的。大家动起手来，品尝着这大山深处的美食。这时，主人不经意地告诉我们，听说记者们要来，赛力克用一天的时间，亲手做了那些馕和油果子。惊讶之余，我和记者们纷纷赞扬着赛力克的好手艺。再吃那些食物时，感觉更加美味、香甜。看来赛力克是完全融入这大山里的生活了。

接下来，难题出现了！

喝完奶茶，晚餐的主食上来了，几大盘哈萨克纳仁摆在了记者们的面前。特别是那大块的羊肉，冒着喷香的热气，煞是诱人。那些喝着山泉水、吃着中草药长成的羊的肉，吃在嘴里，真是鲜嫩无比。问题不在那些羊肉上，而是随羊肉一起端上来的酒。我知道，为了款待远道而来的客人，哈萨克族人的餐桌上是绝对少不了酒的。我曾经在草原上喝过一次酒，那酒绝对火辣，一入喉咙第一时间点燃浑身的血液，几杯落肚，随着冬不拉美妙的旋律响起，人们就会忘情地跳起舞来，是那种典型的哈萨克舞蹈。于是，山在唱，草在舞，苍翠的松柏在鼓掌！那一刻，我仿佛听到了草原的声音，那声音从遥远的乌孙王朝逐草而来，带着战马奔腾的喧嚣，伴着游牧民族顽强不息的精气神，一股脑流进我的胸膛。

可是今天，年轻的记者们却并不想喝酒，特别担心喝醉，他们带着任务而来，他们不想错过这个深度采访的良机，在酒醉中荒废这个夜晚。

然而，哈萨克族牧民的酒却是不能不喝的！

这次“百名记者进警营”活动带队的，是自治区公安厅政治部宣传处公关科科长李莉。李科长是一名女警，虽然外表瘦弱、娇小，处理问题却十分沉稳、干练，给我留下了深刻的印象。一路上，她以女性特有的细腻，精心安排着活动，照顾着这些年轻的记者们。面对着哈萨克族牧民的盛情，李科长没有推诿，而是大方地举起酒杯，深情地说："这杯酒我来喝，为了感谢哈萨克兄弟的热情款待，为了祝福和赛力克一样奋战在一线的民警们！"

几杯酒下去，气氛更加活跃起来。特别是喝了几杯酒的赛力克，已经没有了先前的木讷和拘谨。在记者们的一再要求下，他为我们献上了一首哈萨克歌曲。歌名叫《母亲》，是在哈萨克人中广泛流传的传统民歌。赛力克的歌声雄浑而充满激情，听得记者们如痴如醉。身为警察的他在歌声中融入了自己特有的情愫，将这首经典老歌演绎得别具风味。一曲歌罢，从赛力克的眼眸里，我隐约看到了晶莹的泪花。

此时，敏锐的记者们纷纷端起照相机，架起摄像机，将镜头对准完全放开的赛力克。这才是原生态的赛力克，生活中真实的赛力克。也许，他可以代表许多像他一样的警察兄弟，那些不辞辛劳、终日奔波的警察兄弟，他们把压力扛在肩上，却很少把烦恼写在脸上。他们从容地面对工作和生活的挑战，坚强地面对着不公的非议和狭隘的偏见，而内心期许的，却是一个五彩缤纷的世界。

一个记者不失时机地问道："赛力克，你想家吗？"这回赛力克没有沉默，他深情地看着远方，说："如果现在批准我回家，就是让我走回去，我也愿意！"

一边是爱岗敬业，一边是依恋亲情，铁血柔肠的汉子才是真汉子！

真情赛力克，可亲可近可爱的好警察！

当洗去征尘，让我们回家，哪怕只有空空的行囊！

四

第二天的采访活动，是在明媚阳光照射下的草原上进行的。

赛力克骑着他的马，在辽阔的大草原上驰骋。看得出来，他是一个久经历练的骑手。在马背之上，他是如此的从容自如，潇洒英俊，像骁勇善战的哈萨克武士一样。牛羊在他的护卫下，在草原上自由地觅食，放松、安逸。我在相机的镜头里关注着赛力克，关注着他在草原之上的神态，那是一种如鱼得水的状态。在这深山里奔波、驰骋，也许有人会认为这生活很辛苦、很难熬、很牺牲、很奉献，可我感觉赛力克很享受、很投入、很自在。这个和谐的草原，是赛力克的精神家园和坚强支柱！

牵着他的马，赛力克像往常一样走进了哈萨克族牧民的院子。赛力克所要拜访的哈萨克族老人，穿着厚旧的布衣，戴着一顶狼皮帽子，深深的皱纹里透着和蔼慈祥。他和赛力克早就是老熟人了，自然是特别的亲近，两人亲切自然地攀谈着。即使身边围了这么多的来自城市的记者，也没有太多地干扰到他们的交流。

这场景是现实的！也是诗意的、浪漫的！真像一幅生活气息浓郁的油画，画里画外，透着和谐、自然，透着鱼水深情！

传奇在哪里？不在惊天动地的故事里，在牧民们交口称赞的口碑中！

离开是迟早的，分手总是难免的。当我们完成采访任务，乘车离开的时候，心里多了一份不舍，一份眷恋。不仅仅是为了大山里的美景，也为了大山里的人们！

回首望去，赛力克久久地站在大山脚下目送着我们离开。我忽然发现：身形越来越小的赛力克在我心中慢慢地高大起来。哦，其实他就是一座山！

（作品选自《人民公安》2012 年第 11 期）

警察老公的N种角色

文/谢　红

我是警察也是警嫂，由于夫妻俩都是警察，平时都很忙，而且休息时间很难凑在一起。刚结婚时，我常常抱怨说：“警察找警察，太失败的组合！”但如今，当我们一起携手走过10年的婚姻生活后，我突然发现，老公除了工作外，在生活中还扮演着N种角色，对家庭的重要性是越来越突出了。

老公是评论员。由于平时我爱写一些小豆腐块，老公当仁不让，总是第一读者，他会毫无保留地畅谈自己的看法和见解，为稿件的修改提出中肯的意见。偶尔他还会就网上热烈讨论的话题发表他的“高见”，然后，他口述，我执笔，一篇不错的网评文章就“出炉”了！

老公是老师。我虽然爱读书、爱码字，但却不善于接受和学习新知识、新工具、新技能。比如智能手机对于我来说，只是通话的工具，而发短信、传图片、照相、录音等的功能我一概不会。老公常常取笑我：“本来一毛钱的短信就解决问题了，你非要花几块钱打长途电话。唉！手机这么多方便快捷的功能你都不会用，简直太落伍了！”在论坛里如何发帖、跟帖、回复以及发微博、发微信全是老公手把手教我的，呵呵！

老公是修鞋匠。每次，我的凉鞋不管是开胶了，还是鞋带磨坏了，老公总能用他的巧手帮我解决问题。比如用“502”或者“哥俩好”把开胶的部位仔细地粘牢。再比如用锥子穿引着鱼线把磨断的细细的鞋带缝合好。看着鱼线在他的手中划出一条条美丽的弧线，让我对他的这门非专业的手艺佩服不已。我的凉鞋修好了，老公还拍着胸脯保证道：“你就放心穿吧，再穿个三五年绝对没问题！”

老公是裁缝。有一次，我新发的警服裤子太长要扦边，而我最不擅长的就是针线活了，本想送去裁缝店，老公却在一旁笑着说："还是省几块钱吧，我是扦边高手，你把裤子拿来吧!"老公一边扦边，一边挤兑我："你怎么啥也不会，也不知道你长着手是干啥用的?""我会用手写字呀!"我理直气壮地回答道，然后捂着嘴在一旁偷笑着。

老公是厨师。刚结婚时，炒菜做饭的重任责无旁贷地落在了我这个家庭主妇的头上。下班后，我急忙赶往菜市场买菜，与菜贩经过一番讨价还价的口舌战后，拎着菜又马不停蹄地往家里赶。回到家，立即奏响锅碗瓢盆交响曲，手忙脚乱地一番忙碌之后，几个小菜终于闪亮登场了。但是，不是今儿米饭蒸糊了，就是明儿土豆丝炒咸了或者肉炒焦了。老公自然不肯放过我："这就是你的水平呀!""能熟就不错了，将就着吃吧。"我那么辛苦地忙活，却还要挨批评，自然不能服气。后来老公发现我没有做家庭"煮妇"的天赋，只好放弃了培养我做饭的念头。无奈之下，他系着围裙，掂起了炒锅，充当起家庭大厨的角色。他最拿手的，也是我最爱吃的就是鸡肉炒米粉。白白滑滑的米粉，配上鲜嫩的鸡肉和绿色的芹菜、红色的辣椒，再加上香辣可口的豆瓣酱一通爆炒，鸡肉炒米粉就新鲜出炉了，那真可谓色、香、味俱全。尝一口，香味扑鼻，辣得过瘾，让人回味无穷。老公常常自诩道："我做的炒米粉肯定不比'卓记米粉'逊色!"

呵呵，生活中，老公扮演了那么多角色，爱护我、关心我。每每想到这些，我的心总是暖暖的，幸福指数直线上升。

（作品选自 2012 年 7 月 14 日《人民公安报》）

我看见朝阳从戈壁滩上升起

文/唐　君

自来到这个离县城80公里的农场警务室后，环境就一直困扰着努尔加玛·肉孜。

警务室是一个派出所的派出机构，建在戈壁滩上，房子是临时搭建的土坯房，四周是茫茫无际的砺石、沙丘和棉花地。一条尘土飞扬的小路蜿蜒着通向戈壁滩那边的部队农场，部队农场共有3000多人，其中近2000人是来此地种地、经商的外来人员。

警务室里只有两名警察，一名是汉族同志冉，在县城安了家，另一名就是努尔加玛·肉孜，家在北疆，离此地2000多公里。

努尔加玛·肉孜是一个从农家小院走出来的孩子，对他来说，喝盐碱水无所谓，吹西北风无所谓，工作再苦再累也无所谓。但是，一到夜晚，他就难以忍受这茫茫无际、空若无人的寂静。

冉隔半个月要回一趟家。每当这个时候，面对空荡荡的警务室，努尔加玛·肉孜的鼻子就会发酸，就觉得日子格外的寂寞难耐，甚至想哭。努尔加玛·肉孜也想常回家看看，也想亲人，也想家中那云朵般在草原上飘忽的羊群。可是他做不到，努尔加玛·肉孜的家在迢迢遥遥的远方，回一趟家确实不易。因此，他只能任思念的草在心里疯长。

在戈壁滩上静静地凝视夜的黑，静静地仰望天空的星星。有风的夜晚，他就倾听那来自沙漠深处的风声，听得久了，他便能读懂这风声的内容。麦子成熟的时候，他就知道这风声里有泥土的清香和汗水的咸味；油菜花开的时候，他就知道这风声里携带着春的萌动、流水的琤琮和候鸟的回归；黄沙弥漫的时候，他就知道这风声里夹杂着沉闷、窒息和呼吸的艰涩……因为在内心深处，这才是他安抚心灵、发泄情感的唯一方式。

日子在时光折叠中缓缓流逝，折叠出了万千折痕，也折叠出了努尔加玛·肉孜心中的累累伤痕。努尔加玛·肉孜曾想到过放弃，放弃这情感无所依托的日子，放弃这职业，放弃父母“人在哪里，就要在哪里生根发芽”的叮嘱……

又是一个冉回家的日子，努尔加玛·肉孜的心里又一次变得空落变得无所依傍。也就是在这天晚上，努尔加玛·肉孜接到了一起报案。努尔加玛·肉孜步行 3 公里土路，高一脚低一脚来到案发地的村庄，与村里的治保人员走东家串西家进行调查，努尔加玛·肉孜了解这些外来人员的质朴和憨厚，也了解他们的愚昧和无知。外来人员买买提明家 20 岁的儿子一个月前将亚库甫家 7 岁的女儿哄骗到戈壁滩中强奸了。亚库甫想报案，左邻右舍、亲戚朋友就都出来劝说，事实已经成了事实，这样岂不毁了你家女儿的名声，何况都是从一个地方来的人，还不如过几年让买买提明家的儿子娶了你家女儿再赔给你家几百块钱。最终买买提明家陪了亚库甫家 500 块钱，娶亲一事和其中 200 块钱还打了欠条。眼看秋季就要追肥了，亚库甫来到买买提明家要这 200 块钱买化肥，没想到买买提明家翻脸不认账了，于是亚库甫一气之下报了案。

由于此案人为拖延的时间过长，导致取证变得艰难复杂，需要县局的技术支持。努尔加玛·肉孜调查完毕就将此案上报给了县局刑侦大队，待到回警务室时，已经是次日凌晨 7 点了。

努尔加玛·肉孜拖着疲惫的身体缓缓地走在戈壁滩的土路上，其实，此时比身体更疲惫的是他的心灵。然而，他的思维却异常清晰，他在想，不能再在这种地方待下去了，他要逃，他要逃离这个被爱情、生活、目光遗忘的鬼地方，他要寻找一种突围的方式，他必须尽快回到警务室，收拾行李，然后，走人。此时此刻，这个念头就这样在他的脑海中固执地汹涌着，奔突着，这是他最后的决定了。

于是，努尔加玛·肉孜加快了脚步……

这时，努尔加玛·肉孜看见遥远的地平线上出现了一线彤云，彤云渐渐变白，而后变成了胭脂般的殷红，这殷红洇透四围靛青色的天空，将周边的云霞染成一片晶亮。在这晶亮的后边，一轮朝阳突然喷薄而出，大地顿时一片明朗……努尔加玛·肉孜瞬间被这自然的奇观震惊了，思绪立刻被这无言之境所引领、所驱逐、所包容。

天地造化，无论是一粒沙石，还是一颗尘埃，皆有自己的位置。我们或许是这宇宙景观中的一滴水，与宇宙与时间的大河一起奔流、奔跑，我们存在着，我们却是微乎其微，渺小到只是芸芸众生中的一只蚂蚁，除了自己在乎自己，在乎自己的存在，大漠根本不知道一粒沙石的存在，地球也不会在乎多一颗尘埃还是少一颗尘埃。但是，我们以存在证明着我们有呼吸，有血的颜色，有量变到质变的变化，更有自己的位置。大象无形，大音稀声，我们只有安静下来，以脚步、以能量、以血性充塞这宇宙的虚无，静听无声中的大声，我们才能摆脱黑暗的束缚，摆脱地平线的阻隔，最终从重重复重重的云霞中跃然而出……譬如努尔加玛·肉孜在绝望之境中看到的那轮朝阳。

古代哲人说："宇宙便是吾心，吾心便是宇宙。"宇宙于心，本是息息相通的。努尔加玛·肉孜突然明白，父母的话是对的，那朴素的话语，道出了人类命运的宇宙观。俯仰万物，反观自身，为什么那么多外来务工人员都云拥着来到这里？而自己为什么又要选择逃离？

问在问中，答也在问中。从此，努尔加玛·肉孜将自己的身影留在了这片戈壁滩上，他了解到那起强奸幼女案因为直接物证消失最后无果而终，但他更明白了警务室工作的任重道远。

从此，在冉回家的日子，努尔加玛·肉孜虽然偶尔也会去探究那夜的黑，去听那从大漠深处吹来的风声，但做得更多的，是到那些乡邻家坐坐，喝上一杯泛着油腻的砖茶，然后专心致志地倾听老乡们谈论家中的家长里短和庄稼的收成……

如今，努尔加玛·肉孜成了县局的一名副局长，在工作岗位上干得得心应手、有声有色，当同志们谈论着他的出色成绩时，当各种荣誉铺天盖地而来时，他只是嘴角牵动微微一笑。可是，每当这时，他总会窃窃地对自己说："我看见了朝阳从戈壁滩上升起。"

而这，却是他心中珍藏的永远的秘密。

（作品选自《新疆公安》2006年第5期）

烈 火 雄 心

文/李　东

每天饭前听战士扯着嗓子吼歌，早已习惯，也从未认真听他们喊出的歌是什么词，首先，我敢肯定的是那些歌本身是很有旋律的队列歌曲，但从雄性的士兵喉咙里喊出来的时候确实没有什么美感，更不会动听。

像往常一样，我站在饭堂前听战士喊歌，认真分辨了一下歌词，“驾起我们的红战车，哪里有灾难哪里有我，我们的誓言是舍生忘死，我们的使命是赴汤蹈火……”当我用心把这个歌词记下来并打印出来时，发现自己也可以随口哼出曲调，实际上原本我就是他们中的一员。

二十三年前，我加入了消防部队，和他们一样年轻，一样喊唱着一首首队列歌曲，虽然歌曲每年都在换，豪情没换，激情犹在……

二十三年时间，无数次经历不同的火场和灾难现场无意间掠过脑海，豪情的背后随时承担着危机，直面着死亡……

那年，我在南疆一个小县城当中队长，一天傍晚，一个离我们六十多公里的小镇发生火灾，那个小镇曾是大唐盛世时丝路的一个重要关隘，我曾去过几次，也见过坍塌的古城墙。

那时的消防车性能很差，城乡公路更差，经过近两个小时的颠簸赶到现场时，火已熄灭，看着依旧冒着青烟的房梁和焦黑的墙体，我们还是象征性地出水，受灾的农民蹲在被烧成焦炭的两只羊边上，不停地抹眼泪。由于怕我们收费，他不停解释是小孩子玩火造成的，不怪他，他家最值钱的两只羊也烧死了……

南疆的春季多风，多风的季节随时都可以遇到“沙尘暴”，而这个名词，当年我们是不曾听说过的，但回来的路上却让我们遇到了。

天黑了，瞬间大风卷起的黄沙像黄雾一般把我们包裹进去，原本来时坐在车顶上的两个战士也挤进了二座室，车驶到距那个小镇十来公里的戈壁滩时风越来越大，越来越猛，卷起的石子不停地敲击着车体，发出瘆人的嘭嘭声，而前面根本就看不到路，车的远光灯射出的光亮还不足以看清车前一米的道路。我们那个哈萨克驾驶员别克也是才开车不久，没有遇到过这种情况，不停地问，队长，怎么办，怎么办。

那时候我很年轻，二十来岁，我也不知道怎么办。在原地待着，可能过一会儿，我们的车就会被放倒在路边的戈壁滩上。横风忽左忽右，在我犹豫走还是停的时候，扬起的石块，嗵的一声击碎了后排的玻璃，片刻，驾驶室里充满了沙土。别克又一次焦急地问："队长，怎么办?"我说："我来开，后面的战士把战斗服脱了，顶住车窗，不能让沙土进来太多，不然一会时间，油门和刹车就会被沙土填实，我们就出不去了。"

后面的战士用四件战斗服撑出一个防风面，两个人用背顶着，然后说，没事了，队长你开车吧。我把车灯打成近光的时候，依稀可以看到路边石头反射的光，反正车不能停，就这样，慢慢地向回挪动，四个小时后我们走出了风区，走出风区后原本昏黑的天可以看见点点的星光和远处的灯光，别克突然哭了说："队长，我以为我们出不来了。"而此时已完全放松的我，才感到由于刚才两臂和方向盘较劲而酸痛难忍，便笑着说："别克，没事了，你来开车，我把你们带出来，就要一定把你们带回去。"

后面一个四川战士用浓重的口音突然说："队长，我真想在你手下当一辈子兵。"

虽然没有硝烟和战火，但我们同样是战友，就像那首曾经天天高唱的队列歌曲："战友战友亲如兄弟，革命把我们团结在一起……"

第一次出火警时，我还在南疆更远的一个小县城当兵，去那里快一个月了，我们这批新兵还没有出过火警，只是在每日的训练里重复电铃响后，顺着滑杆进入车库、着装登车的过程。

南疆午后的阳光不只灿烂而且炙热，当年九万元钱建起的消防队，夏天没有空调冬天没有暖气，吊在头上的大风扇呼呼悠悠地旋转着。刚来时，我都曾计算过，那个电风扇，如果脱离房顶的铁丝突然坠落会不会削到我们某个战友的脑袋。几天的艰苦训练，让我早就把电风扇会削到谁的脑袋的担心抛到九霄云外去了。训练回营房，一躺到床上就睡着了。

电铃是在梦中响起的，在梦中我已着装登车，我已站在消防车的踏板上，风光地掠过城市的街道。但屁股上的一脚却是真实的，班长一个一个地踢醒我们，大声喊着：“出警了，起来。”我迷迷糊糊地睁开眼的时候，我们那个青海兵，正围着滑杆转，嘴里还不停地念叨着什么，接着班长一脚踢着他顺着滑杆就下去了，而我们几个基本上是一个摞一个地滑下了车库。那时候的消防车更简单，一个中队人多车少，不像现在车多人少。我们站在消防车两侧的踏板上，用手扶着头盔的帽檐，感觉自己很伟大，很光荣，以至事后，边防上一个战友还问过我，“你们出警还要给路边的行人敬礼吗?”当时他正在我们路过的边防支队大门口站岗，我愣了很久才想起来是怎么回事，大笑着说：“哥们，那不是敬礼，那是怕风把头盔刮跑了。”

二十多年前，中国人都穷，就是着火了，家里也就是几床被子，没有什么值钱的东西，进入室内不用戴空气呼吸器那类东西，关键也没有，倒是有一种滤烟罐，猪脸一样扣在头上，一根象鼻连着一个装活性炭的圆不圆方不方的盒子。

南疆和北疆之间有一座山，叫天山，越过南部天山就进入了北疆，在南疆工作八年后我越过了南天山，回到我出生的这个首府城市工作。

我经历的第一次高山救援是在乌库公路一个叫英雄桥的地方，乌库公路是天山公路的一部分，作为国防战备公路开凿，绵延千里的天山山脉天然地把新疆划分为南疆和北疆，平均海拔四千多米，像一道屏障阻碍了南北疆的交通，自古以来被认为无法凿通道路，在牧民中曾流传着“千年冰峰无人开，要开神仙下凡来”的谚语。从北疆到南疆需绕道而行，为加快南疆的经济和国防建设，王震将军亲自筹划了修筑乌库公路工程。这项工程自 1952 年 2 月正式开始动工，长达七年之久，数名烈士长眠在沿途。而英雄桥便是前峡与后峡的连接点，这段山脉的最高点。

救援行动是从傍晚开始的。那是 11 月，入冬季节，路上的积雪越走越厚，进入山区，已没有灯光，只能看到路侧黝黑的群山和不时飘过的雪花，风吹得山坡上松树发出呜呜闷响声，公路并不宽，刚好可以让两台车擦肩而过，车轮在坡道上不时地打滑，德国产救援车性能很好，车型很大，但也很难跟上指挥车。在山下挂好防滑链，救援车重新低吟着警笛，慢慢地尾随上来，呜呜的回声在山谷中荡起。

遇难车辆是中午从英雄桥冲下近百米的悬崖的，车主的家人也赶到了现场，由于无法下到遇难者所处的悬崖下，便向消防队报警求援。到达现场后，在救援车顶强光的照射下，可见深百米近八十度的斜坡下一台已摔成碎片的货车散落在崖底。见到我们到场，遇难者的家属跪在地上抱着我的腿哭求我们，把她的丈夫救上来。本想天亮再作业，但此情此景让我和战士们心里也很难受，我问了一下我身边那个身经百战的老班长，有没有把握，回答没问题。于是，我们用救援车的绞盘连接四条救援绳，把四名战斗员送了下去。一个小时后，对讲机传来报告的声音，遇难者的遗体已发现，但谷地有一条冰河，不知道有多深，车体碎片砸松了冰面，冰面下水流声很大，他们得想办法先过这条十多米宽的冰河，还需要一个舟型担架。我告诉他们朝上游走，找厚实的冰面过河。三个小时后遇难者的遗体被运到了崖下。当舟型担架从悬崖下艰难地吊升到山顶公路时，家属撕心裂肺的哭声在山谷中回荡……

返回时，天已大亮，雪铺满了山间的道路，堵了一夜，数百米长的车队在我们车后缓缓地下山。来时，由于天黑，没有注意到两侧的悬崖和峭壁，天亮了才发现我们的作业场地只有几米宽，公路在群山中就像栈道一样，渺小得可怜，车随时可能滑下深谷，我的搭档小心地开着车，我不停地嘱咐慢点慢点……

走出山区，我的搭档对我说："人的生命真是一瞬间就可能消亡，名利是过眼云烟，好好活着吧……"

第一次见战友倒在火场上是"5·8"火灾，新疆建筑机械厂的圆顶大工房，不知什么时候变成了出租商品的库房。

那是一个典型的苏式建筑。很多年前，我还是上高中的时候去过。建机厂的职工称之为圆顶大工房，原本是新疆建筑机械厂的五车间。上世纪五十年代由苏联设计建造，从外形上看，大工房就像一个硕大的蒙古包，直径也有几十米。我们不得不佩服苏联优秀的设计师，硕大的穹顶建筑竟然没有一根梁柱，那个年代建造的很多苏式建筑都有一个共性，冬暖夏凉。可能由于前苏联地区寒冷潮湿多森林，所以建筑材料木材也多，如闷顶、木地板、加心墙体，优点很多，设计巧妙。但最大的缺陷就是不防火，一场大火就可能把一幢楼烧剩一个底座，我见到的第一起火灾就是我们厂一个闷顶苏式建筑起火，消防员在闷顶的斜顶上破拆，那时报警电话是“09”，听说“09”都来救火了，我们一群半大的孩子去看热闹，而我们厂的消防队实力当年可是比“09”还要牛。

在我上高中时，建机厂那个圆顶大工房据说已被列入文物保护起来，毕竟这么大的穹顶建筑满世界也找不到几个，当年的同学还带我参观过这个大工房，因为他父亲就曾是这个车间的主任，他的童年就在这个大工房里度过。

再一次见到这个大工房时，已是一片废墟，火还在燃烧，一辆一辆的消防车呼啸着驶入现场。二中队的一名战士就躺在废墟下，前来增援的特勤大队战友，在水枪掩护下，默默地流着泪一个接一个地使用破拆工具打开通道，清理废墟，寻找被突然坍塌的建筑压住的战友，撤下来的战士，熏黑的脸上泪水划过的痕迹依旧可见。一个多小时后，当魏宏文被三个战友抱抬着走出废墟时，已停止了呼吸，腰间的呼救器，不停地闪烁，但已无声了。碎石砸断了连接面罩的输气管，呼吸器的气瓶已没有一点空气。周围的抽泣声越来越大，我看到周围战士憋红的脸上，泪水不停地流，我的泪也止不住的泉涌而出。我曾经多次面对火场和灾难现场的遇难者，这是第一次见自己的战友成为了遇难者。我根本不相信后来烈士事迹中所描述的那样，“危急关头，魏宏文同志迅速推开身旁的战友，自己却被楼板砸压掩埋”。但至少我相信在灾难来临时，周围的群众四散逃生，而我们的消防队员，义无反顾地冲了进去，不管他是否真的推了一把身边的战友，他都是伟大的。

“1·2”大火，牺牲的三个烈士中就有两个曾经是我吃一锅饭的战友，那年我在特勤大队任大队长，朱晓磊大学刚毕业分到大队任排长，一个很精干的小伙子，圆圆的脸总是挂着憨憨的笑。除此之外，我对他没有更深的印象，只听大队政委说过这小子家里条件非常好，几个长辈都是官员，家里把车和房子都给他买好了，就等着他找对象呢。

而高峰烈士，我基本上没有什么印象，只知道这个人。我们大队机关在特二队，而他俩都在特一队工作，当年我手下的一百二十名干部战士都非常优秀，就连那个每天嘴上含着香烟、两手忙着维修器材、都不用手掸烟灰、点着火后烟从左嘴唇可以自动挪到右嘴唇的高参一上火场，都像打了兴奋剂一样生猛。

“1·2”大火那年，把朱晓磊、张宇从德汇大厦背出来的时候，那个屡立战功的老班长也瘫倒在地上。

隔着抢救室的玻璃默默看着医生和护士徒劳的忙碌，中医院的急救大厅外站着几个战友，我知道，没救了。十来分钟后，朱晓磊的父母和姐姐来到医院，在大厅的长椅上呆呆地坐着，而他脑瘫的姐姐一直不停地念叨：“你们谁能告诉我，我弟弟怎么了，我弟弟怎么了？”

高峰烈士的遗体是大火熄灭后，在现场找到的，面朝下匍匐着倒在不远的消防栓边，大火无情烧毁了他的四肢和背部，连头盔都烧化了，但面部基本完好地保留下来了。

追悼会上……

走在我前面的尚干事，将手中的一束洁白的鲜花放在三位烈士遗体边，而我则在她的身后，默默敬了一个军礼……

事隔四年，有一次，朋友请吃饭，坐在首位上的是自治区某局的书记，五十多岁，一脸的沧桑，朋友介绍我的单位，他站起来和我郑重地握了握手说：“我家孩子也在消防。”我随口问了句：“叫什么？”他说：“朱晓磊。”我“哦”了声，坐在他旁边的位子上。没再提此事，也没再和书记说话，关键我不知道我说什么好。

酒过三巡，他突然回头问我：“你认识朱晓磊吗？”我说：“他曾是我的同事，一起特勤大队工作过，他牺牲时我已调离了特勤大队，在机关工作。”说完，我端起一杯酒，缓缓洒在地上，又加满一杯酒，一饮而尽。他端起面前的杯子也一饮而尽，然后告诉我，朱晓磊是他的侄子，他们家族唯一的男孩子，小时候就非常懂事，长大后也很孝顺，武警学院是朱晓磊自己要求报考的，当时想男孩子就该当兵。大学毕业，留在了乌鲁木齐特勤大队，两年的锻炼期满后，家里已给总队领导打好招呼，本打算把晓磊调到防火岗位工作，因为他的专业并不是学灭火救援的，但无论怎么劝晓磊都不同意，晓磊自己愿意和士兵在一起，愿意冲锋陷阵。

那年那场火灾，本来并不是晓磊值班，当时他陪着父母看给他装修好的房子。吃饭的时候，听到街上消防车的警报声，他问值班室哪里发生了火灾，饭没吃就急匆匆地跑了，这一走就再也没有回来……说着说着朱书记潸然泪下。

满眼都是泪的我，不敢直视朱书记的眼睛，端起酒杯一饮而尽。

如果朱晓磊还活着，一定会成为一名优秀的消防指挥员。

烈士的名字载入了共和国的史册，刘军、魏宏文、朱晓磊、高峰、张宇。

还有很多没有倒在火灾和救援现场的消防队员，没人能记得……共和国的英烈册没有他们的名字，也没人能记得他们的名字……

汪凯峰，伊犁兵，我不认识他，至今他属于新疆消防哪个部队我都不知道，但我记住了他的名字……

在他倒在训练塔边时，没人知道他是谁，来自哪里……

也没人知道他的往事……他牺牲后，不会像烈士般被人歌颂，被人铭记……

那一年，总队举办消防业务大比武，他是特选队员之一，所谓特选队员首先要军事过硬，他所承担的任务是在高空完成消防特技。这种消防特技所承受的强大的心理压力是常人无法想象的，从离地面三十多米的高空，雄鹰展翅般地张开双臂，自高层扑下，瞬间要抓住下一层的窗沿，然后翻身鱼跃，站在下一层的窗台上，依次下翻……

在临近大比武的前一天，我在训练现场，在百米外的观礼台……

所有的程序依旧，最后一次表演，我看见百米外的窗口，一个战士展开双臂，从八楼到七楼的过程中突然脱手，没有抓住七楼窗口的铸件，接着，我看到这个战士如树叶般地飘落，接着我听到这个战士惊呼声“啊……”

接着我看到这个战士坠落到地面，训练塔下堆积的竹制挂钩梯没有给他任何缓冲，百米之外，我看到他落地的一瞬间被弹起，又重重地摔到训练塔边。我和周围的同事，以百米冲刺的速度跑下观礼台，冲到现场。我看清这个意外坠落的士兵，五官英俊，脸色惨白，没有任何外伤，我拉起他的手臂，搭着他的手腕，发现他已经没有任何脉搏。这个战士就这样走了，没有任何生命的体征，内脏已震碎了……

当天晚上，基地请了新疆有名的心理医生，给参加竞赛的士兵做心理治疗……

当天晚上我建议："目前这种心理干预没必要，让参训的战士去跑五公里，再打个蓝球，然后洗澡、睡觉，想哭就让他们大声地哭去吧……"

第二天，表演如期举行，数百余名战士没有畏惧，完成了所有比武科目……

而汪凯峰，如今还有谁记得？据说当年他牺牲后，他的父母来到部队，唯一的要求就是让他正在上大学的姐姐入伍来到消防部队。而他的姐姐，在总队基地参加新兵训练时，总是不忍直面弟弟牺牲的训练场，两年后退伍回家了……

无论是轰轰烈烈牺牲的烈士，还是在平凡岗位上、在日常训练中献身的战士们，我同样都记在心里……

他们都是共和国之盾，没有尊卑……

吐鲁番地区是一个盆地，出甘沟到托克逊一路下坡，从海拔两千多米，降到海平线，盆地的地形特色非常鲜明。

出南疆，进新疆的两条国道穿过吐鲁番，硕大的液化气槽车、氨气槽车、酒精槽车时不时地和驾驶员一起"睡倒"在路边……

我在来吐鲁番工作的第一年就数次遇到了类似的事故……

一辆三十吨的液化气槽车横卧在高速公路边，两边的国道封闭了，我们到场时，罐体喷射的白色气体和浓浓的臭味让人无法靠近。可燃气体探测仪的数据，让近百米的救援人员后撤了又近百米，我和参谋长徒步走到现场，硕大的罐体的触地面有一道长长的裂口，白色的液体就像爆裂的水龙头一样喷射出巨大的液柱，触及地面后马上结成冰，继而蒸汽般地挥发了。

有多大裂口，无法判断；怎么处理，一时无计可施……

向乌鲁木齐支队特勤大队求援，他们有各种堵漏工具。

两个小时后，乌鲁木齐市公安消防支队特勤大队到达现场，两台车，十多人，雪亮的手灯把现场照得如同白昼，当我那个曾经的同事看见我时说的第一句话就是："大队长，有你在这，哪还用我们来呀？"在现场转了一圈后，他说："这个事儿我们干不成，你还是自己处理吧，我知道你有办法。"说完便返回了。

自己的事还得自己干！

在场的专家估算，这么大的泄漏量，十小时基本可以排空，那时候再起吊。

四月的天气，夜间出奇的冷，我们缩在消防车和临时搭建的帐篷里。

天刚亮，我就醒了，其实是冻了一夜，根本没睡着。我独自走到横卧的气罐边，压力一点没有减，寂静的早晨很远就可以听到液柱冲击地面的嗞嗞声，现场地面已被冲出近五十厘米的坑，不能再等了，国道已被封了 18 个小时。

回到车边叫起了帐篷里的战斗员，准备好绳索，我们小心地剪断锡封，拧松阀门，将绳索套在阀门上，准备好后，在上风方向的十米外我们拉开了卸气阀……

一瞬间，一道白色的液柱伴随着巨大的呼啸声喷向天空，有十来米高，周围一下弥漫着浓浓的、刺鼻的怪味……

身边的战斗员问我："怎么办？"

"怎么办？快跑。"话音未落，三个战斗员以百米冲刺的速度向上风高处奔去。

我是想跑也跑不快，厚重的头盔和战斗服和空呼器此时压得我喘不过气来……

十分钟后后，气柱消失，起风了，越来越大。我赶紧和安全生产监督管理局的同志商量，要尽快让吊车入场，有风是好事，不然风停了，不好吊装……

再到现场，那个撞裂的口子已不再喷射，但还是像自来水般流出液体，压力卸了，但里面至少还有一半的液态气体，吊车扶正罐体的那一刻，一名战斗员拿着封头快速地砸入裂口……

高速公路管理局、交警部门、安全生产监督管理局的工作人员围在一起开始讨论如何处罚驾驶员，问我意见时，我说：你们还是好好讨论一下，这个地段路标设置有没有问题吧。

我捡起散落一地的驾驶员的证件和物品，走到蹲在地上发呆的驾驶员身边，交给他，拍了拍他的肩，然后走向自己的红战车。

虽然中国航空业发展速度无可比拟，但乘坐飞机出行的毕竟是少数人，还有很多人没有在现实生活中见过真正的飞机，更不可能目睹飞机坠落后的惨状……

那架阿塞拜疆的伊尔 76，起飞不久就迫降在乌鲁木齐三坪的农田里，并爆炸起火。我们接到通知后驶向事故地点，高速公路打开了绿色通道，一辆一辆从不同方向驶向机场的高速消防车，汇成了一个阵容壮观的救援车队。那年我是作战参谋，当我乘坐的指挥车快速掠过消防车队时，那种早年我驾驶过的消防车已从这个车队中消失了，取而代之的是一台台高大威猛的特种车。我突发奇想，这消防车呼啸着会不会突然站起来变成美国电影《变形金刚》中的擎天柱……

机场消防的战友告诉过我，改革开放初期，新疆航空公司曾从苏联租了六架图 154 在国内航空线路上使用。我在北京军事博物馆见过这种飞机，很粗糙，内部就像三十年前的 212 吉普车一样。图 154 是苏联图波列夫设计局研制的三发动机中程客机，共生产了九百多架，事故多发，曾经有一架还把波兰的总统列赫卡钦斯基在内的 88 名波兰高官一起送进了天堂。后来国内不让使用这种过时的飞机，六架图 154 只好离开新疆机场。俄罗斯飞行员为了表达对这个决定的不满，硕大的客机在新疆机场上空翻着跟斗，玩着特技飞离中国。

坠落的这种伊尔 76 飞机是苏联伊留申设计局研制的一种大型运输机。可载运各种装甲车辆、高炮或防空导弹，有近十种类别，在中国空军中曾大量使用。

最先到场的消防队员，已将航油形成的火焰扑灭。机头前五米处就是民宅，近百米的农田里被飞机刮出一条十米宽的沟，飞机的各种零件散落在四周，包括两台体型硕大的航空发动机。

平时削铁如泥的各种破拆工具，对飞机没多大作用，锯了半天只能在飞机蒙皮上划出一道白印。我们用救援车的钢索强行拉开了飞机后仓，里面的货物散了出来，中国南方某省产的鞋子、服装散落了一地，有几十吨重。正是这些洋品牌仿制品压垮了这个本该用来装载军用物资的大型运输机。

看来苏联解体后，这些苏联加盟共和国的人民生活水平并不高。据说这种飞机还从中国向国外拉过水泥，也许这些飞机的飞行员和中国公路上超载的货车司机的心态一样，多拉快跑，挣钱养家。

找到飞行员的遗体时，遗体已被烧得蜷缩在一起，我们默默地向遇难者志哀。这时，又一具遗体被抬了出来……

也许他们的父母或者妻儿已做好了晚饭正等他们回家，也许这些机组成员的包里还装着给孩子买的中国糖果，给妻子买的江浙丝绸，给父母和朋友带的各种“中国制造”的小玩意，但他们再也回不去了。

吐鲁番多风，百里风区和三十里风区常常阻断进出吐鲁番的道路，大风救援频次繁多，往往这时候，我哪个现场也去不了，只能坐在指挥中心，不停地处理报警电话。

有一次大风来袭，一个小时内接到26次报警电话，有火灾要救援。自治区公安消防总队指挥中心、乌鲁木齐市公安消防支队指挥中心的图像陆续传了过来，十台大型消防车随时准备调往吐鲁番。

大屏上，领导不断地嘱咐，要确保重点。

哪里是重点，我不知道。吐哈消防、机场消防、城市环卫车也在指挥中心的调度下，奔赴一个个现场，三十多台消防车，在吐鲁番、托克逊、鄯善的街区和乡村穿梭……

四台救援车被困在了路上，大风造成能见度不足一米，对讲机中不停地传来各个救援现场的情况……

又一个电话从接警席传了过来，“救救我呀，我的车被困在了风区，出不去了，你们来车救救我呀!”卫星地图上显示，我们的两台救援车也被困在那个区域。接警员告诉他那个区域目前我们过不去，告诉他如何自救，等待救援。

“你们的消防车就在我车前面停着呢。”

接警员告诉他："那你自己上我们的消防车就行了。"

"不行，我一下车就会被风吹跑了。"对方焦虑地回答。

接警员问我怎么办，我说："他怕被风吹跑，那就让他在车里等待救援吧。"

两个小时后，GPS 屏显示，我们困在风区的消防车开始移动了。

我让接警员联系一下那个担心被风吹跑的人，看看他现在被吹到哪了。

"他自己爬到消防车里去了。"接警员回答。

在火灾扑救和现场救援中，我们有时也会被不明事理的群众围攻、谩骂。报警人总是认为消防车就应该立即出现，消防车一到，火就应该立即扑灭，否则就应该被问责。有时候，我们仿佛就是交通肇事者和纵火者，被群众推来搡去，要求赔偿他们的损失。

我曾经和一个政府的朋友有一段对话。

他说："我看你每天挺闲的，还拿那么高的工资。"

我说："你一年 365 天，在自己家的床上睡觉。我一年到头在单位宿舍的硬板床上睡觉，还经常要露宿野外，工资高一点也应该吧。"

朋友并不知道，一年七百多次的出动，一多半都在夜间，夜深人静的时候，没有人会看到消防队员忙碌的身影……

这是一个星期天，没有火警，也没有人来打扰我，早饭后我就一直坐在电脑前写这篇文章，直到晚饭的军号吹响。

此时，耳畔又响起了那熟悉的队列歌曲，"烈焰升腾我冲锋，山崩地裂我顶着，前进吧，消防队员，大爱谱写英雄的歌……"

（作品选自《新疆公安》2013 年第 12 期）

作者简介：

李东，现任吐鲁番地区公安局公安消防支队支队长。在《国际消防》《消防技术装备》《武警学院学报》上发表多篇论文。2013 年有两篇学术论文被国家灭火救援专业委员会分别评为一等奖、二等奖。

仰望天上的国道

文/包训华

青藏铁路贯通后，唱红了一首《天路》，这首歌理所当然歌唱的是铁路——青藏的铁路。然而我这里所说的“天路”，不是指青藏铁路，而是新疆至西藏的公路，也就是著名的219国道。219国道是世界上海拔最高、道路最险、环境最为恶劣的高原公路，它与青藏公路、川藏公路一道，被誉为“铺设在天上的国道”。它蜿蜒在喀喇昆仑山、昆仑山、冈底斯山和喜马拉雅山之上，平均海拔四千五百米，属于特高海拔区域，而且长年平均气温在零下二十摄氏度以下，最冷时可以达到零下五十摄氏度，被联合国教科文组织定为“地球的第三极”，不适宜人类居住。而新藏公路也被联合国教科文组织界定为铺设在世界屋脊上的“屋脊天路”。这条“屋脊天路”，既是新疆通往西藏阿里高原的唯一通道，也是我国与印度、尼泊尔、克什米尔等交界的唯一咽喉要道。

2001年12月，我曾跟随时任新疆喀什地区公安局局长陈壮为等人，从喀什地区叶城县的219国道零公里出发，沿新藏线前往该县塔吐鲁沟慰问长年驻扎在那里的公安民警和边防部队官兵。沿途翻越了数座海拔在三千米到五千米的达坂，走过了许多奇难绝险的高原公路，听到了很多感人的故事。这么多年过去了，我却怎么也忘记不了这条举世闻名的“天路”，我时常在梦里与它邂逅，想起那些山、那些人、那些令人肃然起敬的地方，想起那些令人感动的事情和经历。我甚至会想起在路边摸过的一块石头、在途中啃过的一块干馕、在小店喝过的一碗砖茶、在车上抽过的一支香烟，这些都历历在目，恍如昨日。

219国道从叶城县零公里开始，到珠穆朗玛峰山脚下的拉孜，全长两千多公里，穿过茫茫戈壁，穿越巍峨雄伟的昆仑山、喀喇昆仑山、冈底斯山、喜马拉雅山，沿途要翻越库地、赛力亚克、麻扎达拉、黑卡、界山、康西瓦、奇台等十余座险峻的冰达坂，还要涉过孜那甫河、叶尔羌河、喀拉斯坦河、狮泉河等几十条冰河险滩。其路之艰难、其途之险阻，令人望而生畏。

“库地险，犹似鬼门关；麻扎尖，陡升五千三；黑卡悬，九十九道弯；界山远，伸手可摸天。”这段顺口溜是新藏线国道艰难险阻的真实写照。

阿卡孜，海拔只有三千一百五十米，在新藏线国道上可能是海拔最低的达坂。但是，你可千万不要小看了这座不起眼的，也常常被人忽略的山，它可是新疆境内山势最为奇绝险要的一座，虽然全程只有三十多公里，却有三十三个弯道、九十九个翻转。可以想象，要翻越阿卡孜，精神必须高度集中、情绪必须调整稳定，更要心无杂念，全神贯注，紧握方向盘谨慎驾驶，否则一不小心就掉入万丈深谷里去了，其情状之惊心动魄，非亲身体验是难以想象的。

甜水海，多么动听的名字，多么富有诗意的名字呀。我最早知道“甜水海”这个名字，是从地图上看到的，我有平时翻看地图的习惯，也算神游大地吧。第二次是从新疆著名作家王族的一篇散文——《甜水海问柳》里看到的，故事讲的是一个戍边军人的经历。第三次就是我的亲身经历了，真正去面对和接触这个神秘的“海”。的确，甜水海不能单从字面上来理解，恰恰相反，这里的水不仅一点儿甜味都没有，而且是苦如黄连，无法饮用。

死人沟，一听名字就让人毛骨悚然。这是一条长一百多公里的山沟，海拔五千多米，空气稀薄，了无人烟。传说，在很古很远的时候，很多南来北往的商旅驼队路过此地时，往往因风雪围困或者因高寒饥饿、缺氧而在此毙命，很少有全身而退的，因此留下了累累的人畜白骨横于沟野，故而得名。据前辈们讲，1950年，最早一支沿着这条路从新疆进入西藏的解放军先遣英雄连，包括连长李迪三在内的一共六十八名官兵，全部因高原险恶在死人沟壮烈牺牲，可谓残酷之极、壮烈之极。

界山，海拔六千七百米，是新藏线冰山公路上最高的一座冰达坂，既是新疆和西藏的分水岭，也是中国大陆国道上海拔最高的山口。这里的氧气特别稀薄，不足平原含氧量的三分之一，表情达意最好多用手势和肢体语言，尽量保存体力和能量，说话过多就会上气不接下气，气喘吁吁，头晕目眩，更甚者头痛、胸闷，其症状真是十分痛苦。据同行的塔吉克族警察龙吉克介绍，新藏线上有“六把利剑”：暴风雪、雪崩、泥石流、塌方、缺氧和高原猝死。这话听起来令人心惊胆寒。

“氧气吃不饱，山上不长草，风吹石头跑。”新藏公路横贯世界屋脊，平均海拔四千五百米，空气中含氧量不足平原一半，气候异常恶劣，植被稀少，动物稀缺，在这里生活工作五年以上的人大都患有多种高原疾病。由于高原紫外线高强度的照射，大多数人脸上呈现出高原红，更甚者脸上呈现出蓝紫色和酱紫色。在这里，即使什么事情都不做，光静静地坐着，都十分难受，更不要说生活和工作了。据测算，在这里，即使不运动，人的心脏的负荷也相当于在平原负重二十公斤行走时的负荷。因此，这里也流传着一句话：人即使躺在这里也是一种奉献。

行走在世界屋脊的天路上，穿越在莽莽群山中，亲历这些令人敬畏的地方，这里的一石一草一木见证了人的另一种精神和高度，那就是：挑战、坚忍、超越。

史书记载：“帕米尔恒年积雪，土瘠风高，不产五谷，民资游牧为主，食以牛羊及乳饼为常品，无树木，炊以粪蒿。”

《大唐西域记》记载：“登山履险，路无人里，唯多冰雪……”此乃帕米尔高原酷烈地貌及生活在此的塔吉克人的真实写照。

帕米尔高原与巴基斯坦、阿富汗、塔吉克斯坦、吉尔吉斯斯坦等国接壤，边境线长，地形复杂，公安边防武警的巡逻防范任务十分繁重。辖区社会治安状况的好坏，是边境地区党委和政府以及牧民最关心的问题。社会治安状况好，说明边境地区稳定，边境地区党委和政府才会有更多的时间和精力去考虑发展边境地区的经济，改善边境地区牧民群众的生活。最大限度地激发全社会创造活力，最大限度地增加和谐因素，最大限度地减少不和谐因素，这是新时期公安工作以及边防工作的核心。那么，做好这一切的根基在哪儿呢？在群众之中，群众才是我们做好边防工作和维护边境地区稳定的坚强依靠。

针对塔什库尔干县防区和叶城县防区交通不便、居民分散、流动放牧、山峦险要等特点，无论是地方人民警察，还是边防武警官兵，都主要采取“巡访制”和“驻村制”相结合的警务模式，将警力下沉，沉到基层，沉到一线，和牧民同吃同住同放牧，既可以及时发现情况，又可以消除管理盲区。在落实“巡访制”时，我们的警察以牧民毡房、帐篷、定居点以及地方人民警察、边防武警官兵的执勤点为依托，少则两三人，多则五六人，设置“流动警务室”，地方人民警察与边防武警官兵相互依靠，警察与人民群众相互帮助，边防军人与牧民相互依托，确保了牧民群众的生产生活到哪里，流动警务室的管理和服务就跟进到哪里，这不仅大大提高了边境地区牧民群众的见警率和警务工作效率，尤其重要的是加大了边境地区警力的覆盖率，一旦发现可疑紧急情况，就可以快速出警，果断处置，从而避免了牧民长途跋涉报警的劳苦。无论是在塔什库尔干县，还是在叶城县的边境地区的乡村，普遍采取的都是这种警务模式。实践也证明，这是一种符合边境地区实情，有利于维护边境地区稳定的行之有效的警务模式。

在叶尔羌河上游和塔吐鲁沟，有许多小村庄，如麻扎村、杏村、热斯卡木村、温泉村、八尖仙村、苦鲁勒村，通往这些小村庄的道路都十分艰险，基本上都不通车，需要借助畜力才能到达。

热斯卡木村一半隶属于叶城县行政区域，叫大热斯卡木村；一半隶属于塔什库尔干县行政区域，叫小热斯卡木村。对于当地公安民警来说，治安防范的任务十分繁重。在落实“驻村制”时，边防官兵们有两条线路可走：一是每年的5月至9月，天气晴朗时，边防武警官兵们可以骑马走山道，穿越茫茫喀喇昆仑山腹地，翻越三座五千六百米以上的冰达坂，蹚过数条寒冷刺骨的冰河，穿越多个无人区，许多路段只能自己背着物品拽着马的尾巴前行，只有二百八十公里的行程却要足足走上七天，其艰难程度可想而知；二是当年10月至次年4月，由于大雪封山，只能乘车从塔什库尔干县途经阿克陶县、疏附县回到喀什市，然后从喀什市出发，经疏勒县、英吉沙县、莎车县、泽普县到达叶城县，在叶城县进行休整后，穿越新藏公路阿卡子、库地、赛力亚克、麻扎，行程九百多公里才能到达热斯卡木村。在如此艰苦的环境中，边防官兵和地方公安一样，每年都要走好几趟，一住就是半年甚至一年，要等到来年开春融雪季节才能返回派出所和机关，进行换防和休整。

在热斯卡木村，我们听到了一个传奇故事，久久难以忘怀。有一年6月份，塔什库尔干县红其拉甫边防派出所教导员阿巴米斯林带领两名边防官兵前往二百八十公里外的热斯卡木村为牧民办理身份证，由于天黑时刚好走到无人居住区，三人便只能露宿在山脚下。他们将帐篷搭好，却没有取暖的东西，三人只好将皮大衣紧紧裹在身上，挤成一团取暖，并捡了一堆石头压在帐篷边上。好不容易挨到半夜，突然传来一阵阵的狼嚎，凄厉的声音回荡在山谷间，让人心惊肉跳。三人睡意全无，其实三人也根本没有睡着，尽管使用的是保暖帐篷，可还是冷得不得了。随着狼嚎叫的声音越来越近，几枚闪闪的绿光扑向帐篷，三人赶紧拿起帐篷边上的石头向狼狠狠地砸去。一只狼退却了，另一只狼却又冲了上来，阿巴米斯林躲闪不及，右臂被狼抓伤，鲜血直流。情形十分危急，照这样下去，三人都有可能成为狼的“美味”。情急之下，警官李全斌赶紧脱下大衣，蘸上汽油，点燃后挥舞着冲向狼群。见到火光，几只狼又一次退却了。可是三人的大衣很快就烧完了，他们又将马鞍子卸下来点燃，与狼群对峙。就这样，好不容易熬到天亮，狼群才离开，阿巴米斯林等三名边防官兵也已经是精疲力竭了……

西合休乡苦鲁勒村隶属于叶城县行政区域，距叶城县县城三百多公里，几乎都是陡峭崎岖的山路，其中还要翻越数座冰达坂，其中一座达坂海拔高达五千一百米。当我们赶到苦鲁勒村时，才一进村口，就有许多村民闻声赶来，争先恐后地和我们握手，向我们问好，有说塔吉克语的，有说维语的，有说不熟练的汉语的。从他们热切的眼神中，我看到的是渴盼、真诚和朴实。刹那间，我的心似乎被什么东西轻轻地撩拨了一下，感到热乎乎的，有一股暖流在心间、在眼里流淌……说话间，我们已经被好客的塔吉克老乡们拥进了房子，可口的奶茶、香喷喷的馕、甜蜜蜜的干果已经摆好。村长阿米尔一边请我们吃着喝着，一边向我们讲述着村里的地理概况、社会治安状况以及村民们的收入等情况。这是我第一次来到塔吐鲁沟，也是我第一次面对面近距离接触这些“离太阳最近”的人，一次次感受着他们的好客，感受着他们的热情，感受着他们的淳朴。在接下来的慰问走访活动中，塔吉克老乡们形影不离地陪伴着我们，同样的奶茶、同样的馕、同样的干果，还有同样的真心真情。

一位名叫阿吉的老人告诉我们，有一年冬天的深夜，他的女儿古丽凌晨三点钟在家中分娩后，由于婴儿胎盘滞留腹中长达二十四小时，加之失血过多，身体极度虚弱，生命危在旦夕。当时全村没有一辆汽车，村民们的主要交通工具是驴、骆驼和马。望着窗外一片漆黑的夜色，阿吉老人为难了，该怎么办呢？这时，他突然想起了库地公安边防官兵们走访时留下的一张“警民联系卡”，阿吉老人照着警民联系卡上的电话拨了过去，用不太熟练的汉语说道：“是派出所吗？我的女儿在家里病了，能不能用车把她送到医院去抢救……”人命关天，情况危急，仅用了十几分钟的时间，派出所的官兵阿不来提卡德尔就拿来了棉被、大衣等御寒物品，冯亮准备好了担架、急救箱和常用医疗用品，张绪灌好了七十公升备用汽油，并检修了车辆，一切准备就绪。经过三个多小时的奔波，终于赶到了阿吉老人家。此时，阿吉老人的女儿古丽已经二十多个小时水米未进了。边防官兵们立即用担架将古丽抬上车，掉转车头，消失在茫茫的夜幕中。在车上，冯亮赶紧冲了一袋奶粉，让古丽喝下，以补充古丽的体能。又是连续七个多小时的颠簸，他们终于将古丽及时安全地送到了叶城县人民医院。经过三个多小时的手术，古丽终于脱离了生命危险……讲到这儿，阿吉老人的眼泪已经流淌了下来。

人非草木，孰能无情。多少年来，派出所的警察和边防官兵们就是带着对边境地区牧民群众的炽热的情感，怀揣着对牧民群众的真爱，翻山越岭，走村串户，走遍了塔吐鲁沟管理区的每一个角落。感人心者，情也。人心就是一杆秤呀。心里始终装着牧民群众的人民警察，赢得了牧民们真心的喜爱、真心的支持。牧民们放牧时不忘巡逻，安居时不忘保边防，走路时不忘观察情况，牧民成了派出所的“千里眼”、“顺风耳”，形成了一张村村是哨所、人人是哨兵，让不法分子无空可钻的天罗地网，进一步减少了管理工作的漏洞和死角。只要发现有可疑情况，不管刮风下雨，不管白天黑夜，牧民们都会骑马甚至步行几十公里到派出所和执勤点报告情况。

2000 年 5 月 2 日，五名暴力恐怖分子杀害了南疆某乡干部后，仓皇逃往境外。这五人刚一进入叶尔羌古道便迷失了方向，一直在塔吐鲁沟山区转悠。5 月 22 日，热斯卡木村村民买买提发现了这五个陌生人，立即将他们带到自己家中，并杀羊“热情”地款待他们。暗中，买买提却让自己十二岁的儿子悄悄溜出去，一路爬陡坡、涉冰河，步行十七公里，向派出所警务室执勤警察报告了情况。所长阿巴米斯林和警官达不达尔白克迅速带领十余名治安积极分子前去围捕暴力恐怖分子。当他们赶到买买提家时，这五名暴力恐怖分子已经吃饱喝足逃走了。在买买提的指引下，众人沿着崎岖的山道紧追不舍，终于成功将他们抓获。

一位塔防区派出所教导员曾经深有感触地说，生活中很多小事看似与派出所无关，与人民警察无关，与治安管理工作无关，但是如果我们把这些小事都做扎实了、做好了，就可以通过这些细小琐碎的事情，来传递党和政府的关怀和温暖，从根子上遏制住引发不稳定因素的源头和苗头。因为经过有效的引导与化解，让边境地区村村都是哨所、人人都是哨兵，这可以最大限度地发挥“警力有限、民力无穷”的作用，真正确保边境地区稳定与安全。

（作品选自《啄木鸟·公安文学专号》2013 年秋季号）

作者简介：

包训华，70 后，喀什地区公安局民警，任喀什市作家协会副主席。在《散文诗》《星星诗刊》《人民公安报》等报刊上发表多篇作品。

大漠地底有长河

文/张玉波

在我最初路过吐鲁番的时候已是秋天，车行驶在空旷浩瀚的戈壁上，映入我们眼帘最多的是路两边均匀遍布着的圆形土堆，同伴们无人知晓那是什么。车子在火焰山脚下抛锚，趁着修车的间隙，有人建议爬火焰山。在大汗涔涔的时候，爬到半山腰的我们再也爬不动了。大家俯视火焰山下的戈壁，跃入眼帘的依然是那整齐的土堆，那土堆像一个个大大的蚁穴，一堆堆一排排整齐地向南北延伸着，气势恢宏。有朋友说那可能就是坎儿井，但我们中间没有人能说得清道得明。由于有事，没有时间对坎儿井进行探究，在一种遗憾中缔结了一种对坎儿井的特殊情结。

几年后终于有机会陪客人来到吐鲁番，闻着甜甜的葡萄香，有一种久违了的亲近。在我的鼓动下，大家首选观看坎儿井。

走进亚尔乡老坎儿井风情园浓郁伊斯兰风格的大门，立刻就被串串翡翠般晶莹的葡萄和香甜的气味所包围，通向坎儿井底的隧道蜿蜒曲折，我们沿着隧道拾阶而下，只觉曲径通幽，凉意沁人，一条涓涓细流就这样映入了眼中。我们在导游的讲解引领下来到了坎儿井的明渠，我才恍然大悟：坎儿井不是井。

沿着河岸逆流而上，我们行走在窄窄的河岸边，头顶是一线天，明媚的阳光透过头顶大树的缝隙斑驳的洒落下来，坎儿井的水面上无数炫目的金片在晃动。这时的坎儿井绝对不是“泉眼无声惜细流”，那欢快的浪花像无数个美丽少女欢快地拂袖而舞。走着、看着、想着，我突然被一幅美景震慑了：在闪烁着碎金浪花的坎儿井边，一个带着花帽穿着艳丽的维吾尔姑娘，长长的麻花辫直到膝盖，她蹲在河边，旁边放着一只木桶，对水化妆打扮，美丽的笑颜灿烂如花。这时，这位可爱的“古丽”也突然发现有人在看她，她马上站起身，留下一串羞涩而又甜蜜的微笑，扭动着婀娜的身段提着木桶飘然而去。

我们在沿着河岸上缓行了好几里，突然河水流进了一个山洞，抬头看见洞口上有个木牌，上书“龙口”二字。里面黑咕隆咚的什么也看不见，只听到那哗哗的流水在黑暗里依旧舒缓地轻唱。这时导游小姐说，坎儿井明渠参观结束，“龙口”是明暗渠的交界处，暗渠没有办法让你们看了，但坎儿井井水矿物质达标，是天然的矿泉水，喝了可以强身健体、治病疗伤。借导游吉言，我们一拥而上，掬一捧坎儿井的清泉喝下，果然清洌甘口，立即神清气爽了许多。

上到坎儿井地面，我们带着许多好奇和疑问，来到了坎儿井博物馆，追寻历史的足迹，寻找奇迹的答案。

早在两千多年前，吐鲁番等天山南部地区，干旱少雨，年平均降水量在五十毫米以内，而平均蒸发量又接近三千毫米。人们屯田、生产、生活的水源只有天山的集雨和融化的冰雪。但是，吐鲁番的地层是由粗大沙砾石层组成，一遇水便迅速渗透，即便是山区降大雨，雨水也沿着北高南低一千多米的落差狂奔而泻，在茫茫的戈壁大漠急剧渗透，人们难以直接利用。

古代先民们思水若渴，思水求变。经过历代艰苦的找水探水活动，他们发现天山的博格达山等高山是万古的冰川雪原，降水量丰富，是吐鲁番盆地沟壑的重要水源。特别是他们发现，横亘在吐鲁番盆地的火焰山是砂岩地貌，透水性差，北来的地下水受到火焰山的阻隔和抬升，地下水位埋深很浅，在火焰山的一些豁口溢流成泉，成为火焰山以南的地下水源。随着火焰山山南的坡度逐渐变缓，地层颗粒变细，蓄水条件变差。对这些地质条件和水文变化的认识，启蒙了先民们利用地下水的认识。

自汉武帝通西域始，直至初唐，吐鲁番一直是交通要道，也是屯田中心。它的生产不仅要满足当地军民的需要，也要满足过往商贾和军队的需要，仅靠溢出的泉水和小河的股股清流是不够的，人们开始掏泉和延伸泉水来保障生活生产之需，由此形成了坎儿井的雏形，或坎儿井早期的挖掘活动。到了唐代在古西周（吐鲁番）设置了专门管水的官“掏拓使”。

随着对水利的重视和方法的创新，坎儿井逐步演变成一项宏大的水利工程。坎儿井根据丰富的地下水补给来源，山前平原坡降较大的地质条件，通过人工地下渠把地下水引上来。坎儿井由竖井、暗渠、明渠和蓄水池四部分组成。竖井是凿井的出入通道，起定向、出土、和通风的作用，上游每口井间隔二十米，下游间隔三十米到五十米，越到上游越深，最深可达九十米，把竖井相互挖通就形成了暗渠。暗渠与地下水流向形成斜交，截引地下水顺暗渠纵坡流出地面到明渠。明渠将水引入蓄水池，以利灌溉。坎儿井水量稳定，可自流到渠，不会蒸发损失，污染也小。坎儿井水被当地老百姓誉为“生命之水”。

在吐鲁番的茫茫戈壁绿洲上，遍布着1500条坎儿井，总长度约5000公里。由于坎儿井断面小，在地底下施工，工作条件差，工程量浩大，所以，每一条坎儿井都是古代劳动人民血汗的结晶，也是他们聪明才智的结晶。这些长长短短的坎儿井见证着农耕文明、游牧文明向现代文明的进化历程。坎儿井与万里长城、京杭大运河一起被誉为中国古代三大建筑，在中华文明的历史长河中熠熠闪光。

走出坎儿井，我迅即穿梭在吐鲁番的大街小巷、田间地头，欣赏着四面流淌的绿，享受着盆地的氧吧，陶醉在葡萄和哈密瓜甘甜的气息里。我流连在坎儿井文明带来的这片美丽富饶生机盎然的土地上，痴痴地在想，虽然古西域的驼铃声已经渐渐远去，逐水而居的游牧生活已近湮灭，这潺潺的坎儿井水却依然源源不断地滋润着这片热土，使它水草丰美，使它生机勃勃，使它流金淌蜜，这是怎样的一首智慧交响曲啊！

我站在高坡上再次俯视，这些有序散落在戈壁上的坎儿井，这么鲜明生动，像一枚枚散落在瀚海上的珍珠，像一眼眼喷涌着财富的金泉，那么熠熠生辉！

坎儿井原来不是井，是地底下激流的长河，这长河流动着智慧，流动着幸福，更流淌着欢乐，生生不息，亘古不变！

（作品选自《中国散文家》）

流 年 片 影

文/马明月

王 友 迪

过去他叫王有地，后来叫王友迪。虽然叫上去区别不大，却折射了一个人身份和命运的变化。

有地是我大学同学，来自关中农村。刚入学时的他，脸膛糙红，有些发黄的头发软塌塌地搭在额前。一双渴望的大眼睛充满了好奇和兴奋，一笑，两颗玉米粒般饱满的门牙特别耀眼。他身上穿的、床上铺的都是自家织染的粗布。到了冬天，一身玄黑的棉衣棉裤鼓鼓囊囊地穿在身上，像过去车马店里的伙计。变化最快的也是有地这样来自农村的学生，一个学期还没有完，有地已经有了相当大的变化。头发梳得紧贴头皮，一丝不苟。说话也有了“陕普”的味道，被我们戏称为“醋熘普通话”。衣裤开始挺括鲜亮起来，人造革的皮鞋替代了手工纳做的布鞋。虽然还是冬天，有地的脸上已经荡漾着春天的气息了。

“青春的岁月，我们身不由己，只因这胸中燃烧的梦想……”多少年后，听到许巍这首《完美生活》，就想起自己的大学生活，那真是充满梦想、自由快乐、放浪形骸的好日子啊！但我觉得，有地没有充分享受那段好时光，让青春在辅导员和学生会安排的诸多繁杂事务中匆匆流逝了。有地父亲好像是公社的一个什么干部，有地也算是农村“高干子弟”了，因此，与其他农村来的学生还是有些不同。在大家印象中，他总是一副少年老成的样子，经常若有所思地蹙着眉头思考问题。不久有地就到系里的学生会当了个小头目，工作很上心。1981年11月，中国女排首次获得世界冠军，在那个沸腾之夜，整个校园都被点燃了。学生们为中国女排走向世界疯了一般彻夜狂欢庆祝，半夜回到宿舍，嗓子嘶哑得都说不出话来，仍然兴奋得睡不着觉。而有地同学则冷静得像局外人似的，一晚上跑前跑后地积极配合校方做劝阻工作。对这类群体活动，他的态度是：不参与，不扎堆，非理性的事情决不涉足。一些文化体育活动如唱歌、跳舞、打球以及文学社团活动，有地都鲜有参加，周末舞会上也没有见过他的身影。

有一次，上自习课回来得比较晚，同学都睡了，我见有地被子没盖严实，上去帮他盖好。后来我在别的同学那里听到有地因这件小事对我的赞誉，那天他没睡着，他说他感动了。一点善意让他记了那么长时间，这让我重新审视对他的看法，我有些惭愧。那个炎热的夏天，有地舍身忘情地裸奔于学校游泳池的悲情之举，是他一生都难以释怀的事。那是一次课外体育活动——游泳。在大家还在换衣服的时候，有地麻利地脱了个精光，兴高采烈地从更衣室精赤条条地跑了出来，如扑向村里的小河一般奔向泳池。那一刻，他的举动充满了天真童趣，可爱之极，也雷人之极。大惊失色的体育老师迅速地将有地截获，旋风般用浴巾将有地遮裹，在同学们还来不及惊愕的时候，成功化解险情。看来，这小子还没有适应城里人的生活方式。这次意外让可怜的王有地无地自容了很长一段时间。

勤奋、努力、有心计的有地，毕业时分配到北京某国家机关。不断听说他调换单位，从这机关到那机关，职务也不断提升。听说还“下海”扑腾过一段，闪转腾挪，游刃有余。名字也改了，叫王友迪，听着就洋气，没了草根味。

上世纪九十年代中期，一次到北京出差，我拨通在某国家机关工作的友迪的电话。那头传来的声音“陕普”中又带着京味儿，同时伴着“嗯、啊”的官腔。我用他家乡话调侃：“庙里的泥胎，装的哪路子神嘛，好好说话！”这让他有些愠怒，但当知道是老同学后，便收起了京腔官调，够味儿的陕西方言，使人联想起乡俗乡情，亲切啊。友迪高兴地对我说：“你等着，我带一部车来。”我心里暗暗艳羡，这家伙混得可以呀。在约定地点，我等待友迪的到来。光注意来往的小汽车了，当友迪推着一辆小巧的女式自行车立到我面前叫我名字的时候，我一时竟没回过神儿来。还别说，这家伙在京城栉风沐雨，熏陶得越来越像这个城市的主人了。鼻梁上架了一幅金丝边眼镜，身上披了件米黄色风衣，前额有风度地开始谢顶，聪明在闪闪发光，使人一下想起了外国电影里的冯·迪特里施。那天他说还有事，我们就在北京深秋的街上，边走边聊了一会儿。言谈中，感觉得到，友迪雄心勃勃，仕途顺利，前景看好，正处于事业上升期。当时友迪正参与到一件全国瞩目的大案的工作组，他对我说，下次来京，提前招呼，好好安排一下，再介绍几个“有身份的朋友”，让我怦然心动。握手道别的时候，他的手软绵绵的，没有一点力量。心想，不再是那个有地了。

友迪在官道上越走越顺，人脉也越来越广。听说有段时间每到周末，友迪就飞到南方某地去度假。开始还与他联系着，后来就没有音讯了。再到北京打电话找他时，接电话的人很警惕地问：“你什么人？找他干什么？”半天不肯言明人在哪里，做什么，只说他已经不在这儿了。我满腹狐疑地觉得他可能出什么事了，后来才知道，果然是出事了。友迪牵涉到一起重大腐败案中，给什么处分不知道，只知道被开除了公职，上升的势头就此戛然而止。直到今天，我也再没有和他联系上，班里的同学好像也没有人知道他的动向和行踪。一个有为上进的青年就这样蒸发了？

记得快毕业时，有地有了一次没有结果的恋爱。为此他深情地录写了一首唐诗给那位姑娘：“山回路转不见君，雪上空留马行处。”今天读到岑参的这首诗，又让我感慨万千地想起了王友迪。唉，再能的人，也有惶惶的时候。友迪，你在哪里？还好吗？

琪　玖

七九是在他爷七十九岁高寿时出生的，故名“七九”，一直叫了二十多年，上大学后改名为“琪玖”。班里改名的同学不止七九一个，基本上都是农村来的学生。

七九是我们班上年纪偏大的一个，长得人高马大，粗喉大嗓，声音带着一点沙哑，额头上有浅浅的皱纹，带些沧桑感，茂密的黑发中夹杂着白丝，硬梗如其性格一般耿直。虽然个高，可胸老挺不直，老感觉负着重物。七九上大学前种过地，做过工，卖过货，一直在农村讨生活，挖光阴。改革开放改变了千千万万个像七九一样的农村青年的命运，使他们看到人生的希望，有机会摆脱高加林一样的宿命。其实何止是七九呢？我们那一代人都受到改革开放春雨的沐泽，整个中国都受惠无穷。

在校时七九就喜欢文学，且不是一般的喜欢，而是当作“额的神啊”一般虔诚的喜欢。七九是学校校报文学副刊编辑、文学社团骨干，他与当时在文坛已崭露头角后来名闻天下的贾平凹、路遥、高建群等人都有交流切磋。七九不时有豆腐块小文发表，曾发愿要和那些文学同好一起写出惊世作品来。真是身穿半件长工衣，怀揣一颗地主心啊！我佩服他的执着勤奋和努力，但对他写的东西不以为然。在学校见过他写的散文诗，婉约肉麻。奇怪，这个高大的糙汉，怎么写出这么清丽的软文？反差太大了！看到他常阅读现代文学史上丽尼、陆蠡、戴望舒“低细的声调，玲珑的文字”一路的，很不以为然，不免一番腹诽。这也许是初入文学道不可避免地先从辞藻上入手吧。但七九不为别人看法所动，坚持不懈，做自己的事，从未放弃过。

七九率真地认为，凭自己的本事和能力立身不需要讨好任何人，他就这么直戳戳地做了。这份品行和愿望，在毕业时残酷地碰壁了。他的耿直得到的回报是：分配到当时最艰苦的地方陕北延安。和他一起共赴延安的是他的女朋友，后来成为他婆姨的淑萍。这个女子也是我班的同学，如同她的名字一样贤淑，个子不高，长得结实，唱一口字正腔圆的秦腔，好像从来就不会说普通话。为爱情巴格达不嫌远……这是谁说的？反正，淑萍本来是可以留在西安，起码可以留在关中，她还是义无反顾地跟着七九走了，不是去享福，而是为了一份爱情去面对所有的苦难。唉，到哪里去寻这样的好女子？

离开富庶的关中平原来到贫瘠的陕北延安，琪玖夫妻俩在一所高等院校教书育人，在这里整整蹲了十年。用琪玖的话说是“最灰暗的一段日子”。然而，他青涩的果实是在这里催熟的，在这里娶妻生子，在这里成家立业，在这里锻造成为一个真正的男人。生活的磨砺使他的行文刚劲起来，成熟起来，更使他的人生刚硬起来，坚韧起来。即使最灰暗的日子，琪玖也没有停下文学的脚步，写下了生命中值得纪念的激扬文字。

琪玖两口子辗转回到西安后，磕磕绊绊，风风雨雨，干过记者，当过老师，做过文员，春风得意过，张皇失措过。最有意思的一件事，是琪玖在《女友》杂志社行走过一段时间，整日地编些粉色软文哄骗少男少女。这本杂志在九十年代和《读者》《知音》等一道可是当年的时代品牌。这又不禁让人想起琪玖在大学里写的那些婉约文章，倒是和这份杂志很合铆呢。

如今的琪玖，已经是高等院校教授了，以他的勤奋、才华和资历，这是名至实归的事。当下在西安市大雁塔下面某个党务部门供职，同时兼任了几所高校的教授。身上堆着七七八八的头衔，这个杂志主编、那个学会会员的，每日里编刊、教书、写文章，忙在其中也乐在其中。琪玖已不限文学创作研究，有了更加宽阔的视野和触角，涉猎现代文学、秦文化、长安学、文化学等方面研究，已名满长安城。前些年到西安，琪玖送我一本他的新书《沐惠村纪事》（作家出版社），文中感情真挚，文字老辣，少了矫情，多了沧桑。洋洋 20 万字，一读便知是下了功夫的，是一本真正意义上的书。最近在网上又看到琪玖的两本新书《大秦帝国的崛起》《骊脉归秦》出版。不由让人感叹：这厮出息大了。但琪玖对自己有着清醒的认识："你是石子，你就完全没有必要硬充金子的角色，也不要去羡慕金子的荣耀，当好你石子的角色，做好你石子的本分，你就足以自慰了"。这是一句抄自琪玖小文的话，他在自省。其实，琪玖已经不可遏制地闪闪发光了。他的一位友人评价琪玖："王先生是典型的秦人，属于'半城文化半城神仙'中的神人，他砖头一样的书一块块摞上来，那下气力的样子堪比民工，但建筑的却是秦人久远模糊的精神殿堂。"说得很到位，很经典，我就不再饶舌了。

西安同学聚会时，琪玖两口子都来了。还是那个琪玖，仍旧率直热情，但平和多了，不夸饰，不张扬，保持着农民的朴素本色、又具备知识分子的独立品格。酒喝过，上了一盘包子，每人拿一个吃了。琪玖太太又用筷子夹起一个给琪玖，琪玖说：“已吃了。”妻说：“再吃一个，刚才光喝酒了，没吃啥。”琪玖不语，默默又吃。同学嫉妒了：“咋不让一下我们？我还没吃呢？”琪玖一笑：“你没这好命么。”对同学们的夸赞，琪玖自嘲：“咱就是个农民么！”在凝聚了多种能量后，琪玖不再像过去那么激越了，他的沉静中有了更多的内涵，也更有力量。

吃饭的时候，闲扯到书法，他说一直在写着，谦虚中又有一些自得，我便央求给写一幅。琪玖应承了，说在我离开西安之前给写好。但迄今为止我没有见到一点他的笔墨。

七九，你欠我一幅字！

（作品选自《新疆公安》2014 年第 7 期）

作者简介：

马明月，回族，现任新疆维吾尔自治区公安厅网安总队政委，有文学作品散见于多家报刊。

西 域 三 章

文/蔺高峰

英雄的徕宁城

1771 年秋天的喀什噶尔，各族居民沉浸在无比的欢乐之中，喜庆荡漾在每个人的脸上。唢呐、羊皮鼓响了起来，萨满舞、刀郎舞跳了起来，远处的帕米尔高原、喀喇昆仑山以及绕城而过的克孜勒河在喜庆气氛的感染下也仿佛舞动了起来。这年，喀什噶尔新城在建成后的第 9 年迎来了乾隆皇帝的亲笔颁诏赐名“徕宁城”。这是继喀什噶尔姑娘“香妃”远嫁紫禁城成为乾隆爱妃后喀什噶尔居民再次感受到的莫大荣耀。

数百年前的徕宁城，各族居民和睦相处，恬静而安详，富庶而繁华，商贾云集，人流如织，这座丝路古镇成为名副其实的中国与中西亚国家商品贸易的中转地。史载，1792 年，喀什噶尔参赞大臣永保在徕宁城南门外兴建商房，招徕内地商民居中经商，徕宁城人口已达万人。1898 年（清光绪二十四年），喀什噶尔副将在徕宁城旧址上建筑月城一座，使回城周围长达 12 里许，规模为全疆之冠。

百年来，徕宁城一直是喀什噶尔军政驻地。清代的参赞大臣、民国的提督、新中国成立后的二军部队均驻扎在徕宁城内。现今，这段历尽百年沧桑的古城墙依然保留在喀什市西部，半圆形的城墙如舒展的臂膀将地区公安局和武警部队两个单位揽在怀中。

岁月可以剥蚀一个人的容颜，也可以摧毁任何一个固若金汤的城池。如今的徕宁古城墙像一个糟老头，脱发掉齿，布衣褴褛，蜷缩在喀什市的西北方，迷茫地看着一座座高楼从身边拔地而起，甚至为自己的不合时宜而自惭形秽。

就是这样一个糟老头子，经历了喀什噶尔这座城市的百年荣辱兴衰和内忧外患。正义与邪恶在这里交锋，高尚与卑劣在这里碰撞，一弯新月形状的城墙，照鉴出人性良莠，一幕幕真实的分裂与反分裂斗争的历史剧在他的周围频频上演。

谈起徕宁城，不能不提起张格尔这个臭名昭著的分裂分子和守城士兵黄定湘，以及新中国成立之后驻守在此地的公安民警、武警官兵与搞破坏活动的分裂分子，他们与徕宁城都有着千丝万缕的联系。

1756 年，清政府平定“大小和卓之乱”后统一天山南北，大小和卓兄弟两人与其余党均被清军歼灭，只余下大和卓波罗泥都 4 岁的儿子萨木萨克被其乳母携带流窜于中亚浩罕汗国（今中亚乌兹别克斯坦），从此埋下了其子孙多次作乱喀什噶尔、企图复辟的武装暴乱的祸根。逃亡浩罕汗国的萨木萨克一生都在做着复辟执政的美梦，曾多次派人潜入喀什噶尔刺探情报并勾结边境土匪骚扰清军边卡，但均被清军挫败。直至 1820 年，在其 70 岁病死浩罕汗国时也未完成“兴国复辟”的愿望。萨木萨克临终前，将其遗愿托付给次子张格尔。1826 年 7 月 18 日，张格尔带领余党 200 余人和浩罕汗国 60 余名士兵入喀作乱，在喀什煽动宗教情绪和民族仇恨，不断招兵买马发动大规模的武装复辟暴乱。浩罕汗国也派出数千军队协助张格尔攻城。坚守在徕宁城的官兵拼死守城，张格尔数次攻城均以惨败告终。张格尔于是筑坝拦河，将城外的克孜勒河水截留，“水攻”徕宁城。眼看着徕宁城将被滔滔洪水吞噬，此时，一个 25 岁的守城士兵挺身而出，舍身救城，做出了一个惊天动地的壮举，用自己年轻的身躯保全了城内外数万百姓的安宁。

这个士兵名叫黄定湘，湖南长沙人，其兄因与邻家争水而误伤人命，黄定湘替兄顶罪从三湘大地被发配到甘肃充军。就在张格尔攻打徕宁城的前几个月黄定湘才随军调防至喀什噶尔。

守城将军喀什噶尔参赞庆祥眼看着滔滔河水将要淹没城内百家商铺和数千官兵以及河东回城的上万维吾尔族居民心急如焚。就在此时，戴罪充军的守城士兵黄定湘从徕宁城上跃身跳下，潜入坝底，奋力掘开一个缺口。河水迅速流向远方，堤坝水位骤然下降，徕宁城的威胁解除，但黄定湘却因身疲力竭无法再次游出水面而被大水卷走。

我从入伍到如今参加工作，一直在古徕宁城中居住，每天一抬头就可以看见眼前的古城墙。每每凝视城墙，眼前就浮现出黄定湘那纵身一跃的美丽弧线。我常想：一个戴罪之人、一个微不足道的小兵，是什么力量促使他在这国家兴衰、民族危亡、百姓遭难之际，做出如此置个人生死于不顾的壮举。后来我找到了答案，那就是——他是一个有情有义的男人。他代替兄长受刑从三湘大地来到边城喀什从军，足可谓有情；他纵身一跃潜入水底拯救千万黎民献出生命，足可谓大义。我也常思考，那些痴心妄想分裂祖国、破坏民族团结的“三股势力”屡屡告败的原因除了专政力量的严厉打击外，其主要原因还在于，他们不可告人的罪恶目的是为个人或小集团谋政治利益，对各族群众无情无义无福无利。他们不得人心，所以他们必将一败涂地。

喀什作家赵力在他的散文《徕宁城忧思》中褒扬黄定湘“他为保卫徕宁城而死，为保卫数万百姓而死。每当我想起他的英勇之举，我就会想起堵枪眼的黄继光，想到炸碉堡的董存瑞，想到拦惊马的欧阳海，虽然黄定湘和他们所处的时代不同，但那种为国家献身的精神却是一脉相承的”。徕宁城是新疆历史的见证，同时也是黄定湘英雄壮举的见证。数百年来，黄定湘的精神感召着喀什各族公安民警、武警官兵、人民群众义无反顾地投身于反分裂斗争之中；徕宁城氤氲的魂魄激励鼓舞着一批批犹如黄定湘一样的有情有义、正气凛然的各族英雄儿女捍卫着祖国统一，守卫着领土的完整和这座城市的安宁。

喀什是一个多舛多难的地方，它的辽阔、美丽以及特殊的地域、待开发的丰富矿产等资源一直被境内外分裂分子所觊觎。特别是 20 世纪 90 年代以来，境内外“三股势力”对喀什的颠覆、破坏、分裂活动一直没有停止过，而且逐年呈上升态势。喀什地区发生了一系列震惊全国的旨在分裂祖国、破坏民族团结的暴力恐怖案件。“三股势力”爆炸、暗杀等暴力恐怖活动严重危害了国家的安全和喀什地区的社会政治稳定，影响了喀什地区安定团结的社会局面。驻守在徕宁城中的地区公安局，带领全地区公安机关各族民警始终与“三股势力”作殊死斗争。仅 1980 年以来的 30 年间，喀什地区公安机关就有 42 名民警在反分裂斗争中因公牺牲。他们用青春和热血书写了忠诚和正义，他们的身影同黄定湘一样永远矗立在各族人民群众的心中。

如今的徕宁城墙历经百年风雨濒临倒塌的边缘，它与一切有生命或无生命的事物同样必将随着岁月的变迁湮灭在历史的烟云之中。但我相信，千万个保卫一方平安的像黄定湘一样的英雄身躯筑成的钢铁长城是任何力量也摧不垮的。因为，这些英雄是正义和情义的化身。

艾提尕尔：喧嚣中的心灵休憩地

向往远处风景，忽略身边景色；麻木于本土，醉心于外乡，这种认知长期困扰着我的心灵。

喀什被外界视为神往之地，边塞风光、异域风情吸引着一批批远方游客纷至沓来。而在很长时间里，对于长期生活在此地的我来说，始终认为喀什不值得游人光顾——到处是光秃秃的戈壁大漠，景点无非是几个“巴扎”（维吾尔语：集市）和“麻扎”（维吾尔语：坟地、陵园），历史、文化的博大精深更是不可与内地城市相提并论。

比如我对喀什市艾提尕尔清真寺的认知。这个中国最大的清真寺与我的住处相隔不足一公里。十几年来，我不知有多少次经过此地，甚至每天清晨在家中都可以隐约听到寺中传出悠长的宣礼召唤声。但我一直认为，它的建筑也不恢宏，历史也不悠久，环境也不优雅，只不过是穆斯林群众做礼拜的一个场所而已，甚至在多次陪外地客人游览时武断地说，艾提尕尔清真寺没有什么可看之处。

但当我静下心认真地探究艾提尕尔清真寺，走进它的内心时，它的不寻常立即改变了我这种长期存在的片面认知。

按常理，诸如寺庙等宗教场所大多坐落于人迹罕至、山野茂林之处，能营造一种心灵超脱凡尘的氛围。梵音缭绕若山雾，钟磬空灵如天籁；香烛袅袅、溪流潺潺，古柏参天蔽日，山风摇曳秀竹。置身其中，虔诚地拾级而上，肉体脱胎换骨，灵魂超凡脱俗。

而艾提尕尔清真寺，几百年来始终坐落于闹市之间，熙熙攘攘的人流、不绝于耳的叫卖声，甚至烤羊肉和瓜果的香味也弥漫在它的上空，它成为了市井的一部分。如今的艾提尕尔清真寺几经修葺，更是人们游览休闲的好去处。寺门粉饰一新，金碧辉煌；寺前扩建成广场，人流如织；四周建筑皆为伊斯兰建筑风格的商铺，各种维吾尔族工艺品琳琅满目。与清真寺一路之隔的小巷更是热闹非凡，小摊前各种瓜果、小吃应有尽有，一牙甜瓜、一碗凉皮，长袍花帽的维吾尔人和身着休闲装的外地游客或站或蹲，吃得津津有味，勾画出一幅幅市井生活的画卷。一年一度的“喀什民间艺术节”、2008 年北京奥运火炬传递等大型活动大多在艾提尕尔清真寺广场举办。特别是到了穆斯林群众的传统节日——古尔邦节，艾提尕尔清真寺周围更是欢乐的海洋，成千上万的群众聚集于此，古老的宗教舞蹈——萨满舞随着欢庆的鼓点焕发出无穷生机，“咚咚”的跺地声震得艾提尕尔清真颤颤悠悠。

维吾尔人祖祖辈辈居住在它的周围，它见证了这里人们的悲欢离合，喜怒哀乐。艾提尕尔就像一个老者，亲历着他们的故事，一言不发，却深谙此中滋味。高台民居、幽深小巷、缕缕炊烟、家长里短构成了维吾尔人的现实生活，艾提尕尔却成为他们的精神家园。作为宗教载体的寺庙，无时无刻都倾听着现实与幻想的对话。物质与精神、现实与梦幻、肉体与灵魂在此处交织、缠绕，艾提尕尔清真寺附近的维吾尔人就这样一代又一代在此繁衍生息，在如水岁月中度过平凡宁静的每一天。

在南疆，特别是维吾尔族聚居的喀什，每个村子都有清真寺，每天做礼拜成为这里穆斯林群众生活中不可缺少的一部分。在清真寺，他们审视各自内心，反思自己的所作所为，以求内心的宁静。对于伊斯兰教，我没有太多的研究，但比如教义中阐述的“团结”、“感恩”、“反思”等积极、友善的思想，我是赞同和认可的。

从唯心主义角度来讲，宗教压缩了现实生活与梦想世界之间的落差，将世人现实的苦难转化为内心的幸福。

在我幼小的记忆中，姑姑是一个虔诚的基督教徒，每个星期五都要雷打不动地徒步去五公里外的教堂做礼拜。她去时忧心忡忡、趋之若鹜的背影和归来欢天喜地、如释重负的笑脸疑惑了我懵懂的孩提时代。她每次做礼拜归来都要喋喋不休地给我和母亲讲她听完讲经后的感受，一遍又一遍地唱圣经中的赞美诗，她甚至说坚持做礼拜可以消灾免病，她还说教徒们在每次去做礼拜时都带去了家中最好的粮食和蔬菜，有大肉、白馍、做完礼拜后大家像一家人一样围在一起吃饭。她滔滔不绝地说这些话时，口水就噎住了我的喉咙。后来，我在大肉白馍的诱惑和姑姑的怂恿下偷偷去了一次教堂，吃到了肉夹馍，也见到了基督教徒们如痴如醉一般在唱姑姑常在嘴边的赞美诗。从教堂回来，耶稣、诺亚方舟、赞美诗等一些似懂非懂的词语就一直盘旋在我的脑中，萦绕在我的梦中，挥之不去。

几年前，我回到陕西老家去了一趟华山。华山是道家修身之处，题词遍布山壁，道观随处可见。“自古华山一条路”，华山以险要著称。一级级不足一尺宽的台阶无穷尽地穿梭在陡峭的山崖间，将我们引向一个又一个高度。爬华山需要良好的心理和体能素质，爬了不一会我们就大汗淋漓、腰酸腿痛，再仰望入天山崖、俯视无底深渊，登上山顶的勇气便荡然无存。我们在半山腰休息时，却惊愕地看见一个道士，脚蹬布鞋，衣袂飘飘，上笔直台阶如履平地，不一会就看不见他的踪影。我想，这或许是内心的力量支撑了他的肉体，给了他永不驻足的动力。

提起喀什市艾提尕尔清真寺，我就想起了阿荣汗阿吉。他是全国伊协委员、自治区政协副主席、喀什伊协会长、艾提尕尔清真寺主持。1996 年 5 月 12 日，他和儿子在去艾提尕尔清真寺做礼拜途中，突然遭到持刀歹徒袭击，阿荣汗阿吉与其子被刺成重伤。案发后，成千上万的穆斯林群众自发加入到公安机关的搜捕行动中。5 月 27 日中午，当歹徒逃至疏勒县阿拉力乡八村时，被当地穆斯林群众发现并举报，喀什警方当日下午将歹徒团团围住，歹徒拒捕，双方展开枪战，警方将一名歹徒击毙，另一名击伤生擒，当场缴获手抢、子弹、匕首等凶器。结案后得知，这是一次有组织、有预谋的暗杀行动，民族分裂、宗教极端、暴力恐怖分子将屠刀伸向了爱国宗教人士，其目的就是割裂信教群众和政府之间的纽带，达到分裂祖国、破坏民族团结的罪恶目的。

“三股势力”将宗教上升为政治，粗暴践踏宪法尊严，破坏了广大信众内心的宁静，搅乱了穆斯林群众正常生活秩序。他们将宗教极端化裹胁了一部分不明大道的信教群众，目的却是想实现他们罪恶的政治野心和贪婪权欲，这种不可告人的目的与宗教的本意完全是南辕北辙。所以，他们不得人心。

“真主安拉”（即“胡达”）是穆斯林群众心中至高无上的崇拜对象，犹如佛教之释迦牟尼、基督教之耶稣。但伊斯兰教中的“安拉”是没有具体形象的，也就是说伊斯兰教没有偶像崇拜。提起佛教和基督教，体宽身胖、慈眉善目的释迦牟尼和瘦骨嶙峋、被钉在十字架上的耶稣形象立即就会浮现在我们眼前。穆斯林群众认为，“安拉”无处不在，“安拉”时时处处都在俯视着人间，你每天的一举一动“安拉”都看在眼里，记在心中。因而，穆斯林群众说，你举头看见月亮时，月亮便是你心中的“安拉”；低头看到河水时，河水就是你心中的“安拉”。他们认为“安拉”是供奉在心中的，而不是供奉在屋子里的。所以，在清真寺，没有供奉任何坐像；穆斯林群众对宗教的信仰是发自内心，所以，身居喧嚣中的艾提尕尔清真寺，依然能保持内心的宁静，而艾提尕尔清真寺依然能成为穆斯林群众心灵的休憩地。

出师西域前的班超

一

汉代帝王将相的建功立业，大多与抗击匈奴有关联。

匈奴这个古代就聚居在阴山南北草原的游牧民族，在战国、秦代就多次侵扰中原。秦始皇派出大将蒙恬击败匈奴后修筑了万里长城，临时性地阻隔了匈奴对中原大地的侵扰。万里长城在当时起到了一定的军事防备作用，但匈奴的野心并没有被雄伟的长城所阻隔，他们时刻虎视眈眈地窥视着中原，梦想着天下所有的疆土河山都臣服在自己的马蹄之下。

“白登之围”是中国古代史上第一次汉人与匈奴作战而蒙受奇耻大辱的事件。公元前200年，汉高祖刘邦率兵出征匈奴，在白登山被匈奴单于冒顿30万精兵所包围，冒顿断绝汉军粮饷、救兵，围困刘邦军队七日七夜。在这生死存亡之际，刘邦无奈使用了谋臣陈平的计谋才灰溜溜逃出。刘邦在“白登之围”中领教到了匈奴的强悍，采纳了刘敬的建议，同匈奴“和亲”缓和彼此矛盾。“和亲”虽然避免了汉朝与匈奴之间的大规模战争，但匈奴对中原边疆地区的侵扰并没有停止。

汉高祖去世后，吕后独揽大权，把持朝政。吕后在历史上以心毒手辣、工于阴谋而著称，但对于匈奴的侵扰依然是忍气吞声，不敢抵御。此时匈奴气焰异常嚣张，致书调戏这位一国之母说，吕后是寡妇，自己则“独居”，“两主不乐，无以自娱，愿以所有，易其所无”。

一国之母受到外来侵略者的如此羞辱，国家和民族没有理由不奋发图强，只有严厉打击外来侵略者方可雪此奇耻大辱。

汉武帝刘彻无疑是继秦始皇嬴政后的一位雄才大略的帝王。毛泽东虽然称他们“略输文采”，但他们在抵御外来侵略，维护国家统一中作出了巨大的贡献。

汉武帝刘彻时期，采取了养精蓄锐、韬光养晦的策略，使得社会安定、经济恢复、国力强盛。刘彻派出张骞两次出使西域，欲联合西域诸国打击匈奴。张骞出使西域使汉朝与西域诸国建立了良好的外交关系，为卫青、霍去病给予匈奴几近毁灭性的打击提供了翔实的军事情报。卫青、霍去病等人的多次征战，削弱了匈奴力量，使其一时无力与汉王朝对峙，汉朝从此消除了一个心头大患。西汉时期，在与匈奴作战中，涌现出张骞、卫青、霍去病、李广利等一批名垂千古的风云人物。

东汉宣帝后，由于王莽改制，中原大乱，匈奴又乘机征服西域诸国，西域许多国家不愿归属匈奴，请求汉王朝庇护。但汉光武帝以无力派军为由拒绝他们归汉，西域50余国便成为匈奴的属国。到了汉明帝时期，汉朝对匈奴在河西地区的侵扰忍无可忍，班超此时从军西征，脱颖而出。

二

司马迁是汉武帝时期的著名史学家，他撰写的历史巨著《史记》，洋洋五十二万六千五百言囊括了上到传说中的黄帝下至汉武帝太初年间三千年的历史。太史公的这一巨著内容翔实，语言生动，鲁迅誉其为“史家之绝唱，无韵之离骚”。

《史记》是空前绝后的。班超的父亲班彪、兄长班固均是史学家，是司马迁的追随者，但其作品与《史记》是不可相提并论的。班超整日在官府抄写文书，他深知自己在文学和史学领域是不可能超越父兄，更不可能超越司马迁的。

班超自小就胸怀大志，他在权衡自身利弊和时事态势之后改变了志向，毅然决定“投笔从戎”。班超在“投笔从戎”前曾叹道：“大丈夫无他志略，犹当效傅介子、张骞立功异域，以取封侯”。这是一个需要勇气和胆识的抉择。

在班超所处的时代，读书著作是获取功名利禄最安全的途径。虽然有许多将领在刀光剑影、南征北战中建功立业，但冷兵器时代的战争处处充满着生命危险。战争往往是在血流漂杵、践踏千万具尸体中决出胜负成败的。熟读史书的班超对春秋战国时期的千百场残酷的战争了如指掌，他谙知战争就意味着流血和牺牲。班超完全可以终生居家伏案，度过毫无危险、平淡如水的一生，何况子继父业是多么的顺理成章。班超出身史学世家，继承父兄基业，完成父兄遗志，在父兄的熏陶感染下，很有可能在文史领域有所建树。

在昏暗的油灯前，班超望着案牍上的书卷，张骞、卫青、霍去病的身影在他的脑海中浮现。在班超的心目中，那些为国建功立业的人物犹如高山一般伟岸。他认为只有像张骞、卫青、霍去病那样，在江山社稷存亡之际挺身而出，出生入死，报效国家，拯救黎民，建功立业才称得上真正的大丈夫。抵御敌寇、抗击匈奴、收复疆土的志向方为鸿鹄之志；金戈铁马、枕戈待旦、驰骋疆场的人生是何等的瑰丽壮烈。

班超每次想到报效边疆就热血沸腾，每次想到匈奴践踏大汉疆土就怒气冲天。他下定决心，一定要笑谈渴饮匈奴血，雪高祖和吕后奇耻大辱，驱逐外侵，还我河山。于是，班超“投笔从戎”，果断地做出了“立功异域”的决定。

三

班超“投笔从戎”，毅然决定打击匈奴，为国立功。我想，他的这一抉择最初一定遭到家人和亲朋的强烈反对。

班超率兵西征匈奴时已经到了四十一岁的“不惑之年”，而且此时他尚有母亲兄妹、妻子儿郎。虽然家境贫寒，但足可平安度日。班超出身传统的书香世家，在封建社会，“父母在，不远游”的古训在他和家人心中留下深深的烙印。

班超在出师西域前的一个夜晚，母亲和兄长的沉默让他无言相对。母亲和兄长已经多次劝说他放弃这一举动，他们并不愿意自己的亲人用生命去冒险。匈奴是多么的残暴，出师万里的征程何处没有生命危险；国家需要安宁，外侵需要抵御，但母亲也需要儿子尽孝，儿子也需要父亲呵护；班超啊，你是班家的中流砥柱，生死未卜的前程怎能不让家人牵肠挂肚，提心吊胆。

自古忠孝难两全。但“立功异域”、报效国家的鸿鹄之志在班超的心中坚如磐石。在忠和孝的抉择面前，母亲和兄长最终还是颔首报以班超默许的微笑。离别亲人、奔赴边疆，辞行的场面是多么的悲壮，依依不舍的话语是多么情真意切。在班超走出家门的一瞬间，母亲兄长的叮嘱和妻儿的企盼同他保家卫国的信念一同打进了沉甸甸的行囊。

班超告别案牍、披挂上阵，以他超人的胆略和勇气奔向西域，带领36名勇士，楼兰国火攻匈奴，于阗国计杀巫师，疏勒国智擒国王，联合西域诸国征战龟兹，一路所向披靡，捷报频传，从此西域诸国摆脱了匈奴的奴役，汉代边疆恢复了往日的安宁。班超驻守西域30年，安抚边民、戍边屯田，圆了心中的梦，成为历史上著名的政治家、军事家和外交家。

今天，我们依然坚信班超当初“投笔从戎”、“立功异域”的抉择是正确的，我们也通过班超出师西域的实际行动见证了他的远见卓识和超人胆略。一种志向决定了一条道路。出师西域前的班超坚定地选择了自己成功的道路，在这条道路上，他最终成为后人仰视和追寻的路标。

（作品选自《新疆公安》2008年第6期）

作者简介：

蔺高峰，生于1975年4月，陕西华县人，系喀什地区作家协会理事、新疆公安文联理事。现任喀什地区巴楚县公安局副局长（挂职）。作品散见于多家报纸杂志。

诗 歌 篇

拼 接 记 忆

诗/刘　南

月光，打碎了你的影子
一点点，一点点
拼接我的记忆
穿越浅睡和深困的极地
晃动梦……

潜狩杂树林
野狼的绿萤点燃丛莽
有毒的火，直扑瑟缩的夜
你腾空跃起
枪，吐出爆炸的火舌
怒吼压住狼嗥
殷红的血，渗入土地
绽开英雄之花

兄弟，你不要倒下
倒下的是起伏的山峦
坚强的身躯撑着天
兄弟，你不要松手
攥紧我的情爱
攥紧我的思念
山不动容，悲谷无风
水不呜咽，滞水无声

我不流泪，因为我心痛

月光，拼接着你无力的微笑
还是那种憨态，社区
调查走访的谈笑那样
月光，拼接着你宁静的苍白
还是那么劳累，交通
岗台下来时那样
月光，拼接着你最后的语音：
别忘了，常去看看
里弄深处的孤寡大妈
别忘了，常去帮帮
医院里毒瘾发作的娃娃
眼角的泪，反射着
银色的月光
凝结不会冷却的爱

按住吧，按住我
悲愤的心跳
从心里抽出热泪
舔着泪水拼接爱、拼接情
你睡着了，还是一朵火焰
金光闪闪，像凤凰涅槃
守着岁月的爱情
守着人间的黑暗
虽然有过伤，有过痛
都是燃烧的痕迹
——让邪恶惊恐逃窜
没有叹息，没有悲伤
只有祖国和人民的命运留心间

此刻，你身边的树
更加肃穆的高
此刻，你脚下的路
风环绕着歌的忧伤
更加持久的蓝
你顶天立地，抱臂在胸
如抱着天空
血，点燃了警灯
讨还正道的责任，依然
滚动在碾轧邪恶的车轮上
只有悲愤的蓝影红光
像哭湿了的火柴头
怎么也擦不出火花
风揪着痛苦的饮泣
抽搐剑和盾的悲壮

战友未尽的情
涂染火烧云的辉煌
绽放的鲜血之花
把生命升腾为晨光
把遗容定格为绝唱
警灯正开凿光明
一道心光照射的路
舒展你的誓言
生的英武，死的伟大！

失　眠

——是的，已经睡着了
鼾声这么均匀！

——不，还没有睡死
眉头怎么皱着，牙
怎么咬得那么紧

睡了
眼睑遮不严思想
转动的眼球
极力辨认
被盯住的模糊的脸
并不是所有的梦境
打开的都是满天星斗
最清楚的方向，依然
绕着北斗星飞翔

凝固的血块睡着了
案件现场的眼睛还睁着
血泊里的身躯，蜷缩着
一个死不瞑目的问号
钱的黑手
为什么总是
扣动杀机

睡不着的，是
吞云吐雾的烟头
思绪扩散的烟圈
使节奏慢下来，画着
翻墙的一个一个压痕
带血的足迹，固定成
摄像机镜头里倒回去的细节
咀嚼苦思的口感

睡不着，缉捕的任务
从来都是清醒的
即使是睡着了
也是跳动的火焰
愤怒的黑暗里
灼伤刀刃的疼痛
划出锋线出击的弧

——恍惚中的朦胧
失眠想象的翅膀
——睡梦里的神游
破解难题的灵光

刑　警

精明的捕快
总懒散地生活
常常胡子拉碴
开猎豹车
骂粗俗话
不是一个标准的人生榜样
是驰越犯罪的一束刀光

蹲在血溅的现场
雄鸡蔑视黑夜
大地上成长
季节里穿行
只向蓝天致敬
高傲地把飞翔和风举着
巡夜如猎犬

鹰是誓言
扛着山一样沉重的承诺
总以岩石的姿态
抓住高空的闪电
用隼的勇敢，缉捕
狡猾的狐狸；用爪的
利刃，挑开犯罪的面纱

大茶缸，总装着
熬红眼睛的隔夜茶
不经意熄灭的烟头
缭绕着臭皮匠们的智慧
最神圣的时候
是接受出征的命令
激动的任务拉开弓
欲飞的箭射出

骑着火
聚着神
发烫的血，握着
出征的手
交代责任
等待每一次，雨水
攻击河流的出发

刑警，常常挨骂的精灵
每一次战斗，都是为了
守护大地的恩养
借大江东去的浪乘风而上
心中的雨一滴一滴

下着，要打湿雨后
苍翠的绿

（作品选自诗集《至上的警徽》）

作者简介：

刘南，本名柳耀华，曾任自治区政协副主席，公安厅党委书记、厅长，现任中国警察协会副主席。有诗集《羌笛·山花》《至上的警徽》出版。

无悔的忠诚

文/唐　君

○生与死只隔一条胡同

寒风吹拂着刀的锐刃。

夜，苍茫。

黑，凝滞。

唯有一盏灯，行走在和平年代，生与死的边缘。

那条延伸的胡同，记得吗，童年走过，少年走过。

进入警营了，还在行走——千步万步，百日千日。

多少年了，你就行走在这使命的阡陌。

今晚，褐色的道路，跟在你的身后，像你历日经年，相随相伴的影子。

前面，邪恶，一个邪恶的影子，掩藏在疯狂和魑魅的影里，正在悄悄逼近。

那岂不是你打击过多少回的豺狼吗？那岂不是你处理过多少回的地鼠吗？

然而此时，你却浑然不觉。不觉的还有，你走巷串户劳累了一天的，疲倦的身子。

一步，两步，三步……

当你还未来得及向父母的华发道一声告别，向独守寂寞的春风道一声告别。

一道寒光闪过，鲜血，便染红了夜的帷幕……

窄窄的胡同，仍然在延伸，一米，十米，百米。

可那，却是你满腔的热血写出的警营的长句，也是你闪光的一生最后奋起一搏的轨迹：忠诚、虔诚、顽强。

胡同尽头，一条微笑的游鱼，泅进你永恒的梦境。

○你就是那守株待兔的人

你就是那守株待兔的人。

你就是那守着一只寓言中的兔子到来的人。

今夜，月色、雪光以及你的眼睛，皎洁着那方夜空。

漂白的风，与你一起，站成一棵树的形象，守护着一种渺茫而漫长的期待。

宛若初恋的你，期待着一只相思鸟，飞临你梦的枝丫。

而梦，总是醒着。

一根叫作使命的神经，也醒着。

今夜，你的沉默深不可测，如冰，在寒极而炽的雪地点燃意志的火焰，煎熬着青春的盐和骨骼里的钙。

那是一种难以自拔的等待呢！如猎。

今夜，时光的水和鸟们的足迹在雪地上蜿蜒而去。

你被雪色切割的影子，也被六角形的雪花，塑成了冰凌的闪烁。

而那只寓言中的兔呢?

那只惊弓之后的兔呢?

……

阳光，轻轻地泊开晶莹和黎明。

○高蹈火焰之上的舞者

咫尺之外：

便是火海。

便是形而上的痛苦和灾难。

便是梦想的断裂、鲜花的萎落。

而这短短的距离，是多么的艰难而又漫长。

高蹈火焰之上的舞者，行走火上：

四围是火焰的利舌，舔食着你生命的发肤，魔鬼的手一次次将你抚摩。

胸闷。窒息。灼热。

于是，你渴盼海，真的海，将这火的海淋灭。

听见了吗，哭声，就在阴暗中的某一角落。你用两手摸索着，黑云压城，你不知道何处才是你的位置。你的心，却明亮着。使命的旗帜就在心头，义无反顾是你唯一的选择。

而你，不是火中的凤凰。血液的河流，流过你疼痛的骨头和双手，在轮回的伤口之上，力量传过震颤的手臂，你便触着那哭声了。体内的镜子，照亮缄默，照亮废墟，照亮托举的生命之光。冲锋——

天空，高远；

大地，明澄。

暗香浮动。此时，你是不是闻到了春天？

[作品选自《新疆公安》2007 年第 5 期，
并入选《中国当代公安诗选（1992—2011）》]

清明祭英烈

——献给一级英模郑州援疆特警沈战东

文/甘　雯

不是因为清明节
才来祭奠你
天山的冰雪亘古不化
乌鲁木齐河奔腾不息
一掊净土埋忠骨
百姓何曾忘记你

不是因为清明节
才会怀念你
大漠的孤烟千年不散
丝路的古道驼铃声歇
一捧素花慰英灵
战友之情何曾止

不是因为清明节
才会泪如雨
白花似海边城放悲声
万里长空只为忠魂舞
一盏香烛祭战友
任是无情也动容

不是因为清明节

才会理解你
警察誓言用生命捍卫
金盾风采凭热血铸就
一片丹心唯君知
继承遗志永不悔

（作品选自《新疆公安》2010年第8期）

作者简介：

甘雯，女，生于1970年10月，现供职于乌鲁木齐市公安局沙区分局。在《知音》《新疆公安》《新疆日报》《新疆经济报》《新疆法制报》等报刊发表多篇公安题材文学作品。《清明祭英烈》在2010年公安部“援疆特警风采”征文比赛中获得三等奖。

火把之歌（外两篇）

文/孙丰博

火把之歌

火把之歌
星星之光的火种
以燃烧的名义
从苦难和热血中一路高歌

呐喊掠过灵魂的苍穹
火红的丰收描摹您的姿容
欢腾吧——
信念的精灵

把万般丑恶燃为灰烬
把大写正义织成王冠
火把　火把
雄浑的步履踏过晨曦的肩膀
导航着永不谢幕的黎明

（作品选自《今日新疆》2012 年 7 月号）

海子：一个人的战争

以梦为马是一场痛苦的受孕
海子
手执王的权杖
站在斟满春天的海边

八百亩麦子催熟了光阴
金子的镰刀丰收着无垠的大地
四位公主拥戴着我们的海子
像风拥戴着麦芒
高高在上

他啜饮着血色之酒
阳光涌向他的胸膛
荷马涌向他的胸膛
但他身后空无一人

一个人的战争在闪电的埋伏里
打响
多余的十个海子隐逸在乡村
像一群神祇点化过的鹿
伫在篱边凝望家园

海子
头戴王冠的永生之子
捧着辽阔的草原之湖和
殷实的谷仓
奔向恋爱的火焰

（作品选自《绿洲》2013 年第 3 期）

苏 轼 的 酒

朝野的酒气如日落
苏大人的酒
浇醉半边天空

大宋的忠臣们
诗的精英身着黑衣呕心沥血
苦难叠砌成厚重的歌吟
江山代有才人
你的襟怀如辽阔的江水

宋王朝的风霜雪雨
尽数化成你至尊的酒
朝野的铜臭
怎抵得上你一樽圣酒的尊严

如梦的人生
不过是
催人入梦的某种好酒

（作品选自《绿洲》2013年第3期）

作者简介：

孙丰博，生于1985年5月，新疆作家协会会员、新疆报告文学学会理事，现供职于乌鲁木齐市公安局刑事侦查支队。在《星星》《飞天》《西部》《绿风》《绿洲》《文学教育》等60多家报刊发表诗文500余首（篇）。

生命断想（散文诗五章）

文/包训华

夜晚的触角

看到万家灯火，我仿佛看见母亲，坐在窗前的灯下，等待晚归的孩子。

夜晚，让人感到温馨，一家人团聚。

夜晚，让人安静，远离了车水马龙。

夜晚，让人轻松，卸下沉重的包袱。

夜晚，放任了思绪，自由自在，无边无际。

夜晚，是精灵打开的魔盒，是天使打开的宝箱，灵魂的触角逐梦飞翔。

夜晚，聚生净洁，仿佛回到生命的混沌状态。

午夜之水

水，生命之水，在午夜滑过我的肌肤，侵袭我的心灵。

四周静寂，我是唯一的星子，点缀着天幕。露水在花的怀抱中酣然入睡。

午夜之水，圣洁之水。浩浩荡荡，澎澎湃湃，拍打着我灵魂的堤岸。

午夜之水，高贵之水。不含任何杂质，洞开黑夜的家园，在雪的脉管里流淌。

闭上双目，让没有栅栏的心野，任午夜之水，灌溉涤荡。

生命之想

一个声音说，死亡是一场巨大的黑暗，笼罩着逝去的灵魂。

一个人在不惑之年即将来访的日子，突然对生命产生了巨大的恐慌，甚至巨大的畏惧。也许是生命过程中的一场危机，来自心底的震惊和感悟。

有时，一个人站在阳光下，却能感到黑夜的飞升，黑暗无边的逼迫。

在喘息中恐慌，在生命中敬畏！

死亡，带走了所有生命的痕迹，人不比一片胡杨树叶高贵，人没有一座昆仑山大度。让人留恋的，不是时间的辉煌夺目，而是生活的实实在在。

已经过去的生命，无法取回再来。即将到来的日子，一定要过得稳健实在。

凌晨五点

凌晨五点。夜正在酣睡，所有沉寂的天籁，归于温柔。

凌晨五点。所有古典的小桥，所有经典的秋千，难道都是难以启迪的梦吗？还有那波光，那流韵。

凌晨五点。冬天挂在窗外，阳光沉在你的眸潭。你合上双唇，在一片朦胧的雨中，转身飞走。

凌晨五点，我盛开的双目，没有春天……

黄　昏

像一只巨大的容器，笼罩着我们，一切开始透明。

在渴望中，我们感叹生命的交错。生命，暗合着四季轮回，就像秋冬春夏的一场龟兔赛跑，我们追逐着自己的影子和脚步，直到死亡如约而至。然后，我们像化石一样倒下，掩埋脆弱的情绪。所有的威胁与我们无关。

像一只大鸟，无声地降落在我们额顶，断裂的宣言此起彼伏。

我们越来越清醒时光的游戏，心中充满着鸟鸣似的神示。灵魂很简单，像一片白纸穿透平静的水面，光芒坚硬而芬芳。我们被自己的本质感动。在时光中我们与一些最柔软的东西遭遇、碰撞，像一片干净的雪，我们回归自然。

（作品选自《新疆公安》2007 年第 9 期）

飘

文/夏治国

极力挣脱母亲云的怀抱
去寻找快乐无边的味道
殊不知
却已进入自由落体的圈套
前方巨大的球体
难道就是墓地

悔恨幼稚的选择
叹息年少的轻狂
留恋宽广的臂膀
梦想时光倒流
重返起点

剥开层层雾霾
放眼
高楼大厦
鳞次栉比
人头攒动
熙熙攘攘
一派欢乐和谐的景象
啊

这才是真正的向往

凝聚全身的力量
像箭一样
扎入幸福的海洋
可是空气铺就的道路
同样布满了荆棘
柔弱的躯体
只能与风搏击
因为诱惑的美好
必须把顾忌抛弃

飘
飘
飘

感谢空气
你的阻力
编织我的美丽
让我懂得幸福
来之不易

（作品选自《新疆公安》2011年第5期）

作者简介：

夏治国，生于1978年9月，现任奎屯市公安局北京路派出所教导员。自2000年参加公安工作以来，在多家报刊发表通讯、散文、诗歌及报告文学500余篇、摄影作品若干幅。

后　记

《守望天山——新疆优秀公安文学作品集（小说、散文、诗歌卷）》和《忠诚是魂——新疆优秀公安文学作品集（报告文学卷）》这两本书是在新疆维吾尔自治区公安厅党委的关心和支持下，由新疆公安文联策划并组织编纂而成的作品集。两本书的出版，是新疆公安文联成立以来在公安文化建设方面的一次有益尝试，也是对近些年来新疆公安文学创作成果的一次全面检阅。两本书的征稿范围涵盖了全疆各地公安机关的创作者，从时间跨度上讲，所选稿件为近十年来在各种报刊媒体上刊发的公安题材的优秀作品。在征集、遴选、审定、出版等各个环节，我们得到了多年来执着于公安文学创作的公安作家们的积极响应，得到了全疆各级各地公安机关政工部门的热情参与，得到了新疆作家协会的作家和学者们的指点与帮助，还得到了群众出版社的鼎力支持。在此，对所有帮助过我们的同志致以衷心的感谢。虽然我们经过半年多的努力，尽可能把十年来的优秀作品遴选进来，但囿于视野，难免有遗珠之憾。虽然我们对稿件进行了精心的编辑整理，但限于水平，也难免存在错误和疏漏。不足之处，敬请广大读者批评指正。我们也期待着新疆公安文学创作能够蓬蓬勃勃地发展下去，为新疆公安文化建设，为新疆反暴恐、反分裂斗争作出新的、更大的贡献！

编　者

2014 年 5 月 16 日